転生してハイエルフになりましたが、スローライフは120年で飽きました

3

Rarutori
らる鳥

ILL. Ciavis
しあびす

CONTENTS

STORY

成り行きでハーフエルフの子供
〝ウィン〟を引き取ったエイサーは、
ジャンペモンの宿屋の娘ノンナに手伝ってもらい、
剣の師カエハや鍛冶の師アズヴァルドの家族にも
協力してもらいながら子育てに励む。
アズヴァルドをドワーフの王にするために尽力したり、
ルードリア王国との戦争を画策する
吸血鬼レイホンを倒したり、
エルフとドワーフが友好を深めるために一役買ったり。
エイサーは自らが関わった皆のために行動し、
様々な活躍を見せた。
一方、その間にもウィンは精霊術やヨソギ流の剣技を磨き続け、
アズヴァルドからも鍛冶の腕を認められて、
一人前に成長していた。
巣立ちの時を迎えようとしているウィン、
そう遠くない未来に寿命を迎えてしまうカエハ——
避けられない別れの時が近づいてくるのを感じながら、
エイサーはドワーフの国を後にする。

CHARACTER

エイサー

千年の寿命を持つ、
自由奔放なハイエルフ。
鍛冶師、
剣士としても
さらに成長した。

Acer

レビース

ルードリア王国周辺で
活躍している
画家のエルフ。

Rebees

カエハ

エイサーの剣の師。
ヨソギ流の
当主として活躍した。

Kaeha

ヒューレシオ

詩人として
旅をするエルフ。

Huratio

ウィン

エイサーの養子。
精霊術、剣技、
鍛冶の腕を磨き、
巣立ちの時を迎える。

Win

アイレナ

最高ランク
七つ星の冒険者。
エルフの代表を
務める。

Airena

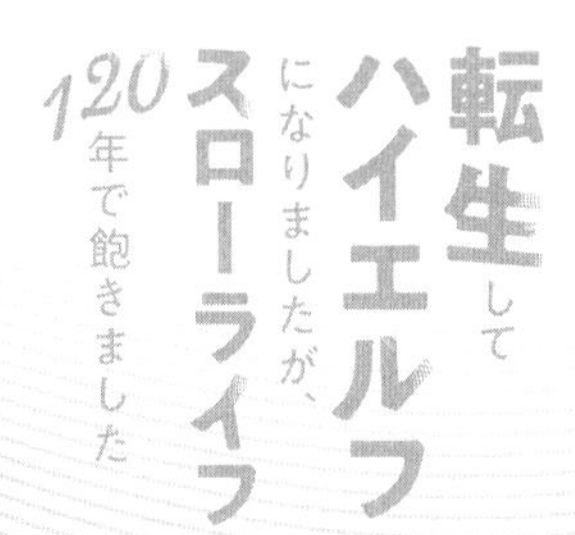
転生して
ハイエルフ
になりましたが、
スローライフは
120年で飽きました

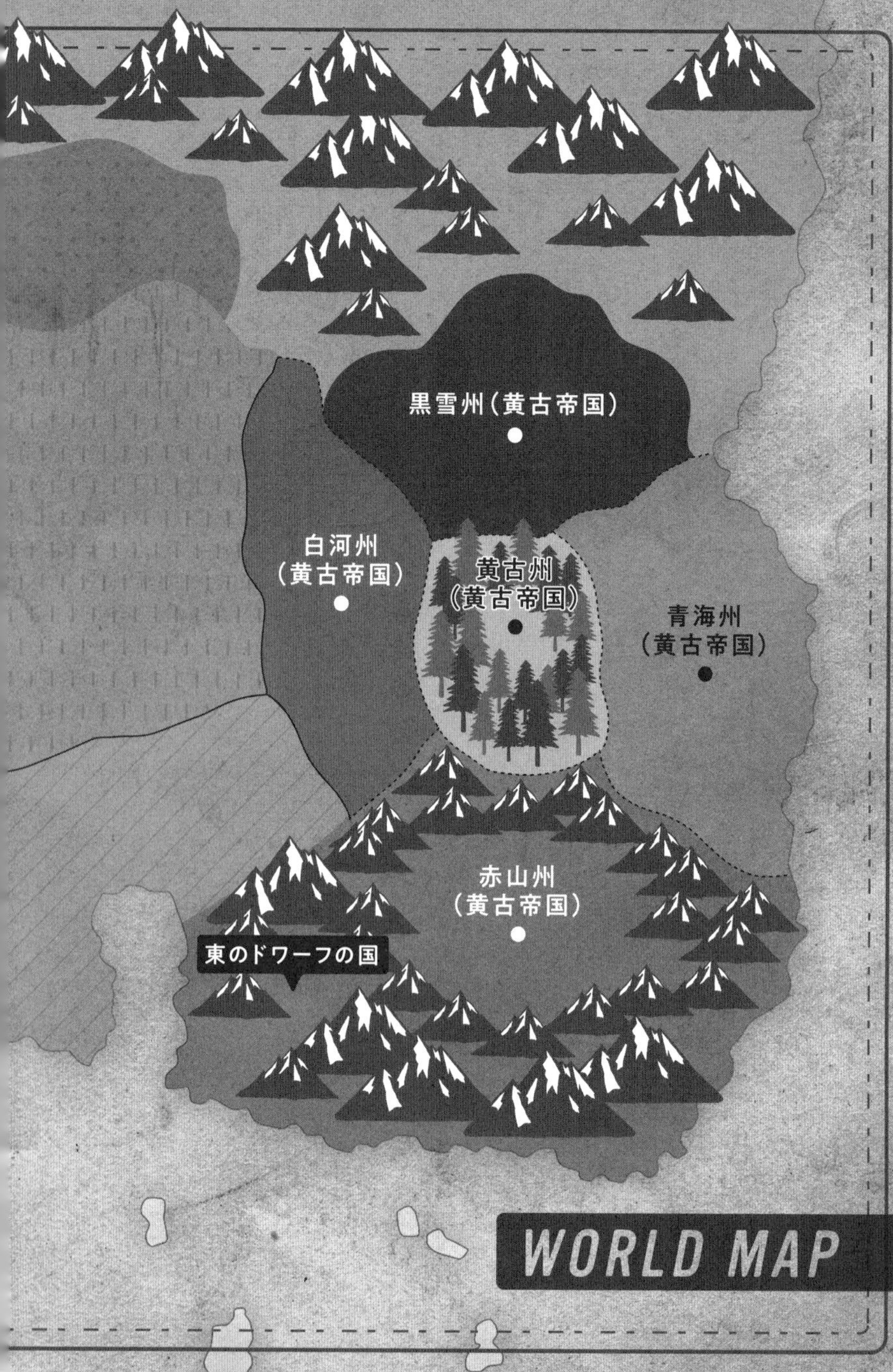

黒雪州（黄古帝国）

白河州
（黄古帝国）

黄古州
（黄古帝国）

青海州
（黄古帝国）

赤山州
（黄古帝国）

東のドワーフの国

WORLD MAP

砂漠
大草原
大湿地帯
南方諸国

第一章
別れ

山脈地帯を南に越えてルードリア王国に入り、そこから更に歩いて旅して首都、ウォーフィールへと辿り着く。

この国の首都は相変わらず大きくて、とても賑やかだ。

だけど何も変化がなかった訳では、……当たり前だけどないらしい。

通り過ぎた商店の一つ、以前はよく利用してた肉屋は、主人の顔が変わってた。

前の主人に顔が似てなくはないが、子にしては若いから、孫が商店を継いだのか。

ウィンもそれに気付いたらしく、あぁ、あの肉屋の主人は彼に色々と構ってくれていたから、寂しそうな顔をしてる。

ドワーフの国にいると、ウィンと周囲の時間の流れに差はなかったけれど、人間の国だとそうもいかなかった。

そこから目を逸らすには、それこそずっと旅をし続けるくらいしか方法はない。

道場までの道を歩き、階段を上る。

そして長い階段の半ばまで来た所で、ふとそれに気付いた。

上がり切った階段の先、門の前で二人の……、いや、四人の人間が僕らを待っている事に。

「うわ、ホントにウィンとエイサーさんだよ。……母さんの勘は凄いな」

そんな風に言葉を溢したのは、二十代の後半から三十くらいに見える一人の男。

あぁ、漂わせる雰囲気には隙がないが、同時に彼が浮かべた笑みからはこちらへの好意が見て取れる。

間違いなくシズキだろう。

彼の腕は左右に一人ずつ、二人の子供を抱えてた。

一人は四、五歳の女の子で、もう一人は二、三歳の男の子。

シズキの子供で、カエハの孫か。

あまり状況が分かっておらず不思議そうな顔でこちらを見る二人の子供は、実に可愛らしい。

それからその隣には見間違いようがないカエハの姿が。

僕たちが階段を上り切ると、

「お帰りなさい、エイサー、ウィン。そろそろ帰ってくる頃だと思ってました。ウィンはまた大きくなりましたね」

以前よりも幾分落ち着いた雰囲気の彼女は、柔らかな笑みを浮かべて出迎えてくれた。

成長を指摘されたウィンは少し照れ臭そうだ。

「ただいま。それにしても、よく僕らが帰って来るってわかったね」

僕は出迎えが嬉しくて、同時にそれが少し不思議で、首を傾げて問い掛ける。

ドワーフの国から、手紙は時折送っていたけれど、戻って来る日時を報せてた訳じゃないのに。

「それが母さんがさ、急にそろそろ二人が帰ってくるからって言いだしたから、半信半疑だったけど一応は門の前に出てみたんだよ」

すると僕の問いに答えたのは、彼自身も驚いてる様子のシズキだった。

成る程、僕らが帰った事に気付いたのは、カエハだったらしい。

僕が彼女に視線を向けると、カエハはやっぱり笑みを浮かべながら、

「ええ、何時(いつ)もとは違う風が吹きましたから。きっと教えてくれたのでしょう」

なんて言葉を口にする。

カエハに精霊の声は聞こえない筈(はず)だけれど、でもその答えは、何だかとても腑に落ちた。


門の中に入ってみれば、訓練する弟子の数は以前よりもずっと多い。

数だけで言えば、以前に僕がロードドラン大剣術の道場に訪れた時に見た人数に近い。

つまりヨソギ流は完全に、このルードリア王国で四大流派の一つに返り咲いたという事だ。

この場に居るのが全てって訳ではないだろうから、総数は百を軽く超える筈。

そしてそんな弟子達から師匠と呼ばれてるのは、カエハじゃなくてシズキだった。

どうやらカエハは当主の座を、既にシズキに譲ったらしい。

それも多分、皆が至極当たり前にシズキを当主として振る舞う事から察するに、数年は前に。

ならばこの弟子の数の多さは、シズキの手腕、実力によるところが大きいのだろう。

弟子達の中には僕の知る顔、ずっと以前からヨソギ流を学ぶ古参達もチラホラいて、彼らは指導者側に回ってる。

やっぱり時の流れは、何もかもを変えて行く。

まぁそんな事は、どうしようもない、当然の話なのだけれども。

「シズキ兄、久しぶりにボクと手合わせしてよ。それから、子供達も紹介して」

ウィンは道場を指差して、シズキに手合わせを乞う。

久しぶりの道場に、少しはしゃいでいるのだろうか。

まだ土産も渡してないのにしょうがないなぁと思……、あぁ、いや、違うのか。

どうやら僕は、ウィンに気遣われているらしい。

シズキもにやりと笑って頷いて、子供達を抱えたまま道場の中に入っていく。

興味を惹かれたらしい他の弟子達を引き連れて。


「……ウィンは、本当に大きくなりましたね。あんなに小さかったのに。ではエイサー、お茶を入れますからあちらでドワーフの国の話を、聞かせてください」

残された僕は、カエハの言葉に頷く。

本当に、ウィンは大きくなった。

大きくなってしまったなんて言い方をすると、彼に失礼だけれども、そんな気持ちもほんの少しだけある。

だけどそれ以上に、誇らしくも思う。

ウィン自身がどんな風に考えてるかは知らないけれど、彼はもう、その気になれば何時でも独り立ちが可能な筈だ。

山脈地帯の旅を見て、僕はハッキリとそう感じたから。

剣を得意とし、鍛冶だってアズヴァルドが充分だと認めた腕だった。

残念ながら魔術の素質はなかったけれど、ウィンには精霊が味方してる。

そりゃあもちろん、どれも僕の方がずっと早くに始めたから、まだ彼に負ける気はしないけれども、何時までもそのままとは限らない。

特に剣は、今でも十回手合わせすれば、三つか四つはウィンに取られてしまうし。

精霊との関係ばかりは、そりゃあ僕は負けないだろうけれど、それは単なる種族差だ。

そこを気にする事に意味はない。

何よりも、彼は一杯悩んで、迷って、僕の知らない所でも成長していく。

さっきみたいに、僕をサッと気遣えてしまうくらいに。

あんなの、何時の間に覚えたんだろうか。

それが嬉しくて寂しくて、僕はとても複雑だ。

その時の僕は、自分ではあまり分からないのだけれど、もしかしたら情けない顔をしていたのかもしれない。

ふと足を止めたカエハは軽く溜息を一つ吐いて、僕の袖を摘まんで引っ張り、彼女は改めて歩き出す。

カエハは時に強引で、だけど手を引くんじゃなくて袖を引っ張る辺りが、妙に控え目で。

そんな所は、彼女は昔のままだった。

カエハは僕の話を、時に相槌を打ちながら聞いてくれた。

なんだかんだで十年以上はこの道場を離れていたから、語る事は沢山ある。

鍛冶の師であるドワーフに協力してミスリルを鍛えて彼を次期王に内定させ、それからフォードル帝国に行って吸血鬼と戦う。

ついでに食屍鬼と化した皇帝にとどめを刺して、またドワーフの国に戻って今度はエルフとの交易を実現させた。

その他にもドワーフと素手で殴り合ったり、温泉を見付けたり、火山地帯で魔物と戦ったりしたから、本当に語る言葉は尽きない。

……いやぁ、多分こんな話は、普通の人なら到底信じてくれないだろう。

でもカエハは、僕の話を全く疑わない人間の一人である。

笑い、呆れ、時に怒り、僕の話を聞き続けてくれた。

茶が冷めてしまっても話は終わらず、僕は喉が渇くからとお代わりを幾度か頼んだ。

どれくらいの時間を喋り続けただろうか。

細かく話せばキリはないけれど、おおよその流れを話した僕に、

「エイサーは、少し目を離せばとんでもない事をしてますね。まるで物語に出て来る英雄のように。……いえ、目を離さなくても、昔からそうでしたか」

カエハはそんな風に言って、目を細めて笑う。

少し、かなぁ？

まぁ十年は、僕にとっては決して長過ぎる時間ではないけれど、人間であるカエハにとっては、十分に長い時間だろうに。

「気になる事は幾つもあります。ヨソギ流がやって来た東方にあるとされる湯ノ池が、こんな近くにもあった事とか、エイサーが剣で戦う術を学ぶと決めた事とか」

あぁ、やはり東方には温泉があったらしい。

後は剣に関しては、僕は改めて剣での戦い方を、剣士としてカエハに学びたいと思ってる。

たとえシズキがヨソギ流の当主となってたとしても、僕の師はカエハだから。

剣を学ぶと決めた事、と口に出した時、彼女は間違いなく少し、嬉しそうな表情を浮かべた。

「でも今、エイサーが一番気にしてるのは、ウィンの事ですね。なので先ずはそこから、単刀直入に問いましょう。貴方は今、子に越えられたいと思っていますか？」

だけど彼女はすぐにそれを引っ込めて、真剣な面持ちで、真っ直ぐに僕を見据えて、そう問う。

実に難しい問い掛けだ。

だって答えは僕の中に沢山あって、一つに定まらないのだから。

成長を喜ぶ気持ちは、誇らしく思う気持ちは、確かにある。

それは決して嘘じゃない。

また成長を認めてしまえば、ウィンが巣立ってどこかに行ってしまうとの、恐れる気持ちもあった。

それを寂しく、辛いと感じる僕の弱さ。

そして凄く今更だけれど、ウィンの巣立ちが間近になって、彼の成長を見た上で、そう簡単に負けたくないと思う不可解な気持ちも、今の僕には何故かあるのだ。

つまり僕の心は、ぐちゃぐちゃである。

なのに僕が内心を吐露しながらも、答えを定められずに窮していると、カエハは嬉しそうに微笑んだ。

「奇遇ですね。私もシズキに家督は譲りましたが、あの子の成長を喜びつつも、剣士としては負けたくないと、まだ負けてないと思ってるんです」

お揃いですねと笑いながら、彼女は言った。

いや、お揃い、……なのだろうか？

僕の気持ちはもっと情けない物だと思うのだけれど、どうなのだろう。

「エイサー、子の独り立ちを寂しく思うのは、当たり前ですよ。シズキは道場を継いでここに居てくれますが、ミズハは冒険者として、貴方が譲ったあの家に行き、そこで伴侶を得て子を産みました」

それが寂しくも嬉しくて、だからお揃いなのだとカエハは言う。

もしかしたら慰める為に彼女はそう言ったのかもしれないけれど、僕の気持ちはその言葉に、少しだけ軽くなる。

僕だけがぐちゃぐちゃな内心を抱えてる訳じゃなく、相反する気持ちも折り合いをつけて同居できるのだと知って。


それからカエハは、何かを考えるように目を閉じて黙った。

僕はただ、じっと待つ。

十分くらいだろうか。

カエハはそうしていたけれど、不意にパチッと目を開き、

「では勝負を、しましょうか。私はシズキと、エイサーはウィンと、子の成長を認めた上で、それでも簡単には私達を越えられないと見せ付ける為の戦いを」

そんな事を言い出した。

一体、どういう流れだろう。

僕とウィンが、というのはまだ分かるのだけれど、カエハとシズキも勝負？

少し戸惑う僕に、カエハは立ち上がり、

「三年間、私がエイサーを鍛え、シズキにはウィンを鍛えさせます。その上で、貴方達が試合で決着を付けなさい」

傍らに置いていた剣を手に取る。

そう、以前に僕が鍛え直した、あの剣を。

「ウィンが独り立ちをするにしても、もう少しばかり剣の腕を鍛えた方が、貴方も安心できるでしょう?」

カエハの言葉に、僕は頷く。

確かに、……僕の主観の話だけれど、ウィンは少し急いてる風にも見えるから。

三年であってもヨソギ流の当主となったシズキがウィンを鍛えてくれるなら、それは本当にありがたい事だ。

もちろんカエハに直接鍛えられる僕にだって、安易な敗北は許されない。

時間を掛けて全力を尽くした上でなら、結果はどうあれ僕は納得できるだろう。

カエハにシズキ、ウィンがどんな風に感じるかは、当然ながら彼ら次第だけれども。

だけども悪い結末には、多分ならないと思ってる。

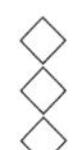

僕が不在の間にも、やっぱり清掃を欠かさず綺麗にしてくれていた鍛冶場で、炉に火を入れる。
今回は、アズヴァルドから鍛冶を学んだウィンも一緒に。
カエハの提案、三年後の僕との試合を、シズキとウィンも受け入れた。
その結果がどうであれ、三年後にはウィンも三十二歳で、人間でいうなら十五か十六歳くらいにはなる。

この世界の慣習的には、独り立ちをするべき年頃だろう。

……前世の記憶に従うなら、十八や二十、二十二といった区切りになるけれど、流石にそれを押し付ける気はないし。

その時が明確になったからだろうか。

ウィンも何だか、少しすっきりとした風に見える。

多分なんだけれど、僕に足りなかったのは、親の自覚なんだと思う。

僕は自分が、親になれるような人格じゃないと考えたから、保護者兼、一番近くに居る友として在りたいなんて寝言を言っていた。

いや、それは紛れもない本心だったのだけれども、それでも僕は、ウィンにとっては親だったのだろう。

子が親の背中を見て、憧れ、追い付きたい、追い越したい、認められたいなんて思うのは、きっと当たり前の事だ。

だけど僕の態度は、親としては中途半端だった。

幼い頃はそれでも良かったのかもしれないが、少年となったウィンは、少しずつ大人に近付いて行く彼は、中途半端に振る舞う僕に、向き合い方を見失う。

あー……、違うか。

僕も少しずつ難しくなっていくウィンに対して、向き合い方が分からなくなったし、お互い様かもしれない。

実に情けない話だけれども。

また僕とウィンは、互いに流れる時間も違う。

それに加えて最近の僕は、少し派手に生き過ぎた。

久しぶりに会ったカエハに、物語に出てくる英雄のようだと言われてしまうくらいには……。

そう、物語に出てくる英雄とは、遠い存在って意味だ。

ウィンにとって僕の背中は、ずっと遠くにあるのかもしれない。

しかしそんな事で悩めるのは、僕らが恵まれているからだった。

だってこの世界に生きる多くの人間は、生きる為に、生きて行く力を得る為に必死で、互いの向き合い方になんて悩んでる余裕や時間は、きっと限られてるだろう。

なのにその悩みを解決……、は無理だとしても、僕らが互いの向き合い方に折り合いをつけて納得できるようにと、カエハやシズキが協力しようとしてくれているのだ。

本当に、僕らは色んな意味で、恵まれている。


「ウィン、僕は前と同じように、練習用の剣の修繕とか、鍛冶師組合からの仕事を受ける心算(つもり)だけど、どうする?」

炉を見つめながら、僕は問う。

ウィンが鍛冶仕事を望むなら、その分の仕事も引っ張って来る心算だった。

彼が相応の実力を示しさえすれば、そのうちに上級鍛冶師として認められるようにも取り計らえる。

でも剣の修練に専念したければ、それはそれで別にいい。

どんな風に時間を使うにしても、ウィンの自由だ。

「鍛冶場は使いたい。でも鍛冶仕事は、……自分で仕事を探せるように、なりたい」

彼は少し悩んでから、そう言った。

成る程、確かに人間の国での仕事の受け方を知らなければ、鍛冶で糧を得る事は難しいだろう。

だとすれば、やはり上級鍛冶師の免状は、手に入れた方が便利である。

一つ所に留まるなら兎も角、旅をする場合なら、尚更に。

「じゃあ今度、鍛冶師組合に一緒に行こうか。仕事の受け方、教えるよ」

定住して鍛冶屋を開くのでなければ、鍛冶師組合を通して仕事をするのが一番手っ取り早い。

もちろん報酬から幾らかの手数料は取られるけれど、鍛冶場、燃料、素材の手配の手間を考えれば、必要経費と割り切れる。

「流れの鍛冶師で食べて行くなら、上級鍛冶師の免状はあった方が良いよ。もちろん相応の実力と実績は必要だけれど、アズヴァルドに鍛冶を教わったんだから、三年もあれば何とかなるさ」

まぁアズヴァルドの弟子の全てが上級鍛冶師という訳ではないのだけれど、恐らくは大丈夫。

アズヴァルドもウィンの才能と熱意を認めていたし、鍛冶を習い始めてからの時間も、……まだ十年には満たないが、三年を足せば十年を超える。

僕だって十年で取れた免状だ。

彼に取れない理由はない。

「うん、わかった。エイサー、その……、ありがとう」

ウィンは少しきまり悪げに、僕に向かって礼の言葉を口にする。

そんなの、気にする必要はないのに。

彼が生きて行く為の力を手にする事に、僕が協力するのは当たり前だ。

今も僕はウィンの保護者であって、敵対者ではないのだから。

三年後に行うのも、試合である。

競い合いはしよう。当然ながら全力で。

だけど敵対ではない。

「さて、じゃあ先ずは修繕から取り掛かろうかな。またどれもこれも、随分と使い込んでるや。ウィンも手伝ってくれる?」

僕が道場を離れてる間は、修繕は王都の鍛冶屋に任せてたらしいけれど、外に頼むとなればどうしても頻繁にとはいかなくなる。

弟子の誰かに、或いはシズキの子に、鍛冶を教えるのも良いかもしれない。

折角の鍛冶場も、使われない時間がとても長いし。

些(いささ)か勿体ないとは思っていたのだ。

とはいえ、そうするにしても、三年後の試合が終わってからの話だろう。

今はそれよりも、僕にはすべき事があるから。

頷くウィンと、僕は並んで剣の修繕作業に入る。

仕事中、お互いに無駄口は叩かずに作業に専念してたけれど、流れるその時間は、僕にとってはとても穏やかで、心安らぐ物だった。

昔から、カエハと剣の修練をする時は、僕は彼女と並んで剣を振って来た。

だけど今、僕の剣を教えるカエハは、剣を持たずに僕の前に立っている。

それがどうにも、違和感があって落ち着かない。

「そんな顔をしなくても大丈夫ですよ。貴方が私を模倣しようとして剣を振ったのと同じか、それ以上の時間は、私はエイサーに教える事を考えながら剣を振りましたから」

僕と向き合うカエハは、そう言って笑った。

それはとても軽い口調で告げられたけれど、だけど彼女が口にするなら、紛れもない事実なのだろう。

実に光栄な話だけれど、同時に今になって漸く(ようや)カエハに剣を学ぶという事が、非常に申し訳なく感じる。

しかし彼女は今更それを気にした風はなく、

「人には己が持つ力を発揮し易いタイミングがあります。逆に力を発揮しにくいタイミングもあります。例えば切り結んで競り合う最中に息を吐いてしまうと、力が抜けるでしょう？」

淡々と説明を続けて行く。

その話は、どこかで聞いた事があった。

もしかすると前世で聞いた話を、薄っすらと覚えてるのかもしれないけれども。

実際、呼吸というのは割合に大事だ。

弓で狩りをする時も、獲物の呼吸や視線、気配等から動きを読んで矢を放つ。

「剣を振るう時、心技体が満ち、それに状況が適していれば最良でしょう。また最良の状態で剣を振るえるように場を整える事は、戦う上でとても大切です」

カエハはそう言いながら、剣を振るう仕草を取った。

何も握らず無手のままなのに、まるで握った空気が空間を切り裂いたかのような、錯覚を覚えるその華麗な仕草。

やはり彼女の剣は、華がある。

相手の視線や呼吸、気配を読んでタイミングを計り、最良の一撃で相手を切り裂く。

それはとても綺麗な、正に理想の展開だ。

常にそう在れるならと、僕は心底そう思う。

「弓を修めているからでしょうか。エイサーはその辺りは、とても上手な風に感じます。ですが逆に、心技体が満ち、適した状況になっていなければ、貴方はあまり剣を振りたがりませんね」

そしてそんな僕の考えを見抜いているかのように、カエハは言う。

……あぁ、うん、まぁ、そんな所は、あるかもしれない。

だって体勢が崩れて、或いは自分の準備が整わずに振るう剣なんて、僕が憧れたカエハの剣では決してないから。

崩れた剣を振るなんて、嫌だ。

故に僕の剣での戦い方は、相手を待ち受けた上で一撃を叩き込むばかり。

それしかできないから、仮にそうと見抜かれてしまえば、僕の剣はもう相手に通用しない。

「それが貴方の欠点です。体勢が崩れていても、心の準備が整わずとも、剣を振って相手を崩し、隙に捻じ込み相手を切り裂く。強引であっても無様であっても、振るわねばならぬ剣を振るい、勝ち切る剣士が、強い剣士です」

カエハの言葉に、僕は何も言い返せなかった。

それは多分、そうなのだろう。

いや多分でなく、彼女が言う以上はそうなのだけれど、それでも心が引っ掛かる。

僕がカエハに教わった、彼女を模倣した剣を、不完全に振るうなんて事が、あっていいのかと思ってしまう。

向き合ったまま、僕とカエハの間に沈黙が流れた。

分かりましたの一言が、どうしても口にできない。

彼女が、師が正しい事なんて、僕にだって分かっているのに。

「……ですが貴方は頑固で我儘ですから、私が言っても聞かない事は、知ってます」

沈黙を、先に破ったのはカエハだった。

その言葉は溜息交じりで、なのにどこか、嬉しそうで。

「ですから私は考えました。エイサーが私の剣を不完全な形では振れぬなら、私がどんな状況でも、転ぶ最中でも寝ていても不意打ちを喰らっても、貴方が真似たいと思う剣を振るえればいいと」

そして何やら、ちょっとおかしな事を言い出した。

いやいや、僕が不完全な剣を振れないって話で、どうしてカエハが不完全な状態からでも完全な剣を振るえるようにって話になるんだろうか。

そもそもそんな事が可能なのか？

「先程、言ったでしょう。貴方に教える事を考えて、沢山剣を振ったと。ですからある程度はできますよ。寝ながらはまだ修練中ですが、転びかけでも不意を打たれても、普段と大きくは変わらずに、剣を振れます」

カエハの口調は、それが至極当たり前だといった風で。

その言葉が一切の偽りなく、誇張なく、真実なのだと僕に知らしめる。

更に実際に無手のままに宙を握って、無構えから素早く四方八方に向かって、背面にさえも、流れるような動きから腕を振るって見えぬ剣を届かせた。

それは一見は無造作に、単に軽く動きながら添えた両手を振り回してるように見えるけれども、少し前の斬撃の動作と同様に、握った空気が空間を切り裂くかのような鋭さを感じてしまう。

きっと彼女は剣を握っても、今と同じように鋭く、だけど無造作に、何の準備も構えもなしに、それを振るえてしまうのだ。

「後は貴方が、私の剣を模倣して身に付けるだけです。エイサー、簡単ではないでしょうが、できますね？」

喋りながらも全く手を止めず、その動作の一つ一つから鋭さは欠片も失われず、その顔には笑みさえ浮かべて。

彼女は僕に問う。

つまりカエハは、僕に模倣させる為に、自身があらゆる状態から剣を振るえるように修練を積んだと、そう言っていた。

……そんなの、無理だなんて、言えよう筈がない。


やがて動きを止めたカエハは、まだ衝撃の抜けきらぬ僕を楽し気に見詰め、

「エイサーにこれを教える事だけは、私にしかできないでしょう。これでも結構頑張ったので、貴方が驚いてくれて嬉しいです」

またクスクスと笑う。

確かに僕の剣は、カエハの技に憧れて、それを再現するべく磨いた物だ。

だから今も、彼女が見せた技に胸は鼓動を速め、同じ剣を振るってみたいと、身体が震える。

「えっと、シズキもその剣を？」

だけど僕がその技を教わってしまって良いのだろうかと、不安も湧いた。

だってその技は、今のヨソギ流の、何やら極意のような物じゃ、ないのだろうかと思ってしまったから。

しかしカエハは、首を横に振る。

「いいえ、あの子は、ヨソギ流を盛り立てる為でもありますけれど、真っ当に自分が強くなる為に剣を振ってますから。こんな奇天烈な剣は不要です。あの子はもう自ら考えて技を練り、日々成長をしています」

そして誇らしげに、そう言った。

シズキは僕みたいに、困った剣士じゃないのだと。

拘りよりも勝利を選べる、心・技・体の全てを揃えた自慢の息子を侮ってくれるなと、言わんばかりの表情で。

「私の剣を再現する事を目的としてる捻くれた弟子は、エイサーしかいませんよ。他の弟子はこんなに手間が掛かりません。ですから貴方には、私しか教えられないのです」

心が未熟な僕に、カエハは心を伴わずとも圧倒的な技量で相手を斬り伏せろと、そう言ってる。

その為の見本は、自分がそれを可能として用意したからと。

僕はカエハのその言葉に、頭を下げて剣を置き、剣を握った心算で宙を掴む。

彼女が剣を使わず、敢えて無手でそれを見せたのは、僕に真似させる為だろう。

今の僕にはその意味はまだ理解できないけれども、……だからこそ真似て考えるのだ。

真似て考え、真似て考え、模倣の果てに理解する。

それは何時もと変わらぬ剣の修練。

再び道標は、僕の前に示された。

「ぐぉー、たーべーちゃーうーぞー！」

手をワキワキと閉じ開き、ついでに耳もピコピコ動かして、そんな風に言いながら僕はのしのしと歩く。

すると子供達、四歳の女児であるソウハと、二歳の男児であるトウキはきゃあきゃあと叫びながら僕から逃げ回る。

尤も幾ら逃げた所で、四歳児や二歳児が、僕から逃げられる筈もない。

大仰な動作で捕まえ損ねるフリをするが、逃げ回って足元が疎かになったトウキが転びそうになると、サッとその前に捕まえて小脇に抱えた。

抱えられて目線が高くなったトウキがはしゃいでるのを見て、ソウハも羨ましくなったのだろう。

自分からわざと捕まりに来たので、逆の手で同じように捕まえて抱える。

「すいません、エイサーさん、二人と遊んで貰ってしまって」

子供達と遊ぶ僕にそう言って頭を下げたのは、……シズキの妻、クローネという名の女性。

そう、ソウハとトウキは、シズキと彼女の子供だった。

僕は首を横に振り、暫く二人の子供を振り回してから、抱えた彼らを地に下ろす。

子供は好きだし、子供と遊ぶのも好きだから、何の問題もありはしない。

それに僕は、相手が当主の子供であっても、接する際に遠慮はしないし。

しかし地に下ろした二人の子供は、てっきり逃げ出すかと思ったのに、まだ抱えられ足りないとばかりに僕の足を摑んで揺する。

成る程。

シズキの子、カエハの孫だけあって、この二人は活きが良い。

僕は改めて二人をしっかり抱え上げると、足をトントンと踏み鳴らして地の精霊に呼び掛けて、大地を盛り上げ、滑り台を作って貰う。

突然の事にソウハとトウキは、……のみならず母親であるクローネもが、ぽかんと口を開いて呆けてる。

そして僕は子供達を抱えたままに滑り台に上がり、サッと滑って下に降りた。

あぁ、降りた先は柔らかい砂の、砂場にした方が安全か。

一度僕が滑って見せた事で、それがどんな物かを理解したのだろう。

ソウハとトウキを解放すれば、二人は一緒に滑り台へと上がり、歓声を上げて滑り降りる。

姉のソウハが、弟のトウキに手を貸して滑り台に上がる姿が微笑ましい。

そんな子供達を、改めて用意した砂場の柔らかい砂が受け止めて、二人はその遊びに夢中になった。

「あの、主人から聞いてはいたんですが、凄い方なんですね」

二人の子供が滑り台で遊びだした為、手の空いた僕に、漸く衝撃から立ち直ったクローネが、おずおずと話しかけてくる。

うぅん、まぁそんな風に見えるのだろう。

でも凄いのは精霊であって、僕じゃない。

僕は、立場は多少特殊だけれど、それでもこの道場では弟子の一人だ。

「別に大した事じゃないよ。それよりも何十人にも一度に剣を教えてる、シズキの方がずっと凄いね」

滑り台で遊ぶ子供達がうっかり怪我をしないように見守りながら、僕は言う。

確かクローネは、……嫁いで来る前の姓がエアスペラーだったらしい。

それは今はどうなのかは知らないけれど、僕の剣を購入した騎士長と同じ姓だった。

確認した訳ではないけれど、恐らくはあの騎士長の孫にあたる女性だろう。

つまりはルードリア王国式剣術の、重鎮の孫である。

僕はシズキとクローネが恋愛の上で結婚したのか、それとも政略的に結婚したのかは、知らない。

無粋過ぎて聞く気もしないし。

けれども今、ヨソギ流とルードリア王国式剣術が、近い関係にあるのは紛れもない事実だった。

ヨソギ流の拡大に、それが大きな影響を及ぼしている事も。

とはいえ、まぁ僕にとってはその辺りは別にどうでもよくて、シズキのクローネに対する接し方には愛情があって、その逆も然りだ。

また子供達もたっぷりと愛情を注がれているとわかるので、全てはオッケーである。

シズキの子、カエハの孫とくれば、僕にとっても、子や孫とは言わないまでも、家族みたいなものだった。

今はヴィストコートの町に住んでるミズハも、結婚して子が居るらしいし、一度様子を見に行きたい。

幸せに、暮らしてるんだろうか。

ミズハは強い子だったから大丈夫だとは思うけれども、だからこそ無理、無茶をしてないかと、気にもなる。

まぁ、ヴィストコートなら同じ国の中だ。

行き来は然程(さほど)に難しくもない。

そのうち一度、見に行くとしよう。


今、シズキはウィンに剣の指導をしてる。

カエハが僕に指導するのと同じように。

だけど実際の所、シズキとカエハでは自由になる時間が違う。

当主であるシズキは、ウィンだけじゃなくて道場全体を、全ての弟子を見なけりゃならない。

ウィンだけを個別にみる時間は、どうしたって限られる。

もちろんその分、ウィンへの訓練を他の弟子達も手伝うだろう。

三年後の試合は、僕とウィンの競い合いであると同時に、カエハとヨソギ流の道場全体との勝負でもあった。

実に楽しい状況だ。

ウィンには皆から期待が集まる。

今は然程に感じずとも、時が近付くにつれてその期待は少しずつ大きくなっていく。

そしてそれは、同時に大きなプレッシャーにもなり得る筈。

期待やプレッシャーを飲み込んで、三年後のウィンは、一体どれ程に成長してるだろうか。

剣だけでなく、心も、きっと大きく育ってる。

そんな成長したウィンとぶつかるその時が、今から楽しみでならない。

保護者としても、剣士としても。

多分これも、闘争心を持つって事なんだと、そう思う。

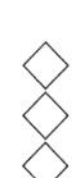

無手での模倣から始まって、やがて木剣を持つ事を許されて、それを振るう。

木剣を振るようになって気付いたけれど、最初に無手で修練したのは、動きを正しく理解せぬ間に剣を握れば、重さや遠心力で身を痛める可能性があったからだ。

僕はまた一つ理解を深めて木剣を振り続け、季節が幾つも変わった頃には、カエハと打ち合うようになった。

多分三年ぽっちの時間なんかじゃ、僕の技量は自身が、後はカエハが望むレベルには到達しない。

だってこんなの、どう考えても数十年掛けて会得する剣技である。

でもそれでいいのだ。

未完成でも、その時の自分の精一杯を、僕はウィンとぶつけ合えばいい。

その後だって、僕と彼の人生は続くのだから。

だけどそうして流れる時間の最中にすら、喪失は訪れる。

カエハの道場に戻り、今の剣の修練を始めてから二年が経ったある日、僕は手紙を受け取って、

……ヴィストコートの町へとやって来た。

クレイアスとマルテナの、嘗（かつ）て白の湖という名のパーティで活躍した、二人の冒険者の墓を参る為に。

死後に魂が精霊となるとされるハイエルフには、死者を悼（いた）む作法がない。

エルフは軀（からだ）を樹木の近くに埋め、死者を悼む時はその木に話しかける。

この世界では時に死者の軀に魔力が働きかけて、魔物としてしまう事があるけれど、木々がそれを防いでくれるともされていた。

人間ならば、この辺りなら豊穣の神に祈りを捧げるのが一般的だろうか。

故人が安らかに地に還り、何時か再び生を得て欲しいとの祈りを。

特にマルテナは、豊穣の神に仕える司祭でもあったから、きっとそれが正しい筈だ。

他にも死に関わる神はいた筈だけれど、大抵の場合は信仰してる神に祈る。

しかし僕は、……そう、何となくだけど、墓の前に佇むと手を合わせてしまう。

それはこの世界には、少なくともこの辺りにはない作法だけれど、冥福を願う時は、それが一番気持ちがこもる気がするのだ。

当たり前だけれど墓には、二人の面影なんてない。

でも墓の前に立てば、自然と二人の、それも出会ったばかりの若かったクレイアスとマルテナの、顔が思い浮かぶ。

「エイサー様、ありがとうございます」

顔を上げた僕に声を掛けたのは、手紙をくれたアイレナだ。

彼女からの手紙によると、二ヵ月程前、先にクレイアスが息を引き取り、後を追うようにマルテナも一週間程で逝ったらしい。

本当に人間という生き物は、あまりに儚(はかな)いと思う。

冒険者としては頂点である七つ星に到達したクレイアスとマルテナでさえ、こんなに短い時間で世界を去った。

ヴィストコートに住む多くの人に慕われ、葬儀には大勢が参列したそうだけれど……、百年もすれば二人の事は、もうきっと誰も覚えていない。

例外は、きっとアイレナだけ。

礼を言われるような事じゃない。

そう返そうとして、だけど僕はその言葉を飲み込んだ。

だってアイレナの浮かべる笑みが、あまりにも弱々しい物だったから。

「別れ際に、マルテナに言われました。ごめんなさいって、そして、ありがとうって」

僕は黙って、彼女の言葉を聞く。

クレイアスにマルテナ、それにアイレナの関係を、僕は正しく理解してる訳じゃない。

察するところはあるけれど、それが正しいという保証なんてどこにもなかった。

ただ二人はアイレナに、アイレナは二人に、負い目のような感情を持ってる風にも思ってた。

いや、負い目というのも勝手な僕の想像で、未練なのかもしれないけれど。

……でもクレイアスとマルテナが、カエハの申し出に応じたのは、アイレナの存在があったから
なのは、多分間違いがない筈だ。

僕とは別の誰かの呪いだと、カエハの母、クロハが口にしていたように。

けれども、そんな事はもう今更だ。

それを事細かに暴き立て、彼らの気持ちを知ろうだなんて思わない。

ヴィストコートの町へはカエハも一緒に来たけれど、彼女は今、娘であるミズハの家にいる。

恐らく僕とは別に、一人で墓に参る心算なのだ。

「エイサー様、もしも貴方が居なければ、私に役割をくれなければ、……もしかしたら私はこの国から、二人の前から逃げ出していたかもしれません」

故に僕には、目の前のアイレナの気持ちも、正しく理解はできないだろう。

だから安易な慰めは口にせず、向けられた言葉を受け止める。

「ずっとずっとこの町に戻れない間に二人が死んで、百年経っても二人の死を確認する勇気もなくて、……もっと後に勇気を出してこの町に来ても、お墓の場所さえ分からなくて」

そんなｉｆは存在しない。

否定する事は簡単だった。

アイレナはそんなに弱くない。

僕が知る限り、最も優秀で、信頼できるエルフが彼女だ。

たとえ一時は逃げたとしても、クレイアスとマルテナが死ぬ前には会いに来ただろうし、仮に死後に町を訪れていたとしても、墓の場所くらいは見つけ出す。

でもきっと、そんな事を言う意味はなかった。

アイレナは別に、折れて弱音を吐いてる訳じゃない。

「逃げていれば、こんな悲しい想いはしなくて済んだのかもしれません。でもクレイアスを、マルテナを、見送る事もできなかった」

ただ悼み、悲しみ、自分の気持ちを確認してるだけだ。

もちろん整理は、まだ暫くは付かないだろう。

それには十年や二十年掛かるかもしれないし、百年や二百年掛かるかもしれない。

だけど思い出を一つずつ、少しずつ、振り返っては確認し、反芻し、やがて胸の戸棚に仕舞って行くだろう。

「ですからエイサー様、ありがとうございました」

アイレナの礼の言葉に、僕は頷く。

彼女はクレイアスとマルテナの死後に備えて、この国を離れられるように、役割を引き継ぐ準備を進めてた。

しかし今後どうするのかなんて、野暮な事は今は聞かない。

実際にどうするかなんて、その時の気持ち次第で幾らでも変わる。

好きなだけ悲しみ、思い出に浸るといいと思う。

どうせ僕らには、時間はたっぷりあるのだ。

仮に思い出話がしたければ、喜んでそれに付き合いもする。

今、アイレナが感じてる痛みは、僕にだって他人事じゃない。

近い未来に、同じ痛みを僕も必ず味わうのだから。

墓参りの後、カエハの娘であるミズハにも会ったが、彼女も二人の子供を産んでいた。

……ヨソギ流の当主の家系は、子供が二人って決まりでもあるのだろうか？

いやでも、その割にはカエハは一人っ子だったし。

母であるクロハの身体が弱かった為かもしれない。

「エイサーさん、私の子供達、抱っこしてあげて。無事に元気に、大きく育つようにって」

僕はミズハに言われて、彼女の子供達を抱き上げる。

双子であったミズハとシズキだけれども、ミズハの長子は、シズキの長子よりも三歳も下だ。

いや、もちろん双子だからって子を産み育てる時期まで同じになる筈がないのは当たり前だけれど、でも何時も一緒だった二人の違いをこんな所にも感じてしまう。

シズキは道場の事も考え、後継ぎを早くに欲した。

ミズハは冒険者として活躍する事を優先したから、子を産む時期はシズキよりも遅くなった。

二人の立場の違い、性格の違いが表れてるようで、面白い。

「二人とも、良い子だね。水と風と、火と土が、君達を守ってくれますように」

抵抗もせず、大人しく抱かれてくれた二人に、僕は笑みを向ける。

腕の中で、不思議そうに僕を見返す小さな子達。

僕に無病息災の御利益なんてないけれど、ミズハが納得するならいいだろう。

いや、そうでなくたって、僕だってカエハの孫にしてミズハの子であるこの子達の、無事な成長は願ってた。

小さな子供は病に倒れて、大人になれない場合も多い。

ヨソギ流の子供達は多くが健やかに育ってるけれど、それは実に幸運な事である。

ミズハは妊娠を機に冒険者は引退しており、今は子を育てながらも冒険者組合で剣の教官をしているそうだ。

なんとも不思議な縁を感じてしまう。

そういえばクレイアスとマルテナの子は、隣国のザインツで騎士になったと聞いた覚えがあった。

僕は結局、その子とは一度も会った事がない。

今回も会えなかったし、多分縁がないのだろう。

今回はもう出迎えてくれなかったロドナーの墓にも参ってから、僕はカエハと共に王都へ戻る。

ヴィストコートにはやはり懐かしさを感じたけれど、既に家も譲った僕に、あの町での居場所は存在しない。

どうしてもしんみりとはしてしまうけれども、僕はそれを受け入れる事ができた。

知人も、居場所も、やがては失われて記憶の中に残るのみ。

これもまた、避けられない時間の流れなのだと。


さて徒歩の旅でゆっくりと王都に戻った僕らを待っていたのは、ヨソギ流と四大流派の一つ、ロードラン大剣術との関係が悪化しつつあるとの報告だった。

より正確に言えば、ルードリア王国式剣術と関係を深めて大きくなりつつあるヨソギ流に対抗するように、ロードラン大剣術とグレンド流剣術が協力関係を結んだのだとか。

今も昔も、この国で最大規模の流派は、国の名も冠するルードリア王国式剣術だ。

ロードラン大剣術とグレンド流剣術が手を結んでも、ルードリア王国式剣術と真っ向から事を構えるとは考え難い。

すると当然ながら、狙いはヨソギ流となる。

何せヨソギ流とロードラン大剣術は、もう随分と過去の話にはなるが、因縁があった。

……以前はヨソギ流とロードラン大剣術の対立を、クレイアスが防いでくれていたけれど、彼はもうこの世に居ない。

剣聖と呼ばれたクレイアスの名はロードラン大剣術にとって非常に大きく、老いた後も敬意を払って不戦を継続していたが、その必要はもうなくなったと考えたのだろう。

何ともまぁ、実に僕の神経を逆撫でしてくれる話だ。

僕にだって虫の居所が悪い時もある。

せめてクレイアスの死から一年、二年と時間が経っていたなら、こうも気に障る事はなかったのに。

あまりに動きが早いと、まるで待ち構えていたようじゃないか。

まるでロードラン大剣術は、僕がヴィストコートで抱えた胸のやるせなさを、ぶつけて欲しいとでも言うかのような行動に出た。

だったら僕にだって、遠慮する必要は何もない。

死者を出す心算はないけれど、嘗てクレイアスが危惧した通りに、ロードラン大剣術の道場は吹き飛ばそう。

グレンド流剣術の道場も、ついでに。

でも、そう考えた時だ。

僕の背を、カエハの手が摑む。

「これはヨソギ流の当主が解決すべき問題です。あの子はまだ、私にも貴方にも、助けを求めていません。……見守りましょう」

彼女の手は、声は、震えていない。

本当ならそれは、カエハにとっては非常に選び難い選択の筈。

だって彼女は、子供の頃に何もできずに、父を失い、高弟達が返り討ちとなり、道場を破壊されるという経験をしているのだから。

……にも拘らず、カエハは何もせず、見守るというのだ。

ならば僕が、勝手に動ける筈がない。

僕もヨソギ流に属する者ではあるけれど、認知される立ち位置はカエハの直弟子である。

少なくともシズキがカエハを頼るまでは、黙って状況を見守ろう。

動いてしまった方が楽に思えても、飲み込み、我慢し、ジッと待つ。

シズキは決して一人ではなく、傍にはウィンや他の弟子達だっているのだから。

しかし幾ら関係が悪化しつつあるとはいっても、すぐさま相手の道場に武器を持って襲撃を仕掛ける、なんて展開にはならなかった。

当たり前の話だが、そんな事をすれば普通に犯罪で、ルードリア王国の法で裁かれてしまう。

以前のヨソギ流がそれを、カチコミなんて方法を選んだのは、当主の死という決定的な出来事が起こり、跡目を狙う高弟達が後先を考えずに暴走したが為だ。

そんな特殊な状況でもなければ、いきなり相手を叩き潰そうなんて物騒な事は、普通は考えないらしい。

……僕はほら、証拠とかあんまり残さずにできるから、苛立ちもあって、ちょっと思っただけである。

故に今の所は、ヨソギ流はルードリア王国式剣術と、ロードラン大剣術はグレンド流剣術と近づいて、互いに孤立せずに有利な状況を作り出そうとしてる段階だ。

僕は状況を詳しく把握してる訳じゃないし、そもそもこの手の話は理解し難いが、政治力の争いという奴だろうか。

だが流派の緊張状態は弟子達にも伝わる物で、ヨソギ流とロードラン大剣術の弟子が町で出会えば、互いに威嚇する程度の事は度々起きていた。

残念ながらというべきか、当然ながらというべきか、剣の道場に集まってる人間は、一般人よりも確実に血の気が多い。

そりゃあ武力を、人を打ち倒したり殺したりする手段を求める時点で、決して穏やかな人種ではなかった。

また修練を積んで力を持てば、それを試したいと思い、敵が現れれば進んで戦おうとするのは、何も特別な話じゃない筈だ。

もちろん、別に道場の弟子の全てが粗暴だったり野蛮という訳ではないだろう。

特にヨソギ流の道場では、先代当主だったカエハの方針で、行儀良く振る舞う事を求められるし、できなければ厳しく躾(しつ)けられる。

それすら受け入れられなければ、道場には残れない。

だから僕から見て、ヨソギ流の弟子は誰もが気の良い者達だった。

でもその行儀の良さをロードラン大剣術側には期待できないし、面子(メンツ)を傷付けられればヨソギ流の弟子達だって激発する。

そうならぬように当主が弟子達を抑えてはいるけれど……。

一触即発にはまだ遥かに遠いが、確かな緊張感を孕(はら)んで、時は過ぎ行く。

定められた日がやって来た。
僕らが再びヨソギ流の道場に戻って来てから三年が経ち、僕とウィンの試合は、もう間もなく始まろうとしてる。
木剣を手に、道場の中央で向き合う僕ら。

僕の後ろではカエハが、ウィンの後ろではシズキが、少し離れて試合を見守る。

周囲の弟子達は、まぁ当然ながら共に剣の修練をした、ウィンを応援するようだ。

ここに至っては、もう言葉は必要ない。

ウィンは本当に成長していた。

それはもう、たたずまいを見るだけでも十分に分かる。

身長だってもう僕と殆ど変わらないか、或いは僅かなら彼が勝る事だってあり得るだろう。

だからこそ全力だ。

仮にここで手を抜けば、それが意識した物ではなかったとしても、僕はウィンとまともに向き合えなくなる。

長く一緒に過ごしたから、僕らは互いに、相手の癖を知っていた。

良さも、悪さも。

剣の癖も、それ以外の癖も。

だけどそれは、もう三年前の物だ。

この三年でウィンはどれだけ良さを伸ばしたのか。

それとも、どれだけ悪さを修正したのか。

互いに、木剣を構える。

僕の構えは横構えで、ウィンは上段に木剣を構えた。

横構えはヨソギ流が、というよりもカエハが得意とする、最も鋭い剣を振る構え。

つまりは僕にとっても、最も得意な構えだ。

相手を迎え撃つのにも向く。

ウィンの上段は飛び込みからの振り下ろし、一足での間合いの広さと威力に長けた構え。

相手の間合いを測るならば剣を中段に構えるが、僕らの体格は近い。

それに手にした武器も同じサイズの訓練用の木剣で、互いの間合いがほぼ等しいと把握し合ってる。

ちまちまとした探り合いは、不要だった。

もしもウィンがこちらの構えを見て、僕の悪癖が治ってないと判断すれば楽な戦いになるのだけれど……。

そんな肩透かしな展開には、ならないと彼を信じよう。


「始めッ!」

審判役の高弟が声を発すると同時に、ウィンは飛び込んで間合いを潰しに掛かる。

もちろんそれは構えを見た時から予測していた事だけれども、……しかし彼の動きは僕の想像よりも数段速い。

三年という時間で、彼は長所を伸ばして来たか。

この分なら剣速も大きく上がってるだろうし、待ち構えての万全の横薙ぎでも、僕が勝るかどうかは賭けになる。

しかし後ろに逃げた所で、あっと言う間に追い付かれてしまうだろう。

故に僕が取った行動は、咄嗟に横に飛んで逃げる事。

そして横に飛びながら身体を独楽のようにクルリと回し、体勢を崩しかけながらもウィンに木剣を叩き込む。

ガッと音を立て、僕と彼の木剣がぶつかった。

辛うじて、僕の一撃を防いだウィン。

だけど僕の攻撃は、それで終わりな訳じゃない。

僕はそのまま間断なく、木剣を繰り出しながら崩れた体勢を立て直す。

ガツガツと、繰り出される木剣を受け止めるウィンの顔色が悪くなる。

強引というよりも半ば無理矢理なのに、それでも鋭い斬撃の意味が分からずに気持ちが悪いのだろう。

うん、僕もこれをカエハとの打ち合いで、最初にやられた時は凄く気持ち悪かったから。

でも僕の崩れた体勢から繰り出す、立て直しながら放つ斬撃はまだ漸く及第点といった所で、彼が冷静に対処したなら防げぬレベルでは決してない。

結局僕は攻め切れず、ウィンは何とか防ぎ切って、互いに後ろに飛んで仕切り直す。

これで僕らはお互いに、相手の三年前との違いを思い知った。

今の所は互角か、或いは僕が少し押してるけれど、ここからは先程までのようにはいかないだろう。

でもこの試合が始まる前に、カエハは僕に一つだけ、アドバイスをくれてる。

『エイサー、もし貴方がウィンを大切に思うならば絶対に勝ちなさい。そしてあの子が目指すべき目標でいなさい。私が貴方に対して、そうしているように』

……と、そんな風に。

それはこの試合に勝つ為の具体的な方策ではなかったけれども、僕の心に火を付ける言葉であった。

びっくりするくらいに説得力もあったし。

だから僕は負けられないし、絶対に負けない。

ウィンがどれだけ僕に勝ちたがっていたとしてもだ。


火が付いた心のままに、次は僕から間合いに飛び込んで木剣を振るう。

ウィンはまともに打ち合わず、一度後ろに下がり、横に飛び、素早い動きでこちらを攪乱（かくらん）しながら回り込みを試みる。

どうやら彼は、本当に速さ、足を重点的に鍛えて来たのだろう。

その動きはやはり、以前とは比べ物にならないくらいに速かった。

しかし、それでも逃がさない。

僕は少しばかり身体を捻って、ウィンが回り込んだ先に木剣を走らせる。

彼が動きの速さを鍛え上げて来たように、僕の対応範囲も大幅に広がってるから、完全に背面にでも回り込まれない限り、剣は届く。

ならば相手の動きが幾ら速くとも、完全に背後にさえ回られなければ良いだけならば、付いて行く事は然程に難しくなかった。

……カエハは最小限の動作で背面にも剣を繰り出せるけれど、僕があの技を模倣するには、まだまだ時間が必要だ。

攪乱に効果が薄い事を悟ったウィンは、左右に回り込む事を諦めた。

だがそれは、勝利を諦めた訳では決してない。

横の動きで乱せないなら、速度を威力に変える縦の動きで、僕を捻じ伏せる気になったのだろう。

つまりは初撃と同じ、突撃からの一撃である。

結局のところはこれが、確かに今の僕にとっては一番怖い。

上段に構えたウィンに対し、僕は再び横構えを取る。

これで決着になるだろう。

初撃は逃げたが、僕にはもう、逃げる気はない。

彼の動きは充分に目に焼き付けた。

次の一撃は、きっとこれまで以上に速いだろうが、今の僕なら捉え切れる筈。

弓の弦が引き絞られるかのように、ウィンの足に重さが、力が乗せられて行く。

……そういえば、結局ウィンには弓を教えなかったなぁと、ふとそう思った。

放たれた矢のようにウィンは真っ直ぐに飛び込んできて木剣を振り下ろし、待ち構えた僕は木剣を横薙ぎに振るう。

旅か。

試合が終わった日の夜、僕と並んで地に座り、星空を見上げるウィンは、そう言った。

「エイサー、ボクは今の道場の揉め事が片付いたら、西へと旅に行くよ」

そうなる気はしてたけれど、でも西は……。

「エイサーが、これまでボクを色んな物から守ろうとしてたって、今はわかるよ。エイサーが止めなきゃ、ハーフエルフのボクは直ぐに死んでたかもしれない事も、聞いた」

笑って言うウィンだけれど、その言葉の内容は重い。

一体誰だ。

そんな事を彼に話したのは。

アイレナだろうか、……うぅん、それとも怪しいのは、吟遊詩人のヒューレシオか。

或いは他の、冒険者をしてるエルフか。

だけどいずれは、そう、知っておくべき事だったのかもしれない。

それを受け止められる年齢になったのなら、本当は僕が話すべきだった。

「でもだからこそ、ボクはもっと知るべきだと思ってる。種族の違いが生み出す諍(いさか)いと、悲劇を」

だから西へ行くのだと、ウィンは言う。

西は獣人と人間の争う地だ。

あの地の人間が信じるのは、人間こそが最も高い地位にあるとする、他種族を排斥する宗教。

人間の血とエルフの血、両方を引くウィンにとって、最悪の場所だといえる。

彼は獣人からも人間からも、敵視される可能性があるのだ。

あぁ、もしかすると、ウィンが僕の養子だなんて知らない、西の地のエルフからだって。

その地で、彼の味方をしてくれそうな存在が、何も思い当たらない。

しかしウィンは、それを理解した上で敢えて西に行くと言ってるから。

……独り立ちする彼を、止める事は僕にはできない。

だけど、一つだけ。

「……ウィン、お願いだから、命は大事にしてね。そうでなきゃ、西の地の人間や獣人、それにエルフが滅んでしまうかもしれないから」

少し脅すくらいは、させて欲しい。

いやまぁ、本当にそれが単なる脅しで済むのか、僕にもちょっと自信はないけれど。

僕の言葉にウィンは苦笑いを浮かべ、

「エイサーは、本当に過保護だよね」

そう呟いた。

でも仕方ないじゃないかと、僕は思う。

我が子が危険な場所に飛び込むのに、心配じゃない筈がない。

たとえそれが、血の繋がらない養子であっても。

「大丈夫。ボクには目標があるから、死なないよ。沢山の物を見て、強くなって、それからエイサーに勝てる男になる」

力強く、ウィンはそう宣言する。

あぁ、どうやら僕は、彼の目標で在り続けられたらしい。

「そしたらもう一度試合をしよう。その時は今度こそ、後少しだった剣をちゃんと届かせて、勝ってみせるからさ。……父さんに」

最後に小さく付け足す言葉に、僕は強くウィンを抱きしめる。

だって向かい合ったままだと、零れそうな涙を見られてしまう。

そんなのあまりにも、格好が悪いから。

彼は旅立つ。

もう引き留めはしない。

ウィンは、僕の子は、一人前の男だ。


実際にウィンが旅立つまで、つまりヨソギ流とロードラン大剣術の関係悪化が解決するには、更に二年の時間が掛かった。

僕はよく知らなかったのだけれど、実はヨソギ流には王都で行われる武術大会、及び御前試合に出場できないという制限が課せられていたらしい。

それは以前の、ヨソギ流の高弟達がロードラン大剣術の道場へ襲撃を掛けた事に対する国の裁定で、要するに過去の負債だ。

シズキは国に強い影響力を持つルードリア王国式剣術を通して制限の解除を求めており、ロードラン大剣術がヨソギ流と敵対的な立場を取ったのは、そうはさせまいとしての事だったという。

今の時期に揉め事が起きれば、国としてはヨソギ流の制限の解除にも慎重になるだろうからと。

まぁ王都での武術大会、特に御前試合は、剣で身を立てんとする者にとっては重要なチャンスだ。

そしてそのチャンスを掴める枠は限られているから、ロードラン大剣術が、或いはグレンド流剣術も、ヨソギ流の王都の武術大会や御前試合への参加を厭わしく思うのはむしろ当然なのだろう。

しかしシズキは弟子達を良く統率し、ロードラン大剣術の挑発にも乗せられず、ヨソギ流は王都で行われる武術大会、及び御前試合への出場が許される。

また行われた武術大会にシズキやウィン、他の高弟達が出場し、揃って優秀な成績を収めた事で、ヨソギ流は大きく名を上げた。

そうなってしまった以上、ロードラン大剣術にはもうヨソギ流と揉めるメリットはない。

逆に今の状態で敵対を続ければ、ロードラン大剣術の名を下げるばかりだ。

故にシズキとロードラン大剣術の当主の間で和解は成立し、無事に問題は解決した。

たらればの話になるけれど、もしも今回の件で僕が動いていたならば、こんな解決は望めなかっただろう。

僕には剣で名声を求める気持ちが、残念ながら理解できない。

それは僕が剣に求める物が、もっと内向的な自己満足の類だから。

鍛冶は作品を他人に認められ、必要とされてこそだから品評会への出品も厭わないが、名が売れる事で煩わしさが付随するケースも多々あった。

だから僕は今回の問題に関しては、何が原因となっており、どう解決すべきかの道筋は見出せずに、力で敵を捻じ伏せるより他にない。

それでは問題の本当の解決にはならなかったとしても。

道場の問題が解決し、西に旅立つウィンの背中を見て思う。

彼はこの先、多くの問題にぶつかって、僕とは違う方法で解決する。

その姿を間近で見られない事は残念極まりないけれど、何時かウィンの話を聞きたい。

どんな風に彼は問題を解決し、何を感じたのか。

そう、ウィンの旅の、人生の物語を、僕は何時の日か、彼から聞こう。

ウィンが旅立ってから一年、つまり僕がこのヨソギ流の道場に再び戻って来てから六年が経った頃、道場の弟子の数名に鍛冶を教える事になった。
恐らくシズキも、僕がこの道場に滞在してるのはカエハの存在があってこそで、何時までも居続

ける訳じゃないと察しているのだろう。

故に僕がこの道場を去った後も、鍛冶を担える人材を欲したのである。

しかし弟子としても、新たな技術を身に付ける機会は決して損な話じゃない。

幾ら道場で剣を学んだところで、その全員が剣で身を立てられる筈がないのは、至極当たり前の話だ。

また剣が好きでも、殺し殺される危険がある世界に飛び込む事を厭う者も居る。

生家に家業がない者や、三男四男で下働きを続けるよりは剣に夢を見た者、弟子達の事情は様々で……、まぁ鍛冶を学びたいという希望者はそれなりに多かった。

だけど僕もその全ての面倒は到底見切れないから、鉄に真剣に向き合える根の真面目な者、灼熱の鍛冶場に耐えられる体力のある者と、適性を考えて選別をして行く。

だがその中で一つ驚かされたのは、鍛冶を学ぶ希望を出して、適性があると思われた者の中に、十歳になったソウハが混じった事である。

ソウハはシズキの娘で、僕にとってはカエハの孫だ。

要するに場合によっては、次のヨソギ流の当主になる可能性がある人間だった。

まぁソウハはシズキの長女ではあるが、下には弟のトウキがいる。

剣を持って戦う場合、筋力、体格的にどうしても男が有利になり易いから、ソウハが当主になる可能性は決して高くないだろう。

でも先代の当主、カエハの例もあるし、或いはソウハの伴侶が当主になる事だってなくはない。

尤もそれを言い出したら、今はヴィストコートに住むミズハの子らだって、才覚を示せば当主の座を得られる可能性はあるのだけれども。

……うん、僕はヨソギ流には、カエハの孫達には跡目なんかで争って欲しくないし、考えたくもない話だ。

トウキが祖母や父の才覚を正しく受け継いでおり、それを発揮する事を期待しよう。

さて話を戻すが、要するにソウハはヨソギ流にとって重要な人間なので、鍛冶を仕込んで良いのだろうかと、僕は迷った。

鍛冶を学べば、剣に費やせる時間は当然ながら減ってしまう。

だってソウハはまだ十歳で、剣や鍛冶だけを学べばいいという訳じゃない。

文字や計算、国の歴史や社会の仕組み、料理や裁縫等の家事も含めて、学ぶべき事は多くあるだろう。

ウィンには人間の倍の時間があったけれど、人間であるソウハにある時間は、当たり前だけど人並だ。

鍛冶を学ぶ事で、ソウハの未来は逆に限定される。

例えば、少なくともヨソギ流の当主の座からは、確実に遠ざかるから。

僕はソウハに鍛冶を教える事を躊躇(ためら)った。

けれどもソウハの父であるシズキは、

「ソウハが自分で決めた事なので、話し合いは済んでますから、どうかよろしくお願いします」

なんて風に言うし、カエハに至っては、

「別に当主を目指すだけが生きる道ではないですし、鍛冶を通して強くなった人も居ます。でもエイサー、孫をたぶらかさないでくださいね」

そう言って笑うのだ。

そんなの一体どうしろって話である。

僕はあまり、他人の人生を引っ掻き回したくないのだけれど……。

しかし保護者達の許可が下りた以上、ソウハの希望を断る理由はない。

まぁこうなるのなら、特に真面目な者を選抜しておいてよかったと思う。

まだ十歳の子供とはいえ、ソウハはヨソギ流の当主の娘だ。

近付きたいと考える弟子も皆無じゃなくて、……万が一、彼女の気を引く為に共に鍛冶を学ぼうとする者が混じっていたら、鍛冶場で振るうのがハンマーじゃなくて僕の拳になっていた。

でも僕が鍛冶を教えると決めたなら、もう生まれは関係なくなる。

鉄に、金属に、ある時は魔物から得た素材に、どれだけ真摯に向き合って、作品を生み出せるか。

もちろん最初は何もできないのが当たり前だが、教えを吸収してできるようになろうとする事が重要だ。

それができるかできないかに、生まれは一切関係がない。

今思えば、ウィンは僕に鍛冶を学ばなくてよかったと思う。

アズヴァルドの方が鍛冶の腕も、教え方も上手いってのはあるけれど、それ以上に僕は、彼をどうしても贔屓目に見てしまっただろうから。


それはさておき、実際に鍛冶を学び始めたソウハは、とても優秀だった。

誰よりも真剣に僕の話を聞き、僕の所作を見、考えるし真似る。

欠点といえば年上の男達に比べればどうしても体力が少ない事だけれど、年齢から考えればそれも上等すぎる部類だろう。

彼女が真剣に取り組むお陰で、他の弟子達も負けずと熱心に取り組む。

またついて来られない者は、早い段階で自ら鍛冶場を離れた。

基礎を積む事を厭わず、されど向上心には満ち、皆が僕の技術を吸収していく。

教え始めて二年、三年と経てば、僕は道場で使われる練習用の剣の修繕は任せるようになったし、彼らの為の仕事も鍛冶師組合から貰って来るようにもなった。

釘や農具、鍋釜等は、この王都でも需要が多く、仕事は幾らでもある。

そしてその中でも、やはりソウハは頭一つ抜けて優秀だ。

ただやはり、ソウハは鍛冶に打ち込んでいる分、剣の腕は伸び悩み、年下の弟であるトウキにも追い付かれつつあった。

だから僕は、余計なお世話かと散々に迷いはしたのだけれど、彼女に問う。

それでいいのかと。

鍛冶よりも剣に、今からでも集中して取り組むべきではないのかと。

だけど僕の問い掛けに、ソウハは笑って、

「師匠、大丈夫です。トウキは絶対に、父のような凄い剣士になって、この家を継ぎます。その時に私は、鍛冶で弟を助けたいんです。だって私は、トウキのお姉ちゃんですから！」

そんな風に言い切った。

堂々と、胸を張るその姿は、力に満ち溢れて輝いている。

成る程。

僕はソウハを充分に評価していた心算だけれど、どうやらそれでも足りなかったらしい。

だったら僕のすべきは余計な心配じゃなく、持てる技術をできる限り教えて、……この道場での鍛冶の役割を全て譲り渡す事だろう。

一度は潰(つい)えかけ、カエハが懸命に立て直したヨソギ流は、シズキが更に大きくして、頼もしい次代達に引き継がれて行く。

それは僕にとって、とても喜ばしい彼らの未来だった。

◇◇◇

剣を学び、鍛冶を教え、日々はとても穏やかなのに、時間は瞬く間に過ぎて行く。

再び道場に戻ってから十三年、ウィンが旅立ってから八年、鍛冶を教え始めてから七年が経つ頃、僕は鍛冶場をソウハを始めとする数人の弟子に完全に譲った。

もちろん乞われれば口は出すし、時には手も貸すけれど、僕から積極的に与える時間は終わりだ。

これまでは僕を中心に回ってた鍛冶場も、これからはソウハを中心に回って行く。

教えられる事はまだあれど、教えなければならない事はもう殆どなかったし、少しでも多くの時間を、カエハに使いたいと思ったのだ。

そう、彼女が日課の鍛錬をこなす事に、少しずつ時間が掛かるようになって来たから。

動かずに休む時間もじわり、じわりと増えて行く。

避けられぬ時が、少しずつ近づいていた。

僕はその時を少しでも遅らせる為、運良く荷物袋の奥底に眠っていた、最後のアプアの実を食べるように言ったが、カエハはまだいいと首を横に振る。

そして更に一年が経つ頃、遂に日課の鍛錬を、彼女はこなせなくなってしまう。

僕はもう、殆どの時間をカエハの傍で過ごすようになる。

ずっと一緒にいれば、話す事はそんなにない。

今日は暖かい。今日は寒い。

明日は雨だと風の精霊が教えてくれてる。

庭木の花の見頃はもうすぐだ。

そんな他愛のない話や、後はもう何度も繰り返した思い出話くらいだ。

だがそれでも、カエハは僕の話を何度でも聞きたがった。

ただ彼女は、自分がそんな状態でも僕が剣を振るのをサボる事は許さない。

だから僕はカエハの部屋のすぐ傍、庭で剣を振り、彼女は椅子に座ってそれを眺める。

剣の振り方、心の籠め方に、口出しされる事はもうあまりない。

いや、以前から、最初の頃からそうだっただろうか。

カエハが素振りをする隣で、僕はそれを真似て剣を振る。

今はそれが、僕一人になっただけ。

だけど彼女が見てくれているから、気持ちはあの頃と変わらない。

それはもう半年が経ち、カエハが布団から起きられない日が多くなっても、変わらずに続く。

僕には、もうすぐ時間の尽きるカエハが、一体どんな風にそれを受け止めているのかは、分からなかった。

怖がっているのか、諦めているのか、もしかするとその時を待ち望んでいるのか、それすらも。

でもカエハは、僕と話す時も、僕が剣を振るのを見る時も、楽しそうな顔をしていたから、それだけを信じて時を過ごす。


「……そろそろですね」

ある日、不意にカエハが、そう言った。

もうずっと覚悟はしていたから、突然の言葉にも僕は驚かない。

しかし、それでも、

「そうなの？　後少し、どうにかならない？　できれば三年くらい」

やっぱり認めたくなくて、無駄な軽口を叩いてしまう。

するとカエハは僕の言葉に苦笑いを浮かべて、

「貴方のお願いなら聞いてあげたいと思うのですが、でも三年は随分と長いですね……」

首を横に振る。

やはり駄目らしい。

今回はもう十五年も一緒に過ごしてるのだから、三年くらいは誤差の範囲だと思うのだけれど、

……まぁそういう問題でもないだろう。

「それにエイサーは、十分に私の傍にいてくれましたから。そろそろまた、自由にしてあげたいとも思うのですよ」

そのカエハの言葉に、僕は一瞬胸が詰まるけれども、それを何とか表情には出さずに、飲み下す。

僕は別に、縛られてここに居た訳じゃないのに。

自ら望んで、選んでカエハの隣に居たのに。

いやでも、恐らくそれは彼女だってわかってる。

だけどやっぱり、もうどうしようもないのだろう。

「ですからエイサー、あれを戴けますか？」

カエハはそう言い、僕は頷く。

そして僕は、最後の一つのアプアの実を、擂(す)り下ろして匙(さじ)で彼女の口に運んだ。

ゆっくりと、ゆっくりと、少しずつそれを食べ、飲むカエハ。

それから食したそれが身体に染み渡るのをじっと待ち、笑みを浮かべた。

彼女は身を起こし、本当に久方振りに立ち上がる。

「美味しい物ですね。エイサー、ありがとうございます。では、剣を。貴方が鍛えてくれた、あの剣を」

そう言って部屋を出て、庭へと降りるカエハに、僕は慌てて枕元の剣を摑み、追い掛けて手渡す。

だが幾ら使い慣れていても、それは鋼の、重い金属の剣だ。

今の彼女に持てる筈がない。

なのにカエハは、しっかりと剣を手で握ると、すらりと鞘から抜き放つ。

「ここが私の、カエハ・ヨソギの、剣の道の、人生の果て」

ゆらりと、剣を構え、彼女はそう言い放つ。

その言葉に、だけど僕は泣けない。

見届ける為には、涙は邪魔だ。

次の瞬間、世界から音が消える。

色も、時間の経過すら、全てが消え去ったように僕は感じた。

振り抜かれたのはあまりに静かで、しかし凄絶で、全てを断つ剣。

もちろんそれは、僕がそう感じただけかも知れない。

ただそれ程に、美しい剣だったのだ。

僕には極みだとしか言葉が出ない程に。

「……こんなものでしょうか。エイサー、ちゃんと見ましたね？」

振り終えたカエハの手から剣が零れ、地に落ちる。

咄嗟に駆け寄り、僕は崩れる彼女の身体を抱きとめた。

小さく、軽く、冷たい身体を。

カエハは、震える手を伸ばして僕の頬に触れ、

「エイサー、……愛して、いますよ」

そう言い残して、事切れる。

剣も目に焼き付けて、最期の言葉もしっかり聞いて……、もう僕が、涙を、嗚咽を、我慢する理由はどこにもない。

僕はカエハの身体を抱き締めて、ただひたすらに、涙を流して、叫び、泣いた。

シズキや他の弟子達が駆け付けても、ずっと、ずっと。


やがて葬儀が終わり、カエハは墓に入れられて、……それを見届けた僕は道場を発つ。

誰もが僕を引き留めてくれた。

ソウハやトウキや、弟子達も。

僕がいずれ去るだろうと分かっていた筈のシズキですら、まだもう少しと口にする。

でも、うん、今は一つ所に、留まりたい気分じゃなかった。

気持ちが沈んでる事もあるけれど、僕は多くの物を、目にしたい。

だって僕は、またやがてここを訪れるだろう。

そう、カエハの墓に、参る為に。

その時、一杯に土産話をしなきゃならないから。

遠く、遠くに旅をしよう。

ふと、思い付いた事がある。

急ぐ訳ではないけれど、エルフ達にもこの地を去る事を告げたら、東へ。

以前にカエハから聞いた、ヨソギ流がやって来たという源流の地を、見に行きたいと思ってる。

彼女に教えられた、幾つかの手掛かりを頼りに。

空を流れる雲の後を追い掛けながら。

幕間　カエハの手紙

エイサーへ

貴方は意外と泣いてしまう気がしますから、この手紙をのこします
もしも泣いてなくて、平気でしたら、この手紙は焼いて下さい
私がこういった物をのこすのは、どうにも似合わない気もしますので

ではもしも貴方が泣いてるのなら、ありがとうございます
私は幸せでした
ちゃんと言えているかどうか、自信はないのですが、私は貴方を愛していました
いつからそうだったのかは、もう私も覚えていないのですが、ずっと

ですから貴方がもしよければ、この手紙が読めなくなってしまうくらいまでは、私の事を覚えて

いてください
ずっとではなくても構いません
貴方のずっとは、本当に長いでしょうから、そこまでは求めません
それで私は満足です
いえ、もしもちゃんと言葉を自分の口で伝えられていたならば、既に満足してるでしょう

唯一つだけ、貴方には勘違いして欲しくない
人間は、少なくとも私は、欲深で諦めが悪く、貴方が思うような儚い生き物ではありません
確かに生きる時間が違いますから、一時を寄り添う事はできても、その生を共には歩めません

ですがこの手紙が読めなくなって、貴方が私を忘れても
貴方が剣を振るう時、私は必ずそこにいます
たとえ百年後でも、二百年後でも、千年先でも、貴方の手が剣を握れなくなるその時まで
私が貴方を守るのです

私の剣が、貴方と共にその生を歩むでしょう
だから私は満足なのです

愛した人
可愛い弟子
導いてくれた、大きな背中
わからずやで、頑固者
優しい人

貴方がどうあれ、私は貴方を守ります
泣くのは構いません
もう一度、ありがとうございます
そして、ごめんなさい

ですが、剣を握り、歩いて下さい
その歩みの最中に、貴方はきっと多くの誰かを救うでしょう
私が貴方に救われたように
貴方はそういう人ですから

この手紙を最後まで読んだなら、どうか大切に持っていてくださいね
もちろん私だって、貴方が長く覚えていてくれた方が、嬉しいですから

第二章　されど僕は立ち止まらない

青々とした大空。

広く、深く、どこまでも広がり、続く。

しかし今はそんな空が、ガラガラと音を立てて揺れていた。

やっぱり僕は、あんまり馬車と相性が良くないらしい。

屋根付きの大型馬車の、その屋根の上に寝そべっているのだけれど、不規則な細かい振動がやはりちょっと気持ち悪い。

あぁ、でも馬車の中に籠った場合に比べれば、万倍ましだけれども。

やはり外の空気が吸えるのはありがたいし、何よりも風を肌に感じられる。

「エイサー様、気分はどうですかね？」

そんな僕に、少しだけ心配そうで、だけど残りは面白がってそうな調子で声を掛けて来たのは、エルフの吟遊詩人であるヒューレシオ。

彼は今、御者台に座って馬を操っており、……多分退屈してるのだろう。

「今は一応大丈夫。……だけど、やっぱり馬車は苦手かなぁ」

僕は空を見上げたまま、そう答える。

こうして屋根の上で過ごせる晴れの日ばかりでもないだろうし。

ずっと乗ってたら慣れるのかもしれないけれど、それまでは気持ち悪さに耐えなきゃならないというのも、あまり気が進まない。

馬の背や船は大丈夫だったのに、なんで馬車だけ駄目なんだろうか。

首を捻るが答えは出ない。

「そうですか。あっ、じゃあ歌うのはどうですか。歌えば気分も変わろうってもんですよ」

良い事を思い付いたと言わんばかりのヒューレシオだが、本職の前で歌うとか凄く嫌だ。

それくらいなら暖かい日差しを浴びながら昼寝をするか、いっそ気合を入れて馬車に並走した方がまだマシだった。

「駄目よ、ヒュー。そんな強引に勧めたら嫌がられるわ。それに歌よりも、きっと絵を描く方が楽しいもの。ね、エイサー様。屋根の上からの景色、スケッチします？」

馬車の幌を捲って顔を出し、会話に割り込んで来たのは画家のレビース。

いやいや、景色を見てる分には良いけれど、揺れの中で手元に集中したら、恐らく余計に酔う。

それに本職のレビースなら兎も角、素人の僕が揺れる馬車の上でスケッチなんて、ぐしゃぐしゃになるのがオチである。

まぁこうしてエルフ達が何かと話し掛けてくれるのは、僕に気を遣ってるからでもあるのだろうけれど。


カエハが逝き、ヨソギ流の道場を後にした僕は、まずはエルフ達のキャラバンに合流した。

そう、以前にドワーフの国で、レビースが夢として語ったキャラバンだ。

乗員は全員がエルフで、町から町へ交易品を運んだり、ヒューレシオが歌い、レビースが絵を描いてと、色々やってるらしい。

またこのキャラバンは、エルフを代表する窓口としての役割を引き継いでおり、ルードリア王国やその周辺諸国では、公的な存在として認知されてる。

加えて好奇心から森を出て来たエルフ達の寄り合い所、或いは相談所でもあり、彼らへの支援も行ってるそうだ。

キャラバンの立ち上げはアイレナ、レビース、ヒューレシオの三人が中心になって行い、他にも何名かのエルフの冒険者が協力していた。

「こら、ヒューレシオもレビースも、エイサー様で遊ばないの」

馬車の中から聞こえてくる、二人を窘める(たしなめる)アイレナの声。

するとレビースは笑って、ヒューレシオは惚け(とぼけ)たフリで誤魔化す。

僕で遊ぶって、実に酷い表現だけれど、まぁいいや。

キャラバンは今、僕を東に運んでる。

小国家群に入ったら船を使うから降りるけれども、そこまではこのキャラバンに運んで貰う心算だ。

あまり馬車を得意としない僕が、それでもエルフのキャラバンに合流した理由は二つ。

一つは遠く西への旅に出たウィンからの手紙を、彼らに代わりに受け取って貰う為。

ウィンも僕も、バラバラに旅をしていたら、この広い世界で互いの居場所は分からなくなってしまうから。

でもウィンからの手紙を共通の知人であるアイレナに受け取って貰って、僕もこのキャラバンに手紙を出してやり取りすれば、互いの繋がりはどうにか保てるだろう。

またそれは、残念ながらヨソギ流の道場には、頼めない事だった。

何故ならヨソギ流の道場に居る人間達は、何時までも僕とウィンの共通の知人ではいてくれないからだ。

人間の老いは早く、彼らとウィン、彼らと僕の間に流れる時間は、同じじゃない。

それはとても残念な事だけれど、どうしようもないのだと、僕はもう十分に分かってる。

だけどエルフは、少なくともウィンよりは長生きをする生き物だ。

変わらず在り続けて信頼できる存在といえば、僕にとってはやはりアイレナだろう。

だからこそ僕は、ウィンとの繋がりの紐を、彼女に預けたい。

そしてもう一つの理由は、今は一人旅が些か寂しいから。

尤も、嘆いて慰めて貰いたい訳じゃない。

あの結末に、不満はなかった。

大切な思い出は、胸に全部仕舞ってある。

更にカエハをずっと感じていられる一枚の手紙も、既に受け取っているから。

単にまだ、気持ちの整理ができてないだけ。

故に誰かに僕の話を聞いて貰いたいとは思わない。

ただ誰かの声が聞こえれば、それで十分だ。

町から町へと楽しそうに旅するエルフ達、明るい彼らのキャラバンは、今の僕にとって丁度良い場所だった。

ほんの一時の同行ではあるけれど。

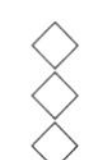

ルードリア王国を中心として、周辺国を回るエルフのキャラバンは、当然ながら時事には詳しい。

僕はここ数年程は外への興味を断って内に籠っていたから、彼らから聞かされる話は驚きばかりだった。

例えば、そう、ルードリア王国の南に在る国、パウロギアが滅んだり、東の国、ザインツとジデェールが統合されて一つの国になりそうだとか。

いや本当に、割と洒落(しゃれ)にならない大事である。

パウロギアは海を欲し、南の商業国家、ヴィレストリカ共和国への侵攻を幾度となく行っていたが成功せず、それどころか最近になって逆に攻め滅ぼされてしまったのだ。

何でもヴィレストリカ共和国は、強力な傭兵団を複数雇い入れ、パウロギアを一気に押し潰したらしい。

その動きがあまりに早過ぎたのと、ルードリア王国がパウロギアへの食糧輸出以上の支援を、具体的には兵の派遣を躊躇った事もあって、パウロギアは滅亡した。

しかしヴィレストリカ共和国もルードリア王国と国境を接するのは嫌だったのか、パウロギアの国土を一部接収したのみで全土の占領はせず、生き残った貴族達に新しい国を興させたらしい。

元々ヴィレストリカ共和国は商業の国だから、領土的野心は薄いのだろう。

大して欲しくもない土地を手に入れて統治に苦労するよりは、大国であるルードリア王国との緩衝地帯としたい。

そんな思惑から新しく興ったギアティカは、ヴィレストリカ共和国の属国として支援を受けながら復興中だ。

パウロギアはヴィレストリカ共和国との交流を持たなかったが、ギアティカになった事でそれが大きく変わった。

多くの物や新しい考え方、文化が流れ込み、もしかすると属国ではあっても、以前よりもずっと豊かになるかもしれないと期待されている。

僕も昔、あの地を通り過ぎた事があるけれど、ルードリア王国との違いにびっくりするくらい、パウロギアは貧しかったから。

あぁ、でもその時に少しだけ立ち寄って、僕が井戸を作った村は、何でも今では随分と豊かになったらしい。

豊かな水と住人の努力で発展していると、ヒューレシオが教えてくれた。

水場には人と近しい関係を結んだ水の精霊が宿り、旅慣れた彼から見ても、素敵な場所になっていたという。

多分ヒューレシオの事だから、話に多少の誇張はあるだろうけれども。

まぁそれはさておき、次にザインツとジデェールだが、両国は元々結び付きの強い国ではあったが、今回は完全に統合してズィーデンという名の一つの大国となる事を目指す動きが出ているそうだ。

その名目は北東の侵略……、というよりは略奪国家、ダロッテの脅威に対抗する為。

だが元々ザインツやジデェールは、ルードリア王国や小国家群とも幾度となく争った歴史があり、その二つが纏(まと)まって大きな国となる事に周辺国は危機感を示しているという。

故にルードリア王国では東部に新たな砦の建設が始まったし、小国家群でもザインツやジデェールと国土を接する国では、兵の増員が急がれてるらしい。

こうして見ると、ルードリア王国を取り巻く状況は危機的ではないにしろ、緊張感を孕んだ物になっていた。

元々ルードリア王国は西をプルハ大樹海に、北を山脈地帯に囲まれている為、仮にヴィレストリカ共和国とズィーデンが協力すれば、封鎖が完成してしまう。

南東のカーコイム公国は中立の立場だが、封鎖が行われるなら当然圧力は掛かる筈。

ルードリア王国は強い国で、生産される食料も豊富だからそれがすぐに致命傷となる訳ではないけれど、それでも真綿で首を締められたくらいにはゆっくりと弱っていく。

すると状況を打破する為に行われるのは、大規模な戦争だ。

まぁこれは僕の勝手な想像だし、実際に封鎖が行われるとは限らない。

パウロギアが滅びた事でヴィレストリカ共和国との取引が盛んになり、両国がより豊かになる場合もあるというか、多分そっちの可能性の方が高い。

ただ、そう、近い時期に変化が二つ重なっているから、どうにも不安が掻き立てられる。


だけど幾ら心配をした所で、これから大陸の東部に向かう僕にできる事はない。

そしてこの際ついでだから、東へ向かうルートの話もしておこう。

この大陸で中央部と東部を分けるのは、人喰いの大沼と呼ばれる大湿地帯だ。

人喰いの大沼はプルハ大樹海に並ぶ危険地帯とされる場所で、特有の魔物が多く出現する。

大湿地帯には小国家群から流れて来た川の水や、南の海から冠水する海水が入り混じり、独自の生態系が築かれているという。

また大昔に滅びたとされる人族、蜥蜴人（とかげびと）を見たって噂もある場所だけれど、真偽のほどが定かではない。

中央部から東部へと向かうルートは、人喰いの大沼を避けて陸路で北を回るか、海路を船で行くか、人喰いの大沼を突っ切るかの三つとなる。

しかし北を回るルートは氷原、砂漠にぶつかるので険しく、人喰いの大沼を突っ切るルートは論外な為、船を使って南を海路で行くのが一般的だった。

ちなみに人喰いの大沼を東に抜ければ果てしなく広い大草原が広がり、ハーフリングや定住しない遊牧民族達が暮らすらしい。

尤も海沿いにまで草原が広がる訳では決してなく、南部の海に近い地域には人の国が並ぶ。

逆に大草原の北側は砂漠になっていて、更に北には氷原が広がる。

砂漠にも人が住む地域はあるそうだけれど、行き来はあまり盛んではないそうだ。

さて僕が東部へ向かうルートだが、敢えて人喰いの大沼を突っ切ろうと、思ってる。

だって船を使うなら、そのまま東端まで乗って行かない理由がないし、氷原や砂漠の厳しさに比べれば、僕にとっては魔物の出現する湿地帯の方がずっとマシだから。

より具体的に言うならば、氷原や砂漠に比べれば、湿地帯の方が精霊の力を借り易い事が最も大きな理由だった。

後はそう、蜥蜴人も、本当にいるなら一目くらいは見てみたいし。

町の広場で僕は集まった子供達に一枚の絵を見せていた。
ヒューレシオはポロポロとリュートを爪弾き、何やら寂しげな旋律を奏で出す。
吟遊詩人にして、寿命の長いエルフでもある彼は、リュートにライアー、この辺りで用いられる楽器なら、何でも一流の腕前を誇るらしい。

「むかし、むかし、ある国にとても貧しく乾いた村がありました。村の近くを流れる川は細くて、日照りが続くとすぐに干上がってしまうのです」

僕は言葉を発し終わると、今まで子供達にみせていた先頭の絵を取って後ろに回し、重ねてあった次の絵を見せる。

この絵の作者はレビースで、僕の注文通りにあまりリアルになり過ぎないよう、デフォルメとまではいわないが、敢えて少し崩して柔らかい印象を与えるように描かれていた。

村の絵をめくった次に描かれていたのは、一人の少女。

「そんな貧しく乾いた村に、一人の少女が住んでいました。名前はマリー。彼女は干上がった川に向かって祈ります。『どうかお水を飲ませてください』……と、そんな風に」

そう、僕が子供達に見せているのは紙芝居である。

キャラバンのエルフ達に、僕にも何か出し物をして欲しいと言われ、さんざん悩んだ挙句に思い付いたのがこれだ。

話はヒューレシオが決め、レビースは絵を描いてくれた。

そしてアイレナは、精霊の力を借りた演出担当。

どう考えてもアイレナが語り手で、僕が演出を担当した方が向いてると思うのだけれど、エルフ達は僕に読み手をさせたがる。

「その時、奇跡は起こりました。川の底の、僅かに湿った土の中から水の精霊が出て来て、マリーの合わせた手の上に、コップに一杯分の水を出してくれたのです」

僕がそう読み上げると同時に、アイレナが傍に置いた水を張った桶に小さく呼び掛ける。

するとその声に応えた水の精霊が、水を動かして透明な乙女の像を作り上げた。

いやまぁ、別に全ての水の精霊が乙女の姿をしてる訳ではないのだけれど、多くの人間がイメージする水の精霊といったら、やっぱりこの姿だろうから。

「マリーは驚きましたが、とても喉が渇いていたので、その水を手で受け止めて、必死になって飲み干しました」

ちなみにこの話は、偶然にも精霊と波長の合った少女が、村を渇きと貧困から救うという、ヒューレシオの創作だ。

何でも亡国となったパウロギアに伝わる話を元に話を膨らませたんだとか。

少しだけ似た話を僕も知ってるけれど……、まぁ今は気にしない事にしよう。

変に意識をすると、声が裏返ってしまいそうになる。

水の精霊に渇きを癒して貰えたマリーだが、覚えたてのその力は小さく、とてもじゃないが村人の全てに水を与えられる程ではなかった。

故にその村の、村長は悪しき考えを持ってしまう。

マリーを水の精霊が気に入ったというのなら、彼女を人柱として捧げれば、川に水が満ちるのではないかとの考えを。

もちろん、そんな事はあり得ないのだけれど、人間の、それも学がある訳でもない貧しい村の村長が、正しく精霊を理解している筈はない。

村の為という名目で、マリーは干上がった川の底に埋められそうになってしまう。

そんな事をしても、今得られてる僅かな水がなくなってしまうだけなのに。

満たされぬ人の欲は、時に正しい思考を奪うのだ。

しかしそんな時、一人の旅のエルフが村を訪れる。

そして人柱にされようとしてるマリーを見て、激しく怒った。

水の精霊は人間の生贄(いけにえ)など欲しない。

小さな希望の芽を自分達で摘もうとするほどに愚かなら、渇きに苦しみ滅んでしまえと。

だがそんな怒れるエルフを宥(なだ)めたのは、他ならぬ救い出されたマリーだった。

自分は村人を恨んではいない。

それよりもどうにか、村人全てを救いたい。

水の精霊に関して、知る事を教えて欲しいと、マリーは必死にエルフに向かって頼み込む。

エルフはそのマリーの器と優しさに、彼女を教え導く事を決める。

また村長もマリーの言葉に胸を打たれ、自分の間違いを認めて、彼女が成長した後には村長の地位を譲ると宣言した。

やがてエルフに導かれて一人前の精霊術師となったマリーは、精霊の力を借りながら村を導き、人々が飢えず渇かず、豊かに暮らせる場所にしたという。

……といった内容のお話だ。

要するに精霊がどういった存在かを教えたり、エルフが人間に協力すれば素敵な事が起こるけれど、怒らせると怖いと知らしめる為のお話である。

まぁ波長が合って精霊が見える人間はとても珍しいのだけれど、他人には見えない物が見えるという違いは、時に無理解からの迫害を生む。

このお話が広まって、そんな悲しい出来事が少しでも減れば、僕は嬉しい。


「こうしてマリーと村人達は、豊かになった村で、何時までも何時までも幸せに暮らしました。沢山の精霊達に見守られながら……。めでたしめでたし」

僕が最後まで話を読み上げると同時に、アイレナが風の精霊に頼んで大きな風を起こし、他のエルフ達が一斉に花びらを撒く。

色とりどりの花びらが風に舞って、近くに座り込んでいた子供達だけでなく、遠巻きに見ていた大勢の大人達も、ワッと大きな歓声を上げげた。

それから最後まで紙芝居を見てくれた子供達には果物を一つと、周囲の大人達には運んで来た酒を一杯だけサービスする。

二つ目からは、二杯目からは、有料だ。

大喜びする子供達、いや大人達もだけれど、大盛り上がりのその場を更に盛り上げようと、ヒューレシオがリュートを奏でながら大きな声で歌い出す。

すると二つ目の果実を親にねだる子供や、二杯目の酒を求める大人達に広場はちょっとした宴の様相を呈してきて、僕の前にはおひねりの硬貨が沢山積み上げられて行く。

紙芝居は大成功で、あぁ、これはもしかすると、キャラバンの売りの一つになるかもしれない。

だって演出に精霊の力を借りるなんて、とても贅沢で盛り上がらない筈がないから。

ヒューレシオが話を考え、レビースが絵を描けば紙芝居の種類もこれから増えて行くだろう。

実際には、精霊の演出と合わせるなら人形劇とかの方が向いてる気もするけれど、演出なしで他の人々が真似るなら紙芝居の方が敷居は低い筈。

そうやって真似る人が増えてこそ、エルフや精霊の話は、わざとらしくなく人々の間に溶け込んでいく。

そしてどれ程に真似られたところで、精霊による演出は、このキャラバン独自の物だし。

僕は頬を真っ赤にして懸命に楽しかったと伝えてくれる子供達の頭を撫でながら、広場の盛り上がりに笑みを浮かべた。

夜、僕らは町の酒場で食事を取る。
今、エルフのキャラバンは僕を含めない人数は八人だ。
アイレナ、ヒューレシオ、レビースの他に、護衛を兼ねた冒険者のエルフが三人と、森を出て来たばかりでまだ生き方を決めかねてるエルフが二人。
だが全てのエルフ達が酒場で食事を取る訳ではなく、八人のうち二人は、町に滞在する間も常に馬車を見張っていて、寝泊まりも馬車の中で行う。

というのもこのキャラバンが運ぶ荷は、ドワーフから買い付けた武器防具や、エルフの森で採れた果実や薬草等と他では手に入らない物が多いので、馬車を完全に空にしてしまうと荷を狙われる恐れがあるからだ。

たとえ取引相手の商会の敷地内に馬車を停めていたとしても、油断はできない。

目の前に無防備な餌がぶら下がれば、人の欲は時に理性を上回ってしまうから、愚かな判断を下す事は、……割と多々ある。

故にエルフ達は町中であっても馬車を決して空にはせず、交代で人員を残して、隙を見せないようにしていた。

それが自分の為であり、また相手の為でもあると、人間の世界で長く過ごすエルフは良く知っているから。

でも折角町中に居るのだから、馬車を見張る当番であっても、温かい食事くらいは取りたいだろう。

僕はアイレナに一言告げて、包んでもらった食事を馬車へと運ぶ。

受け取ったメニューはシチューと柔らかな白パン、骨付きの鳥肉に、それから酒精の弱い葡萄酒(ぶどうしゅ)だ。

葡萄酒は酔えるだけの量はないけれど、食事の楽しみを一つ引き上げてくれる役には立つ。

一応、僕はエルフのキャラバンでは客として扱われてて、町で留まる馬車の見張りを任される事はない。

だからこそ食事を運ぶくらいは、進んでその役割を買って出たいと思う。

ヒューレシオは昼間もあんなに騒いだのに、夜の酒場でも歌ってる。

吟遊詩人の彼は一見優男に見えるけれど、実際にはとてもタフだ。

その歌声を背中に、僕は夜道を馬車へと歩いた。

手にした食事が冷めないように急ぎ足で、けれども溢さないように慎重に。


今日の馬車の見張り当番は、キャラバンの中ではアイレナに次ぐ実力があるベテラン冒険者のジュルチャと、森から出て来たばかりのピューネ。

因み(ちな)にジュルチャは男性で、ピューネは女性だ。

「おお、エイサー様。飯ですか！　ありがたいです！」

いち早く僕の接近に気付いたジュルチャが馬車の幌から顔を出し、片手をあげて僕を出迎えてくれる。

その言葉にピューネも、同じく顔を出してキョロキョロと見回し、こちらを向いて頭を下げた。

僕はジュルチャが幌を捲って迎え入れてくれた馬車に上がり込み、二人の食器に鍋に入れて貰ったシチューをよそい、パンと鳥肉を配る。

それからジョッキに葡萄酒を。

「わぁ、美味しそうですね！」

並べた料理に嬉しげな声をあげるのはピューネ。

彼女はまだ百二十歳くらいの若いエルフで、森から出たばかりだからか、人間の食事が毎回楽しくて仕方ない様子だった。

僕が故郷、プルハ大樹海の中央部である深い森で過ごしていた時は殆ど果実ばかりを口にしていたけれど、他の森に住むエルフだって基本的に食生活はそれほど大きくは変わらない。

時にはキノコ類や倒した魔物の肉を口にする事もあるそうだけれど、単純に焼く程度で人間のように凝った調理はしないから。

森の外に馴染めないエルフは、まず最初に食事で躓(つまず)くケースが多いと聞く。

その点で言えば、ピューネは実に食事を美味しそうに、嬉しそうに楽しそうに食べるから、見てる方も気分がいい。

食事を届けてすぐに引き返すのも何だか申し訳なくて、僕は馬車の中に腰を下ろす。

どうせなら戻る際に、シチューの鍋や皿を回収して行った方が二度手間にならないだろう。

「そういえばエイサー様、昼間の、かみしばい？　凄かったです！　ハイエルフの方って、あんな事まで知ってるんですね」

少しはしゃいで話しかけてくるピューネに、僕は思わず苦笑いを浮かべる。

だって僕が紙芝居を知ってるのは、ハイエルフかどうかなんて全く関係ないから。

かといって前世がどうのとか、上手く説明できる気もしないし。

「うぅん、どうかなぁ。単なる思い付きだよ。本とか、結構好きだしね」

だからこの言葉はとてもごまかしの混じった物だけれど、他に言い様もなかった。

隣でジュルチャが少し首を傾げるが、特には疑問を口にしない。

そしてピューネは僕の言葉を疑う風もなく、ウンウンと頷きながらシチューを木匙で口に運ぶ。

「ふぇも、んっく。凄いですよ。エイサー様は。私なんて、まだ何をして良いかもわからないのに、森を飛び出してきちゃっただけで、皆さんと一緒じゃなかったらどうなってたか……」

口に物を入れたまま喋りかけて、飲み下す彼女。

まぁ確かに、ピューネは行動を見てる限り、ちょっと迂闊（うかつ）な印象があった。

だけどそれはまだ人間の世界に不慣れだから、行動の判断基準が彼女の中で育っていないせいだ。

まずは森の外での常識を知り、安全、危険の区別がつくようになれば、迂闊に思われる行動も少しずつ減っていくだろう。

また知識が増えれば、やりたい事を見付けられる可能性だって高くなる。

例えば冒険者をやるのだって、皆は一口に冒険者って呼ぶけれど、剣士も居れば弓手も居て、エルフなら精霊術師としてだって冒険者になれる。

吟遊詩人だって画家だって、鍛冶師もそうだけれど、それがどんな職業なのかを知らなければ、憧れだって生まれない。

ゆっくり知識を増やしていけば良いのだ。

若いエルフであるピューネには、たっぷりと時間はあるのだから。

エルフのキャラバンは、その為の場所でもある。

因みに僕のお勧めは踊り子だ。

エキゾチックな衣装を着て、ヒューレシオの奏でる曲に合わせて踊れば、大人気は間違いない。

エルフは別に露出を過度に多くする必要はないと思うから、逆にフェイスベールで口元を隠して、ひらひらとした布を……、あぁ、ベリーダンスのイメージだ。

アイレナは絶対にやってくれなさそうだけれど、ピューネならばもしかしたら、上手く勧めればその気になってくれるだろうか。

もちろん最終的には自分のやりたい事をすれば良いのだけれど、それを見付ける為にも色んな経験は必要だから。

或いは自分が踊るのが恥ずかしければ、人形師というのもありだろう。

作る方も、操る方も。

精霊の力を借りての演出は、恐らく紙芝居よりも、人形劇の方が相性が良いし。

「でも何かをしたいって思うなら、まずはそうだね。次はピューネが紙芝居の読み上げをしてみるといい。子供が夢中で見てくれるのって、結構楽しいし、嬉しいからね」

僕は笑って、彼女にそう勧めてみる。

何でもまずは、やってみる事。

折角勇気を出して森の外に飛び出したのだから、そうしなくちゃ勿体ない。

「エイサー様、本当に行かれるのですか？」

明日には小国家群の町に入ろうかという日の夜、つまりは僕がキャラバンで過ごす最後の夜、野営の焚き火に照らされながら、共に火の番をするアイレナは僕に問うた。

そう、とても気づかわし気に。

だがそれは僕が人喰いの大沼を踏破する心算だと聞いての心配では、ない。

それが普通の人間にとっては自殺行為でしかない行為だとしても、ハイエルフである僕なら十分に可能だと分かっているから。

故にアイレナが気にしているのは旅の危険度ではなく、今の僕が一人旅に耐えられる精神状態なのかどうかだ。

まぁ要するに、物凄く嚙み砕けば『一人旅は寂しくないのですか？』と問われていた。

……改まって聞かれると、どうにも少し恥ずかしい。

いやもちろん、多少は寂しく思うだろう。

エルフのキャラバンに同行しての旅は、思った以上に楽しかったし。

やっぱり心も弱っていたから。

でも、うん、

「ありがとう、アイレナ。大丈夫だよ」

恐らくは大丈夫だ。

だってエルフのキャラバンに同行しての旅は、さっきも言ったが楽しかった。

つまり僕の心は、それを楽しいと思えるくらいに前向きになってる。

だから立ち止まらずに歩いて行けると、思う。

カエハとは色々とあったけれど、あの出会いに後悔はない。

全てを振り返ってみても、結末までを含めて、納得したし満足もした。

あの騒動、ルードリア王国の貴族達がエルフを奴隷にした事件がなければ、もっと沢山の時間を彼女の隣で過ごせたかもしれないけれど、それが必ずしも良い事だったとは限らない。

……だけどその場合、僕とカエハの間に子供ができる可能性は凄く低くて、シズキやミズハは生まれなくて、ウィンとも出会えず、ヨソギ流は彼女の死と共に僕の中にしか残らなかっただろう。

それは少しばかり、寂し過ぎる気がするのだ。

もしかするとその道をたどった僕ならば、その結果に満足するのかもしれないけれど。

結局は、たられぱの話である。

それを想像する事が無意味だとは言わないけれど、引っ張られて迎えた結末を否定する程の価値はない。

「エイサー様は、……やっぱり凄いですね」

アイレナは、まるで胸の息を絞り出すようにそう言った。

彼女の言葉は、僕と自分を比較しての物である。

どうやらアイレナは、まだクレイアスとマルテナの死の悲しみに、引き摺られているのだろう。

人間としての感覚から言えば、クレイアスとマルテナの死からもう十年が経つけれど、エルフであるアイレナにとってはまだ十年しか経ってない。

仕方のない話であった。

「じゃあアイレナは、僕の旅に付いて来る？」

だから僕は、彼女にそう問うてみる。

思えばこれまで、アイレナと一緒に長旅をした事はなかった。

精々が、一緒に馬に乗って王都から北の山脈地帯まで行った程度だ。

だがもし彼女と共に旅をするなら、流石に危険地帯である人喰いの大沼は避けなきゃならない。

そんな事を考える僕に、しかしアイレナは首を横に振る。

「いえ、お誘いは本当に……、本当に嬉しいんです。ですが、私はもう少し、このキャラバンを見ています。ウィン君からの手紙も受け取らなきゃいけませんから」

そして笑みを浮かべて、そう言った。

うん、まぁ、それも彼女の選択だ。

ただ恐らくだけど、仮に僕がまだ一人旅は辛いと言えば、アイレナは旅に付いて来る心算で問うたのだろう。

でも彼女は、自分の悲しみを癒す為に、僕を利用しようとはしない。

それはとても、アイレナらしい選択だった。

お互いに、暫く黙って焚き火を見つめる。

燃える火の中で、火の精霊がゆらゆらと揺れていた。

どのくらいそうしていただろうか、

「ですが一つだけ、エイサー様に、個人的なお願いがあります」

ふとアイレナが、口を開く。

はて、なんだろうか？

彼女が僕に個人的な願いなんて、少し珍しい。

アイレナからの頼みなんて、何時もエルフの全体の事を考えてとか、大勢が犠牲になりそうだとか、僕以外にはどうしようもない物ばかりだったのに。

「旅の最中に白の湖を見付けたら、私を何時かその場所に連れて行って欲しいのです」

あぁ、そういう事か。

彼女の願いは、腑に落ちる物だった。

「私達がパーティの名前に白の湖と名付けたのは、何時かそれを見付けられるような冒険者になりたいって、そう思ったからなんです」

白の湖とは、アイレナとクレイアスとマルテナが、冒険者をしていた時のチームの名だ。

そして同時に、エルフやハイエルフに伝わる御伽噺（おとぎばなし）に登場する湖の名前でもある。

それはどこまでも続く真っ白な大地の中にポツンと存在する、清浄なる湖。

「もう三人で白の湖を見付ける事はできませんけれど……、それでも私は、一目でもその湖を、見てみたい」

アイレナの言葉に、僕は頷く。

彼女の気持ちには、共感できた。

だけど多分、その願いを叶える事は、些か以上に難しい。

だって僕の想像が正しければ、白の湖が存在するとされる、どこまでも続く真っ白な大地って言葉は、……恐らく雲の上を指し示す。

つまりは本当に存在するのかどうかも分からない、真なる巨人の世界。

この世界を真っ当に探索しても、そこに至れる道を見付けられるかは、……正直に言えば怪しい所だ。

でもアイレナが望むなら、努力くらいはしてみよう。

急ぐ旅じゃないし、ヨソギ流が流れて来た東の国を見るという事以外に、何か大きな目的がある訳でもない。

また他の誰かに見付けられるとも思えないから、だったら僕が引き受ける。

焚き火の暖かな光に見守られながら、夜の時間はゆっくりと過ぎて行く。

小国家群に踏み入れれば、僕はエルフのキャラバンと別れ、川を東へ遡行する船に乗ってツィアー

湖へ向かう。

船に乗るのは、随分と久しぶりだ。

前に乗ったのは、出会ったばかりのウィンと一緒にジャンペモンへ向かう時だったから、もう四十年以上は前になる。

あの頃のウィンはとても小さくて、僕の膝の上に座ってた。

人力で漕ぎ、川の流れを遡行する船の速度はゆっくりだ。

しかしそれでも徒歩で旅をするよりはずっと速い。

ツィアー湖へと辿り着けば、畔(ほとり)の町、フォッカで数泊して旅の疲れを癒す。

いやまぁ、船で座ってるだけなので、別に実際に疲れる訳じゃないのだけれど、長く船上にいると動けなくて身体が固まるし、周囲が水であるにも拘らず水浴びだってできやしない。

さてツィアー湖から南西に向かう川の流れに乗ると、ジャンペモンへと向かうが、今回僕が向かうのはまた別のルートになる。

……カウシュマンにノンナ、小国家群の知人達が今どうしてるのか、確認したい気もするが、同時に少しばかり怖い。

特にカウシュマンに関しては、少しではあるけれどカエハよりも年上だったから、もう会えない可能性の方が高いから。

少なくとも今は、これ以上の別れを積み重ねたくはなかった。

ウィンが傍らに居れば話はまた違ったのだけれど……、彼は今は遠い西の地だ。

何時か二人で再びジャンペモンにとの約束を果たすのは、きっとあの地の誰もが、僕とウィンの事を知らなくなってから、思い出を反芻したくなった時になる。

故に僕はカウシュマンとノンナには、手紙を書いてエルフのキャラバンに託してた。

仮に二人からの返事があったとしても、僕がそれを読むのは、遥かに遠い東への旅を終えてから。

僕が乗った船は、川の流れに従って東に向かう。

東の都市国家、プラヒアやトロネン等の幾つかの国を越えれば、船は小国家群を抜け、バーダス、オロテナンという名の二国へと辿り着く。

川の流れは大湿地帯、人喰いの大沼にまで続いているが、流石にそこまでは運んでくれないらしい。

バーダスとオロテナンは、それぞれ川を挟んで向かい合う国で、この両国が協力する事で、人喰いの大沼から出て来る魔物を討伐して減らしているそうだ。

つまり危険地帯に対する門の役割を果たす国なので、この二つの国は小国家群に属してないにも拘らず、食料を始めとする物資の支援を受けている。

そして僕が一時的に滞在して食料の補充、情報収集を行うと決めたのは、川の北側の国、バーダスであった。

今晩の宿を求めて町を歩くが、見た限り、冒険者と思わしき武装した人間の数がかなり多い。

またそんな冒険者達を商売相手としてるのであろう酒場や安宿、娼館、鍛冶屋に素材の買取商らしき店を、良く見かける。

後はまぁ、抑止の為だろうけれど、町を警邏する衛兵の姿もチラホラと。

どうにも独特の雰囲気だ。

魔物の討伐は国軍も行うが、報奨金や素材目当ての冒険者も集まる。

すると彼らを相手にする商売人もやって来て、町が発展して行ったという所だろうか。

大きく違う所は幾つもあるが、僕にヴィストコートを思い出させる空気が流れてた。

命を危険に晒して金を稼ぐ冒険者は、粗野なものが多く、また殺伐とした空気を発してるから直ぐにわかる。

だけどそんな彼らだからこそ、次の仕事に出るまでは稼いだ金を大いに使って享楽に耽るのだ。

酒場や娼館といった娯楽で戦いの緊張感を抜かなければ、切り替えられずに擦り減って、何時か心を壊してしまうから。

まぁそんな町だからこそ、泊る宿はちゃんと選ぶ必要がある。

下手な安宿を選んでしまうと、どんなトラブルに巻き込まれるか分からない。

別に料金が安いから即座に危険な寝床、と言う訳ではないのだけれど、やはり金を出した方が安全は得られ易いだろう。

昔、ヴィストコートでアイレナが、僕を高級宿に引き留め続けた理由も、今となれば理解ができた。

特にエルフは町中では目立つから、どうしても目を付けられ易い。

本当なら多くの人目の中なら犯罪には巻き込まれ難いのだろうけれど、時折は度胸試しのように狙って来る奴も居る。

僕はすれ違いざまに死角から伸びるスリの手を、振り向く事もなく手刀で叩き落とす。

これはカエハに教わった技の応用……、というよりは単にそれを素手で行った物。

「ぐあっ?!」

悲鳴を上げて蹲る若いスリの男に、周囲の視線は集まるけれども、僕は立ち止まらずに歩き去る。

大した腕ではなかったし、駆け出しの部類だ。

察するに、二、三度仕事が上手く行った事で調子に乗って、敢えて目立つ獲物を狙ったのだろう。

わざわざ捕まえて衛兵に突き出す程の相手でもなかった。

僕が見逃した所で、どうせ似た様な失敗を繰り返す。

冒険者相手に盗みを失敗して腕を切られるかもしれないし、衛兵に捕まって投獄され、労役として魔物退治に駆り出されるかもしれない。

だとすれば、あのスリがどんな結末を迎えるにしても、それに僕が関わる必要はないと思う。

しかしそれにしても、スリに狙われるなんて本当に随分と久しぶりだ。

昼から夕まで町を歩いてみて回り、決めた宿は船を使って荷を運んで来る商人達が利用する、川近くの宿の一つ。

宿賃は銀貨二枚と多少高いが、安全を得るという意味では間違いはなかった。

まぁ僕は鍛冶で働いたお金を貯め込んでるから、多少の出費をケチる事に意味はない。

貨幣ばかりじゃ長旅には邪魔だから、所持金の多くは持ち運び易い宝石に換えて所持してるけれど、大金貨や金貨、銀貨もちゃんと残してる。

夕食は宿では取らずに、適当な酒場に向かう。

宿の食事は輸入した麦や、普通の川魚を調理した食事になるが、冒険者向けの酒場なら、狩った魔物の肉が出るらしい。

僕も人喰いの大沼に踏み入る以上は、どんな魔物が美味しくて、どの部位が食べられるのかくらいは、知っておきたかった。

明らかに毒があって食べられない物等は、水の精霊辺りが警告してくれたりもするのだけれど、彼らは味に関しては全くの無理解だ。

どんなに不味くて食用に適さずとも、食べて害がないなら大丈夫の判定になる。

そりゃあ精霊は食事をする訳じゃないから、味なんて分からないのが当たり前なのかも知れないけれども。

ある程度は不味くても、狩った獲物は可能な限り食べようとするけれど、これから向かう場所は湿地帯。

つまりは湖沼や湿原だ。

生息する生き物は、多分泥臭い物が多い。

だからこそそんな中でも美味しい魚や魔物、食用に適した部位等の知識は必要になるだろう。

僕が満足できる旅の為に。

「オラッ、逃がすかッ！」

水面を罵声が響き、網に捕らわれた魔物に向かって船上から槍が突き入れられる。

あぁ、否、突き刺さった切っ先が抜けないように先端にえげつないカエシがついてるから、どちらかといえば銛と呼ぶべきだろうか。

国軍の兵士達が川を遡行する魔物を狩るという場所を遠目に見物に来たのだけれど、いやはや、割とえげつない戦い方だ。

ついでに言えば、僕が人喰いの大沼を通り抜ける参考には、全くなりそうにない。

だって討伐の仕方が複数の船で回り込んで設置した罠の網に追い込んだり、船上から網を投げ入れて動きを阻害し、銛で突き殺すといった物だから。

しかも魔物に容易くひっくり返されない為か、討伐用の船もかなり大きいし。

見た目の印象で言うならば、魔物の討伐と呼ぶよりも漁って言葉の方がしっくりとくる。

聞いた話によると少数の魔物はこうやって処理し、多数の魔物が遡行して来たら川の封鎖や餌を使って、陸地に引き込んで殲滅するそうだ。

尤も多数の魔物の遡行は、そう頻繁に起こる物じゃないらしいけれども。

網の間から船上に向かって伸ばされた舌を、大きな盾を持った兵士が割って入って防ぐ。

どうやら今追い込まれてるのは、蛙の魔物の類らしい。

蛙の魔物の肉は、僕が以前に火山地帯で倒したラーヴァフロッグもそうだったが、臭みがなく食べ易い。

更に数が多いとあって、バーダスやオロテナンでは割と親しまれてる食材なんだそうだ。

僕も酒場で食べてみたが、……うん、ラーヴァフロッグの方がずっと美味しかったけれど、悪くはないかなぁって印象である。

因みにこの辺りに出る蛙の魔物は、見ての通り舌の威力も盾で防げる程度で、常軌を逸した大ジャンプもしないし、ラーヴァフロッグ程の強さは全く感じない。

但しそれでも年に何人も、この魔物に飲み込み喰われてしまう被害は出るそうで、それを狩る兵士達の表情は真剣そのものだった。

冒険者達はもう少し下流で、船を使わずに魔物の討伐を行うそうだが、そちらは流石に覗けないだろう。

彼らにとって魔物を討伐する手法は命懸けで編み出した技術だから、他人に無料で見せてやる義理は当然ながらない。

金を払って戦いを見物しようにも、この町の冒険者の誰が信頼できるかも分からなかった。

下手な冒険者に頼んでしまえば、狩場で事故を装って僕を殺し、荷を奪おうとするごろつき、盗賊紛(まが)いを引き当ててしまう可能性もある。

　もちろん僕だって簡単に殺されはしないけれども、返り討ちにしたら、多分それはそれで面倒に巻き込まれるだろうし。

　つまり水棲の魔物に対処する方法は、実際に人喰いの大沼に踏み込んでから試行錯誤しなきゃならない。

　まぁこの辺りの魔物に有効な手段が、もっと奥地に巣くう魔物に通用する保証はないし、まぁいいか。

　知った手に固執して思わぬ不覚を取る場合だってあるのだし、どのみち自分なりにその都度その都度で対処法を考える必要はあったのだ。


　それよりも僕的には、兵士が使ってる銛が気になってる。

　鍛冶の師であるアズヴァルドは、僕に幅広い種類の武器の作り方を教えてくれたけれど、その中に銛は含まれていなかった。

　だって銛って、どちらかといえば武器よりも漁具の類になると思う。

　海沿いの国なら兎も角、ルードリア王国の、それも大樹海の傍らにあるヴィストコートの町では、漁具を必要とする人間なんていなかったから。

　槍に近い物ではあるとの予想は付くが、カエシの強度を保つ方法なんかには、恐らく独自の工夫もある筈だ。

　後で町に戻ったら、武器屋や鍛冶屋を回って見せて貰うのも、きっと凄く楽しい。

できれば自分でも銛を作ってみたいけれども、鍛冶場を借りる程に町に腰を落ち着ける気は、今の所はなかった。

仮に見様見真似で中途半端な代物を作ったら、その不出来が気になってもう旅どころじゃなくなる。

なので銛を作るなら、その技術をじっくりと試行錯誤するなら、どこかの町に長く、それこそ年単位で過ごす時になるだろう。

要するに今から未知の、大陸の東部に踏み込む僕には、暫くの間はお預けだった。

後は、……あぁ、未知の危険地帯に踏み込むのだから、薬の類も調達しておいた方がいい。

普通の森や、或いはプルハ大樹海に踏み込むなら、僕は手ぶらであってもそこらで薬草を調達できる。

木々に聞けばどこに薬草が生えてるかも教えてくれるし、全く未知の草を見付けても、毒の有無や薬効だってなんとなくは分かるのだ。

しかし今度向かう湿地帯に関しては、僕はあまりに無知だった。

そりゃあ湿地帯にだって植物は多く生えてるだろうから、ある程度は何とかなると思う。

でも未知の病原や、予測すらできない障害、そんな何かに出くわさないと言い切れないのが、危険地帯と恐れられる場所。

だから事前の備えは、できる限り、思い付く限りを固めるべきである。

多分きっと、それでも万全には程遠いのだから。

それから僕は二週間をバーダスの町で過ごして色々と情報を集めてから、大湿地帯、人喰いの大沼へと足を踏み入れた。

水の精霊の力を借りて、水面を歩いて旅をする。

短時間なら兎も角、長時間の水面歩行は、ずっと水の精霊に支えて貰わなきゃいけないから、割と気を遣うし消耗もする移動だ。

でも湿地帯の全てが水に浸かってるという訳ではないけれど、湖沼を避けて陸ばかり通れるような生易しい場所でもないから、そこは耐えるより他にない。

水際付近に生えるリードが揺れ、同時に水の精霊が僕に警告を発した。

水中から僕を狙って、グイグイと近付いて来る何かが居ると。

接触までは後……、3、2、1。

タイミングを合わせ、僕は水面を蹴って大きく跳ぶ。

同時にバクンと、眼下で巨大な鰐の口が閉じた。

僕は空中で魔剣を構え、魔力を流して、そして落下しながら振るう。

魔剣はサクリと、硬い外皮を物ともせずに、鰐の魔物の首を刎ねる。

まぁ鰐の首と胴って、あんまり区別がつかないけれども。

水面に降りた僕はそのまま、魔剣を使って上向きに浮かんだ鰐の魔物の尾を切り取り、引っ掴んで大急ぎでその場を離れた。

急がなければ、切断された首や身体から流れる血が水中に広がり、匂いを嗅ぎつけた肉食魚があっという間に集まって来てしまう。

巨大な、本当に大きな鰐だったけれど、でも食欲旺盛な肉食魚達にかかれば十分もすれば骨だけだ。

しかし、うん、鰐の尾が手に入った事は、実に幸運だった。

鰐型は、この湿地帯で狩れる魔物の中でも特に食用に適してる。

毒はないし、怖い寄生虫もいない。

泥臭くも獣臭くもない淡白な肉なので、削った岩塩を振って焼くだけでも、十分以上に美味しく食べられた。

尤もこの湿地帯では肉を焼く場所や燃料の確保にも、些か苦労するのだけれど。

そう、この湿地帯では陸地であっても、地面が濡れている場合が非常に多い。

だから僕はたとえ陸地を歩く時でも地の精霊に頼んで足場を固めるし、休む時は岩場を出して貰ってその上で寝そべる。

食材を焼く時も、平らな岩を炎の魔術で熱して、鉄板代わりにする事を覚えた。

もちろん、その場を離れる時は元通りの環境に戻してる。

森では少しばかり偉そうな顔をできるハイエルフも、この湿地帯にとっては踏み込んできた侵入者、異物でしかない。

そして異物には異物なりに、この大きな力を持った命に溢れる場所への敬意と遠慮は必要だと思うから。

僕はこの場所を、頭を下げながら通して貰う立場なのだ。

コツさえつかめば、人喰いの大沼と呼ばれる危険地帯での生活も、それ程に悪い物ではない。

だって水の精霊や地の精霊はそこら中にいるし、風だって吹いてる。

精霊たちの力を借りて、ついでに身に付けた技術や魔術を駆使すれば、然程の不便は感じなかった。

この湿地帯にだって、時には樹木も生えてるし。

魔物は確かに多いけれど、それは言い方を変えれば、食材には困らないという事でもある。

僕は水面を跳ねる魚を弓矢で仕留めたり、蟹の魔物の手足を魔剣でバラバラにしたり、巨大カワウソの群れから走って逃げたりしながら、湿地帯を東に進む。

いやぁ、水辺も陸地も問題なしに追い掛けてくる巨大カワウソの群れは、少しばかり怖かった。

敢えて狩りたいと思う程に美味しそうじゃないし、捕まると頭からバリバリ食べられてしまいそうなくらいには大きかったから。

さて、そんな風に一ヵ月くらい湿地帯を進んだところで、僕は視線を感じて足を止める。

獲物を狙う魔物の視線、……ではないだろう。

明らかに知性を感じさせる、警戒と好奇が入り混じった視線。

警戒はされているが、敵意を向けられてはいない。

僕は周囲を見渡すが、特にそれらしき姿は見当たらなかった。

という事は水中か、或いは生えた草の影に隠れてる。

噂の蜥蜴人だろうか。

水の精霊に問えば、水中から顔だけを出して、草の陰からこちらを窺ってるらしい。

姿を見てみたい気はするけれど、……下手に近付いて敵対する心算だと思われるのも嫌だし、まあ、いいか。

滅びたと思われた種族が、まだここに存在してると確認できただけでも十分だ。

なんだか、言い表せない嬉しさを感じる。

存在さえしてるなら、縁があれば関わる機会もやって来るだろう。

焦って無理矢理に繋がりを持とうとする必要は、今はない。

僕はそちらに手を振ってから、再び東へ歩き出す。

人より大きなサイズのザリガニだか手長エビだかの魔物をやり過ごしたり、食用に適したカエルの魔物を追い掛けたり、巨大なまずを踏ん付けて足場にしたりしながら。

後は陸地だと思ったら地の精霊がどこにもいなくて、よくよく見れば馬鹿でかい亀の魔物の甲羅だった事もある。

因みに魔物の体内に寄生する生き物は、やはり魔物である場合が殆どだ。

故に多くの場合はサイズが大きく、うっかり食べてしまったりする可能性は低い。

但し魔物化した寄生虫であってもその卵は見分け難く、誤って食べてしまった場合は、時に排出前に体内で孵って内臓を食い荒らされてしまう。

だから下手な毒よりも厄介だった。

火を通せば多くの場合は死滅するが、稀に熱への耐性を持つ種もいるので、魔物を食べる際には、特に内臓を食べる場合には充分な注意が必要となる。

町なら専門の解体業者がその辺りの処理もしてくれているが、野外で、自分で狩った魔物は、自分で処理をするより他にない。

仮に魔物化した寄生虫の卵が体内に入った場合は、孵る前なら卵を体外に排出する薬を、もしも卵が孵ってしまった場合は、早急に魔物が嫌う薬を飲んで体内から追い出し、その上で心得がある魔術師等に内臓の治療をして貰う必要があるだろう。

一応、僕もその薬は所持してるし、回復の魔術の心得もあった。

尤も僕の場合は、明らかに食べて害のある物は、口に入れる前に精霊が警告を発してくれるから、それを必要とするのは本当に万一の事があった場合だけだろうけれども。

それから更に一ヵ月以上が過ぎ、歩き続けた僕の足元からは湿り気が消え、湿原が草原へと変わった。

そう、僕は遂に人喰いの大沼と呼ばれる大湿地帯を抜けて、大陸の東部へと足を踏み入れたのである。

第三章　風と炎を導く者

大陸東部に広がる草原は、大草原なんて呼ばれるだけあって本当に広いらしい。

そういえばプルハ大樹海のように固有の名称もあるらしいけれど、場所によって呼び方が固定されないので、取り敢えずは大草原でいいか。

大草原に住む民は、ハーフリングや人間の遊牧民。

……遊牧民って言葉の響きは、何だかのどかな雰囲気がするのだけれど、実際には勇猛な騎馬民族で、草原の外の国を襲っては略奪行為を働くらしい。

尤も全ての部族が好戦的な訳ではなく、穏便に外の国々と交易を行う部族もあるそうで、一口に草原で暮らす遊牧民といっても、全てを一緒にはできないのだろう。

因みに大陸中央に存在する侵略、というか略奪国家と呼ばれるダロッテ国は、この草原で争いに敗れた部族が砂漠や氷原を越えてあちらに流れ着き、現地の国を奪って誕生したそうだ。

奪われた国の民や、近隣に強力な略奪国家が生まれた周辺諸国にとっては非常に迷惑な話であった。

しかしそれは、困難な旅で弱りながらも国を奪えてしまうような強い人々が、この大草原では敗者でしかなかったという、恐ろしい事実を意味してる。

つまり大草原に生きる遊牧民、騎馬民族、草原の民と呼ばれる人々は、それ程までに強いのだろう。
ハーフリングに関しては、まだあまり情報がないけれど、人間よりも半分程の背丈しかない、しかし誇り高い種族だそうだ。

吹き抜ける風に、草が揺れる。

空も草原も、どこまでもずっと続いてて、蒼くて碧い。

僕は取り敢えず東に向かって歩き出す。

この草原をずっと東に行って抜ければ、大陸東部で最も大きな国、黄古帝国(おうこていこく)とやらがあるという。

ただ徒歩でこの大草原を東に抜けるには、それこそ何ヵ月も掛かるから、今の手持ちの食料、人喰いの大沼で狩った魔物の肉だけじゃ、どう考えても足りやしない。

獣や魔物が狩れたり、遊牧民と接触して食料を買い取れればそのまま東に旅を続けられるけれども、食料の調達が不可能ならば一旦草原を抜け、海沿いの国に立ち寄る必要があった。

サクサクと草を踏んで草原を歩けば、遠目に馬の群れが見える。

近くに人間の姿は見えないから、野生馬の群れだろう。

だけどよくよく観察してみれば、馬達の中に、額に一角を持つ個体が混じってた。

鹿毛や黒鹿毛、青鹿毛の馬達だから、ユニコーンと呼ぶには微妙だろうけれど、……間違いなく普通の馬じゃなくて、魔物だ。

なのにその魔物であろう一角の馬達は、まるで他の馬を守るかのように、群れの外側で草を食(は)む。

普通の野生馬達も、一角の馬達を完全に群れの仲間として受け入れている様子で、ちょっと興味深い。

魔物が獣と暮らす場合、力の強さや知能の高さから、群れの支配者として中央に君臨する事が多いのだけれど、あの馬の群れはそれとは少し雰囲気が違って見える。

一角の馬も複数いるし、普通の野生馬達にも遠慮や脅えが感じられない。

恐らくだけれど、一角の馬も普通の野生馬も、双方ともに誇り高いのだろう。

守る守られるがあるから対等かどうかはさておき、そう在ろうとしている風に、僕には思えた。

何だか少しだけど、楽しい。

そう、テンションが上がるのを感じる。

あぁ、あの背に、乗ってみたい。

僕が乗馬を覚えたら、彼らは乗せてくれるだろうか。

いや、そんな都合の良い事はないだろう。

今だって、僕がずっと見てるものだから、馬達がこちらを警戒し始めた。

うぅん、仕方ない。

一先ず今は、先に進もう。

僕は彼らと関わりたかっただけで、彼等の生活を脅かしたかったのではないのだから。

そう、手持ちの食料だって、今はまだ充分に残ってるし。

しかし乗馬か。

そういえば以前、アイレナが後ろに乗せてくれた時、ちょっと覚えようと思ったんだっけ。

ただその時は確か、馬の生きる時間は人間に比べてもずっと短いから、見送ったのだ。

でも今なら、乗馬を覚えてみるのも、いいかもしれない。

僕は長く生きて、沢山出会って、沢山別れる。

死別もあれば、一時道が交わっただけの軽い別れもあるだろう。

その出会いと別れの中に、幾頭かの馬が混じっていても、多分きっと構わない筈。


そんな事を考えながら歩いていたその時、大きな風が草原に吹く。

強く、強く、何かを訴えかけるように。

そして僕の耳元で、風の精霊は囁いた。

あっちに。

助けてあげて。

……と、そんな風に。

それは風の精霊からの、僕への助力要請だった。

実に珍しい話である。

だって基本的に、精霊はあまり困る事がない存在だ。

そもそも精霊に対しての干渉が、殆ど不可能に近い。

一応、精霊が宿る環境の破壊や汚染といった方法で害する事はできるけれども、その場合は僕に頼るよりも先に、精霊自身が怒り狂って暴れるだろう。

故にそれは、僕の二百年と少し生きた時間の中でも、滅多にない出来事だ。

当然ながら、僕に否やはない。

むしろ一体何が待ち受けるのかと、僅かにだが興味すらある。

誰かを助けて欲しい。

だけど風の精霊自身には、それが行えない。

それは充分にあり得る話だった。

何故なら精霊は、一部の強い力を持ち、長く経験を蓄積した例外的な存在以外は、自身の力を上手く活用できないから。

いや正しくは、通常の自然の運行の範囲を越えて活用する事を知らないのだ。

以前に出会った泉に宿った水の精霊は、その例外的な存在だった。

といっても、精霊の総数が多いから力と経験のある精霊の割合が少ないだけで、見付けようと思って探せば例外も割と見つかる物ではあるのだけれども。

では例えばの話になるが、風の精霊が単独で、自発的に狼の群れに襲われる誰かを助けようとしたとする。

まぁそんな事はまずあり得ないのだけれど、仮に気紛れを起こしたとしての話だ。

風の精霊には、強い風を吹かせて狼を驚かせる事はできるだろうけれど、ダメージを与えるような攻撃は難しい。

もしも無理矢理にでも狼にダメージを与えようとして強い風を起こす場合、竜巻を起こす等をして、助けようとした誰かを巻き込んでしまう。

僕が風の精霊に助力を乞うた時の攻撃や繊細で多彩な行動は、僕が伝えるイメージを風の精霊が受け取り、再現するからこそ成り立つ物だった。

つまりそれが、神話で語られるところの、精霊の次にハイエルフが生み出された意味でもある。

精霊は強い力を持つけれど、彼らの存在は自然を運行する為の物であって、それ以外に力を振るうという発想がない。

故にハイエルフが、より状況に即して精霊が力を振るえるように、イメージを伝える。

すると精霊の起こせる現象が、通常の自然現象を越えるのだ。

もちろんハイエルフ以外の、普通のエルフや精霊と波長の合う人間が扱う精霊術も、規模の違い以外の理屈は全く同じである。

またそれらの力の行使が、精霊にとっては経験を積む、学習の場でもあった。

尤もこの世界に精霊の数は多く、逆に精霊術を扱える素質のある者は数少ないから、余程に長く同じ精霊が傍で過ごしてくれる訳でもない限り、学習の成果が見られる事はあまりないだろう。

因みに長く経験を蓄積した強い力を持つ精霊は、他者のイメージを得ずとも自ら通常の自然現象を越えた力を振るう事が可能だ。

だが精霊と他の生き物の感性は大きく異なるから、力の使い方もやっぱり大きく異なる。

これは僕の勝手な印象だが、やはり精霊の力の行使は範囲が大きく、大雑把な事が多い風に思う。

例えばあの、泉に宿った水の精霊も、最初は町ごと全てを押し流そうとしていたように。

……話は大きく逸れたが、精霊が誰か個人を強く気に入り、その誰かに危機が迫っている場合、近くにいた僕に助力を求めるというのも、理屈的には考えられない事じゃない。

精霊が誰かにそんなに強い興味を示すなんて、本当に珍しい話ではあったけれども。

風の精霊に急かされながら、僕はやがて駆け出した。

人喰いの大沼を抜けてからまだ然程に時間は経っておらず、本格的に身体を休めてもいないのにって気持ちはあるけれど、でも今は好奇心が勝ってる。

だって風の精霊が誰かに、或いは何かにこんなに強い興味、執着を示すなんて、僕としても気になったから。

これが水や火の精霊なら、まだ話は分かるのだ。

何故なら水は基本的には流れ行く物だけれど、時には留まる事もあり、人を含む多くの生き物の生活に、密接に関与してる。

だから以前に出会った泉に宿る水の精霊は、自分を崇めていた部族やその末裔に心を寄せていたし、エルフのキャラバンで採用した紙芝居に出てくる精霊は、水の精霊だった。

火も人の生活に密接に関与し、特に鍛冶師に対しては炉に宿る火の精霊が自然と力を貸してる事も少なくはない。

更に人の中には燃え盛る火の中に神性を見出し、長く火を灯し続けて信仰の対象とするケースがある。

そういった関わり方がなされている場合、精霊が寄り添おうとする事も皆無ではないだろう。

でも風の精霊の場合は、確かに好奇心は旺盛なのだが、一つ所に留まらない性格だから人の営みにはあまり興味を示さなかった。

僕やエルフ達、ウィンのような、彼らを視認できる者の傍には長く留まってくれる事もあるけれど、それはあくまで例外である。

そんな風の精霊が、誰かを助けて欲しいと助力を乞うてくるなんて、実に面白く、興味深く思う。

あぁ、でも、考えを整理してる間に答えが分かってしまったかもしれない。

因みに地の精霊は、自分の上で生きる物達への興味が殆どないが、一つ所に留まる性質であり、また執着心もかなり強いから、一度気に入った相手には積極的に力を貸す。

但しその助力に、地の上で生きる者達が気付ける事も、やはり殆どないのだけれども。

そうして暫く走り続けると、やがて見えてきたのはとある遊牧民の居住地。

遊牧民と聞くとあてどなく草原を行く人々って印象を受けるけれど、実際には年に数度、家畜が牧草地の草を食べ尽くさないように定期的に移動してるだけで、そのパターンもある程度は決まっているそうだ。

しかし幾ら定期的に、ある程度のパターンに従って移動しているとはいえ、その都度住居を分解し、家畜に乗せて運ぶのだから、どうしても居住地の設備は簡素となる。

そう、例えば大陸中央の町なら当たり前に存在する防壁も、その居住地には存在せず、簡単な柵によって守られるのみ。

故に外敵からの攻撃に、遊牧民の居住地はどうしても防衛に向かない。

今、眼前の居住地は何者かによって攻められていて、陥落はもう、そんなに遠くなさそうな印象だった。


正直、面倒な事になったなと、そんな風に思う。

だって僕は人間同士の争いに、好き好んで関与したくはない。

しかも何故争いが起きているのか、そんな事情すら、何も分からないのに……。

だけど風の精霊はそんな事はお構いなしに、びゅうびゅうと吹いては早く助けてと耳元で騒ぐ。

まぁ、仕方ない。

普段から散々に精霊に頼ってる僕なのだ。

逆に精霊に頼られたなら、それに否とは言えぬ。

それはハイエルフの性である以上に、人として当たり前の事だった。

僕は居住地に向かって駆けながらも、手を翳(かざ)す。

居住地を襲っているのは、騎兵が二十程だろうか。

馬に乗って走りながら、居住地に向かって矢を射かけてる。

一応は居住地側も天幕を障害物として隠れながら弓矢で応戦しているけれど、戦闘員の数は襲撃者の半分以下で、しかも急いで応戦しているからだろうか、鎧すら身に付けていなかった。

あの様子では、弓での打ち合いが終わって騎兵が突っ込んで来たならば、すぐに蹴散らされてしまうだろう。

「風の精霊よ」

僕はそう呼び掛けて、手を下に向かって強く振るう。

風の精霊は僕の意思、イメージを共有して、その力で再現した。

騎兵達に向かって、空高くから風が勢いよく舞い降りる。

しかしそれは、当たり前だが単なる強いだけの風じゃない。

降る風は束ねられ、空気を固く圧縮し、砲弾と化して騎兵たちの頭部や肩を狙う。

次の瞬間、油断し切っていた騎兵達の、身に着けた兜や肩当てが弾け飛ぶ。

頭部への衝撃は意識を断ったり、或いは戦意を挫く効果がある。

肩への、腕へのダメージは弓を主武器とする彼らには痛手だろう。

また突然の攻撃に驚いたのはダメージを受けた騎兵を背に乗せた馬も同様で、驚きに暴れるその背から、数名が振り落とされた。

だけど風の攻撃は、全員を狙った物じゃない。

僕が風で打ったのは、二十の騎兵のうち、丁度半分の十騎のみ。

それ以上を傷付けてしまえば、彼らは仲間を見捨てて逃げねばならなくなる。

つまり死者か捕虜が出てしまう。

でも半分までなら、彼らは傷付いた仲間を回収して撤退する道を選ぶ事ができる筈。

そして襲撃者である騎兵達は賢明だった。

正体不明の攻撃を受けて即座に、彼らは負傷した仲間達を回収して撤退を選ぶ。

混乱に立ち止まるでなく、無謀にも攻撃を続けるでなく、ましてや総崩れになるのでもなく、纏まりを欠かずに撤退を行えるのはかなり賢い。

どうやら僕は、もしかしなくても厄介な相手に喧嘩を売った形になるのだろうか。

襲撃者が退いた後には、騎兵を振り落として逃げた馬が数頭散っている。

けれども居住地の人々が、貴重な財産である筈の馬を回収しに行く様子はなくて、皆が平伏して僕が辿り着くのを待っていた。

……うん、怖い。

◇◇◇

「光り輝く御方、草原に吹く風の使いよ。ダーリア部族の兵より私達をお救い下さったこと、誠に感謝いたします」

居住地に辿り着き、天幕の中へと案内された僕を待っていたのは、他の遊牧民達よりも少し豪華な服と、装飾を身に纏った一人の少女。

そう、まだ十歳になるかならないかの、人間の少女だ。

なのに彼女は、僕を光り輝くと称した。

それはつまり彼女が、

「私はツェレン。このバルム族の風読みの巫。風の子と呼ばれております」

精霊を見る目を、持っている事の証左である。

風読みの巫という言葉が実際にどんな物なのかは僕には分からないけれども、恐らくこの遊牧民、バルム族とやらは草原に吹く風を信仰する部族なのだろう。

そして彼女、ツェレンと名乗った少女は、その中に稀に生まれた、風の精霊と波長が合う人間なのだ。

故に僕の魂の不滅性を光として見、また風の精霊が彼女の救助を求めたのだと推測された。

しかしそれにしても……、風の精霊はこの少女の何を気に入ったのだろうか。

左右を部族の老人衆に挟まれて喋る彼女を見て、僕は思わず首を傾げてしまう。

だって一つ所に留まらぬ自由な風と、ツェレンの在り方は真逆に見えたから。

「そう、僕はエイサー。故郷では楓(かえで)の子とも呼ばれたよ。風の使いというのはよく分からないけれど、風の精霊に頼まれて助けたのは確かだね」

僕の言葉に、左右の老人衆は僅かに眉を寄せたが、少女は表情を変えずに頷く。

どうやら少なくとも、権威的な立場は老人達よりもツェレンの方が上の様子。

……子供に大役を背負わせるというのは、僕はあまり好きじゃないけれど、初対面の人々の文化に口を出す気はなかった。

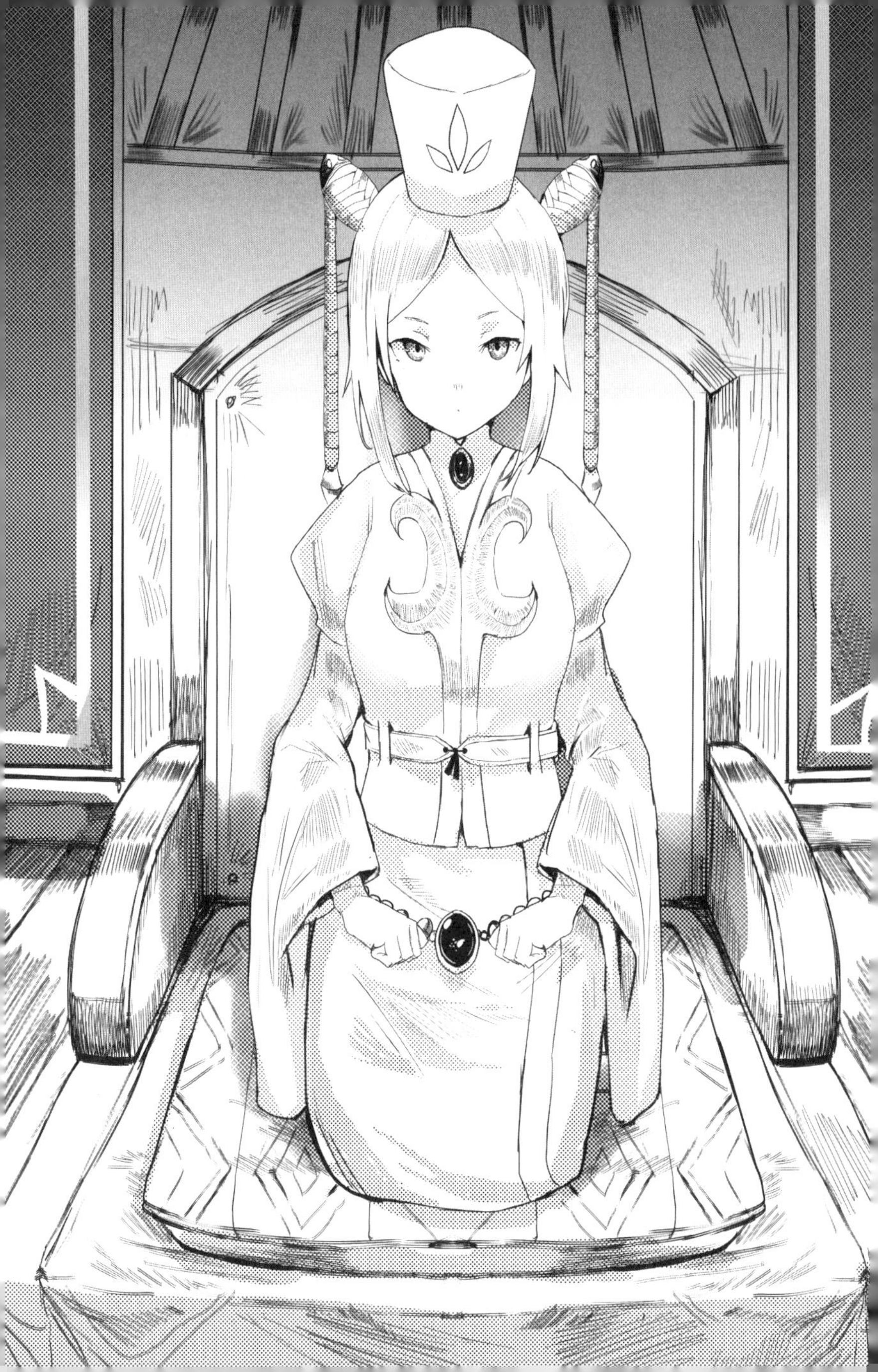

その結果、子供が子供らしく振る舞えてないのだとしても、今は、まだ。

「はい、伺っております。このツェレン、伏してお願い申し上げます。風の使いよ、どうか我らを、ダーリア族よりお守りください」

そう言って頭を下げるツェレンの姿に、僕は内心で溜息を吐く。

まぁ予想はしていたけれども、やはり先程の窮地を救って、ハイ、終わりとはいかないらしい。

風の精霊の頼みだから仕方はないが、厄介事に巻き込まれたなぁとは思う。

尤も助けるべき相手が子供だと知ってしまった以上、もう僕にだって簡単には見捨てられないが。

後はまぁ、このバルム族とやらが、或いは風読みの巫という役割の仮面を外したツェレンが、僕が積極的に手助けしたいと感じる人間であって欲しいと願うばかりである。

今の所は、どちらもまだ分からない。

結局、僕のやるべきは危機的状況にあるバルム族の立て直しだ。

ならば当たり前の話だが、今のバルム族が置かれてる現状を把握せねば、始まらない。

僕は招かれた一際大きな族長の天幕で、ツェレンとその母であるザイヤ、弟のシュロと共に夕食を取りながら話を聞く。

……族長の天幕であるにも拘らず、族長はいなかった。

だけど天幕の表には護衛か、それとも僕への監視だろうか、二人の若者が控えてる。

遊牧民達の容姿は、中央部の人間を見慣れた僕には、少しエキゾチックな印象を受けた。

体色は中央部の人間より少し濃いめの淡褐色で、目鼻は割とハッキリとしてる。

危険地帯を一つ越えただけで、暮らす人々が大きく変わった事が、僕にとっては面白い。

出された食事は、塩茹での羊肉や中に挽肉が入った饅頭、ああ、肉まんのような物。

ついでにチーズと、白いヨーグルトを思わせる飲料だ。

恐らく御馳走なのだろう。

農耕民族でない彼らにとって、饅頭の皮を作る小麦は交易か略奪でしか手に入らない物の筈。

部族が窮する今の状況では、略奪はもちろん、交易だって難しいだろうから、貴重な蓄えから出してくれた物だと思われる。

味は、うん、どれも美味しい。

カトラリーの類はなく、塩茹での羊肉も指で摘まんで食べる。

まぁ最初は少し戸惑うけれど、作法が分からないなりにも周囲の真似をしながら、口に運んだ。

飲料はかなり酸っぱく、癖もあるけれど、……何故だか不思議と懐かしい気がした。

後は少しだけれど、発泡もしてる。

あぁ、これはもしかして、馬乳酒という奴だろうか。

酒と名はつくものの、酒精はとても弱く、生活的に野菜を摂取する機会が少ない遊牧民が、ビタミンを取る為に必要な飲料だと、何故だか僕は知っていた。

そう、前世の知識という奴なのだけれど、なんでそんなにも偏った知識があるのだろう……。

また馬乳酒が、いや正しくは酸乳が、カルピスの元になった飲料だという事も、知っている。

さっき懐かしさを感じたのは、その知識のせいだろうか。

さて、夕食を取りながらぽつりぽつりと聞かされた話によると、バルム族とダーリア族の諍いは、風の子と炎の子、二人の子供の誕生と共に始まったらしい。

風の子とはもちろんツェレンの事で、炎の子とはダーリア族に生まれた、彼女の三つ上の少年をそう呼ぶそうだ。

バルム族とダーリア族は、同じく草原に吹く風を信仰する遊牧民で、活動範囲が比較的近い事から物々交換で足りない物を融通し合うなどして、緩やかに交流する関係だった。

しかしダーリア族に炎の子、無から炎を出現させる不思議な能力を持った子供が生まれ、そこからすれ違いが始まる。

炎の子が持って生まれた能力は、誰でも簡単に理解のできる強い力だ。

無から炎を出現させるという事は、その気になれば好きに人を焼き殺せるという意味なのだから。

炎の子が長じるにつれ、ダーリア族はその力を利用して南の国に略奪を働くようになる。

それは南の国と交易していたバルム族にとって、非常に困った事態を招いた。

何故なら南の国に住む多くの人々にとっては、ダーリア族もバルム族も、同じく草原に住む遊牧民であったから。

ダーリア族の略奪が行われれば行われる程、バルム族は交易が難しくなって少しずつ困窮していく。

バルム族はダーリア族と、幾度となく話し合いの場を設けた。

南の国への略奪をもう少し控えて欲しいと。

炎の子も決して敵なしの存在ではないし、永遠に生きる訳でもない。

仮に炎の子を失った後、交易も略奪も難しくなった部族の行く末は暗い物となってしまう。

そんな風に訴えたそうだ。

でもダーリア族は、その言葉には耳を貸さなかったという。

まあ今が力による略奪で豊かなら、人間はその豊かさをそう簡単には手放せない。

それは至極当然の話だった。

むしろ今が豊かであるからこそ、子を増やして力を蓄え、炎の子を失った後も頻繁な略奪を可能にするだけの戦力を整えるべきだ。

ダーリア族はそんな風にすら考えたらしい。

そしてそんなダーリア族には、どうしても欲しい物が一つあった。

そう、バルム族に生まれた不思議な力を持つ子供、風の子である。

風と語って未来の天気や、遠く離れた場所の出来事を知る風の子は、草原に吹く風を信仰する遊牧民であるバルム族やダーリア族にとって、象徴的な存在だった。

ダーリア族は炎の子に風の子を娶(めと)らせれば、炎を、力を、新たな信仰の形にできると考えた。

炎が風を喰って燃え盛る勢いを増すように、古い信仰を喰う事で、ダーリア族はより強く豊かになれると、そんな風に。

当然、そうなればバルム族もダーリア族に吸収されるだろうと。

だがバルム族の族長、ツェレンの父は、ダーリア族の考えを良しとせず、婚姻の申し出を断り続ける。

バルム族だけでなく、草原に吹く風に対する信仰を守る為にも。

しかしその結果、バルム族とダーリア族は争う関係となって、……少し前に、ツェレンの父が率いるバルム族の精鋭の殆どが、ダーリア族と炎の子によって、殺されたらしい。

捕虜に取る事もせず、徹底的に。

恐らくダーリア族は、もうバルム族を完全に潰して、風の子ごと吸収してしまう心算だったのだろう。

バルム族に残されたのは先の戦いで僅かに生き残った精鋭の他は、女子供とまだ年若く未熟な戦士、逆に年老いて戦えなくなった老人衆くらいだから。

反抗的な戦士を殺し、老人衆も殺し、女子供のみを連れ帰る。

その心算でダーリア族は、バルム族の居住地を攻めていた。

僕が風の精霊に急かされてこの場所に駆け付けたのは、丁度その最中だったのだ。

◇◇◇

何となくだが、状況は摑めた。

争い合う一方の、それも一人の人間からの話だけじゃ、全てが正しい情報じゃないだろう。

バルム族に主張があったように、ダーリア族にはまた違った言い分は必ずある。

……が、まぁ正直あまり興味はない。

正しさは比べ合う物じゃないし、競い合う物でもないのだ。

勝てば正しい訳じゃないし、正しければ勝つ訳でもなかった。

なのでダーリア族にどんな言い分があったとしても、僕があちらに肩入れする事はないのだから、知る意味もないだろう。

尤もその炎の子とやらが火の精霊に愛された人間で、精霊から手出しをしないで欲しいと言われればその限りではないのだが、……まぁほぼ間違いなく違うだろうし。

僕の予想では、炎の子というのは神術の使い手だ。

それも能力開発を行わずとも、自力で資質に目覚めた強力な天然物の。

もう少し具体的に言うならば、発火能力者、パイロキネシスの類である。

そうなると差し当たって、僕が風の精霊からの頼みを達成する為に必要な事は二つだ。

一つ目は、恐らく次のダーリア族の襲撃には自ら出張って来るだろう炎の子とやらを叩く。

別に殺してしまう必要はないし、僕もその心算は全くないが、その力が神聖視されなくなる程度には徹底的に潰しておく必要があるだろう。

次に二つ目は、炎の子の存在がなくなったとしても、族長や精鋭の戦士を失って弱体化したバルム族が元通りになる訳じゃないから、新たにある程度は自衛が可能な力を身に付けさせなきゃならない。

手っ取り早い方法としては、風の精霊と相性の良いツェレンに、その力を借りた攻撃手段を教える事だった。

今のツェレンは先の天気や、遠くで起きた出来事を知るくらいにしか風の精霊の力を借りられないらしいが、それは彼女が風は親しむ物であり、攻撃に使う物って発想とイメージが存在しないからだ。

だから僕が攻撃の方法やイメージを教えれば、ツェレンはある程度の力を身に付けられるし、多分だけれど風の精霊もそれを望んでる。

でも力を身に付ける事が、ツェレンの望みであるのか、またバルム族にとって良い結果となるのかが、……僕には少しばかり不安だった。

攻撃手段を得た彼女を、バルム族が力の象徴として、或いは兵器として扱うようなら、待ち受けるのはきっと楽しい結末じゃない。

しかしツェレンに攻撃手段を持たせないなら、或いは持たせたとしても、バルム族の立て直しは、未熟な戦士達が精鋭になるまで、子供達が成長して戦士になるまで、僕がこの地に留まって守る必要がある。

それには十年とは言わずとも、五年くらいは掛かるだろう。

……いや、逆に考えたら、たった五年で良いのか。

五年は僕にとって、大して長い時間じゃない。

また五年間をここで過ごすと決めるなら、ダーリア族の略奪で悪化した南の国との関係だって、炎の子を叩いて大人しくさせた後なら改善を図る事もできる。

途中で鍛冶がしたくなったら、南の国で鍛冶場を借りるか、いっそ自分で造ってみるのも手だった。

僕もいい加減数多くの鍛冶場を見て来たから、地の精霊の力を借りれば、時間は掛かれど鍛冶場の一つくらいは造れる筈だ。

鉄や燃料の確保は問題だが、それこそ南の国から買い付ければ良いだろう。

もちろん実際に僕がどこまで関わるかは、ツェレンや他のバルム族の人々次第だけれども。

あぁ、いや、実は一番簡単で手っ取り早い方法は、ダーリア族を一人残らず根絶やしにする事である。

だけど僕は、その方法は取りたくない。

むしろこれ以上の犠牲者は、バルム族にもダーリア族にも、一人だって出したくはないのだ。

バルム族がどんなにダーリア族を恨んでいたとしても、その恨みは僕が共感、共有すべき物ではなかった。

風の精霊の頼みであるなら、バルム族への肩入れは仕方ない。

だがその方法は、内容は、僕の流儀に従って貰う。

バルム族がダーリア族への恨みを飲み込む事が、僕が彼らに力を貸す対価だ。

文句があるなら、僕の存在なしでもバルム族はダーリア族には負けないと、その力を示せばいい。

それが可能であるならば、わざわざ僕がこの争いに関わる理由もなくなる。

当然、反発は大きいだろう。

どうやら僕を完全には信じられないでいる老人衆はもちろん、戦いで父を失っているツェレンだって、復讐を考えずにはいられない筈。

けれども僕には、無条件でバルム族を助ける義理は、実はないのだ。

だって風の精霊が僕に頼んだのは、本当の所はツェレンを助ける事のみなのだから。

彼女を攫い、この地を離れ、もっと精霊の扱い方を教えてから別れれば、それでも一応は風の精霊からの頼み事は達成できる。

物凄く後味が悪いし、ツェレンからも大いに恨まれるだろうから、できればやりたくはないが。

ただ老人衆に挟まれて窮屈そうに座るツェレンを見た時、そうすべきじゃないかと感じた事も、事実だった。

彼女が風の精霊に愛される性質の持ち主なら、……そうでなくともまだ子供なのだから、もっと広く外を駆け回り、見たい物を見るべきじゃないかと。

そんな風にも思うのだ。

尤もツェレンを攫う時は、彼女の母と弟も、一緒に連れて行かなきゃならないだろうし、それがこの家族にとっての幸せとなるかどうかは、実に難しい所だけれども。

翌日、僕が犠牲者を出す心算がないという方針を告げれば、当たり前ではあったがバルム族の老人衆には物凄く嫌われた。

所詮は余所者で、紛い物の風の使いなんて好き勝手に言われたけれど、まぁだったらその紛い物の力を借りずに何とかして見せればいいと返せば、彼らは黙る。

第一、風の使いを自分から名乗った覚えもないし。

結局のところ、自分達に先がないのは、頭の固い老人衆にだって理解はできているのだろう。

単にそれと感情は全く別物だってだけで。

何というか僕は、長老衆と呼ばれるような、年を取ってるから権威があって自分が偉いと思ってる類の人とは、基本的に相性が悪い。

だって長く生きれば何かを積み重ねてるのなんて当たり前の話で、偉ぶるような事じゃないと思ってるから。

もちろん積み重ねてきた何かというのは有用な物で、それを積極的に活用して役立ててる人は、敬意を払うに値する。

老いて身体の動きは衰えても、経験を活かして周囲の相談役である老人は、頭を下げるべき存在だ。

元々長老衆というのは、その為にある存在だと思う。

でも役割を権威として捉える老人を、僕は敬わない。

積み重ねた物を仕舞い込むだけで偉ぶるのは、無意味だとまではいわないが、敬意を払うには値しない。

そもそも長く生きるだけで偉いなら、僕はどんな人間よりも無条件に偉い事になってしまう。

僕は人間が好きだから、彼らとは対等でいたいのだ。

今の僕には、バルム族の老人衆はツェレンを縛る鎖にしか見えず、その敬意のなさが彼らにも伝わるのだろう。

僕とバルム族の老人衆は、非常に相性が悪かった。

だけど予想外だったのは、ツェレンは僕の考えに暫く考え込んだ後、周囲の老人の言葉を無視して、全てを受け入れると宣言した事。

まだ十歳程の少女が、父の仇を憎む気持ちを飲み込んで、自分の決定が老人衆の反発を買うのも承知の上で、強い意志でそれを選択したのである。

……全く以て、子供らしくないにも程があるだろうに。

しかし僕はその時に初めて、ツェレンという子供ではなく、ツェレンという人間に興味を抱く。

彼女が何を見て、何を背負って、何を考えて、そう在るのか、それを知りたいと思った。

話し合いの結果、次にダーリア族の襲撃があったなら、僕が一人で戦う事に決まる。

バルム族としては相手を殺さぬ心算の戦い、加減して自らの危険をより増すような戦いに貴重な戦士は出せないのは当然だ。

また僕にしても、バルム族の戦士が戦いに加わった場合、憎しみを抑え切れずに相手を殺そうとするのを止める手間が増える。

　ならばお互いにとって、僕が一人で戦うというのは、少なくとも今の段階ではベターな選択だった。

　ツェレンは一人で戦うという僕を心配したけれど、それは些か僕を、というよりも精霊の力を甘く見過ぎだ。

　彼女はもう少し、自らが友とする精霊の力を知った方が良いだろう。

　何故ならツェレンは、一種の精霊としか波長が合わない分、風の精霊との結びつきは並のエルフよりも強いのだから。

　もちろんそれはハイエルフ程ではないけれど、人間としては破格の力を、彼女は持ちうる素質がある。

　あまり数値化するのは好きではないが、並のエルフの平均を1、エルフとしては飛び抜けたアイレナを3とするならば、ツェレンは僕が教えれば、数年でアイレナに近い実力になるだろう。

　僕の養子であるウィンも多くの精霊達から愛された子ではあったけれど、攻撃に力を借りるのが苦手だから、総合的には2くらいの実力だった。

　アイレナならば風の精霊の力だけに限定して助力を乞うても、先日の襲撃の規模、騎兵の二十や三十くらいなら簡単に制圧できるだろうから、ツェレンにだって同じ事は可能になる筈。

　正直にいって風の子は、炎の子よりも余程に強力な存在だった。

　因みに僕は、さっきの基準で言えば8か9くらいだと思う。

　ちょっと言い方を変えるなら、並のエルフは精霊の力を大体一割くらい引き出せて、アイレナが三割、僕が八割から九割くらい引き出せるって言えば、少しはイメージがし易いだろうか。

条件が整えばそれ以上の力を引き出せる事もあるし、状況によってはそもそもハイエルフの言葉くらいしか届かない精霊もいるから、一概には言えないけれども。

冒険者をしてるエルフと、森で暮らしてるエルフも少し違うし。

まぁいずれにしても、ツェレンの心配は杞憂である。


「あの、風の使い様」

話し合いを終えて居住地を見回る僕を見付け、駆け寄って来たのはツェレンの、二つ年下の弟のシュロ。

彼は真っ直ぐな目で僕を見上げて、

「お願いします。姉様を、守って下さい。本当は、父様の代わりに俺が姉様を守らなきゃいけないのに、俺はまだ戦士にもなれないから……、どうか、お願いします！」

僅かに声を震わせながら、そう言った。

あぁ、うん、こっちは、……まだ子供らしいかな。

それでも自分の年齢や力不足を理解して弁(わきま)えてる辺り、充分以上に大人びているけれど、ツェレンに比べればまだまだ子供だ。

実に可愛らしい。

僕は思わず手を伸ばして、シュロが下げた頭をなでる。

それは男のプライドを傷つける行為かもしれないけれど、彼は子供で、少しでも安心させてやりたかったから。

「いいよ。任せて。僕は君のお父さんの代わりはできないけれどね。君のお姉さんと、君と、君のお母さんは、君の代わりに守ってあげる」

バルム族にどう接するかはまだ決めてないから、族長であったシュロの父の代わりはできないが、家族を守りたいという少年の代わりは、僕にも可能だ。

……ちょっとウィンを、思い出す。

風の精霊の頼み以外に、僕が戦う理由が、一つ増えた。

中央部のように北からの冷気を山脈が遮らないからだろうか？

草原の気候は中央部に比べるとかなり寒冷だ。

僕がこの居住地にやって来てから、数日が経った。

バルム族の人達は、馬や羊、牛といった家畜の世話を行う為、朝が早い。

彼らに合わせて天幕の外に出ると、吹く風の冷たさに身体が震える。

しかし季節によっては南の海から暖かい風が吹いて来て、寒暖差はかなり大きいという。

また冷たい風と暖かい風がぶつかり合うと天気が荒れ、強い雨風となり易い。

雨に打たれれば体調を崩してしまう家畜が出る為、バルム族の人々は草原に吹く風を信仰し、それが穏やかである事を望む。

本来ならば、ツェレンが名乗った風読みの巫という役職は、天候の予報と祭事を司る物なのだろう。

代々の風読みの巫が蓄えた天候のデータを基に、風の吹き方、雲の流れを読んで近日の天気を予測する。

だけど今代の風読みの巫、ツェレンは実際に風の精霊の声が聞けてしまった。

過ぎたるは猶及ばざるが如し、なんて言葉があるけれど、彼女は兎も角としても、次代の風読みの巫はとても大変だ。

早朝の家畜の世話を終えて食事を取れば、男達は集まって的に向かって矢を射始める。

どうやら鍛錬の時間らしい。

弓の腕は、上手い者もそうでない者もいるけれど、……全体的なレベルは高めだ。

特に上手い数名は、僅かな精鋭の生き残りだろうか。

色々と面白い発見があったので暫く眺めていると、男達に手招きで呼ばれる。

どうやら僕が弓を持ってるのを見て、射ってみろと言いたいらしい。

折角言葉が通じるんだから口で言えば良いのに。

そういえば中央部でも東部でも、エルフもドワーフも人間も、その他の種族だって喋る言葉は皆が同じだ。

これは言葉を被造物に与えたのが、創造主だったからだとされる。

創造主は神を含む己の被造物に言葉を授け、神もまた己の被造物に言葉を教えた。

故に場所によって存在しない単語はあるものの、基本的には誰もが同じ言葉を交わす。

さて、招かれた僕が弓に矢を番（つが）えて構えれば、周囲で一斉に笑いが起きた。

彼らは僕の構えを見て、弓の素人だと思ったらしい。

まぁ、無理もない話である。

何故なら僕と彼らの構えは、何から何まで違うから。

例えば僕は矢を弓の左側に番えるが、彼らは右に番える。

僕は人差し指と中指、薬指を使って弦を引き、矢は人差し指と中指の間に挟む。

しかし彼らは親指に皮の装具や金属のリングを装着し、それを使って弦を引く。

恐らく彼らの弓の構えは騎乗した際に射易いが為にそうしてるのだろう。

また指に何かを装着するのは、張りの強い弦を引く為だ。

僕とは何から何まで違うから、彼らからすると僕の構えは奇異で、弓を知らぬ者に見えたのだ。

うん、笑うのも仕方ない。

そんな事で怒りはしない。

取り敢えず、放つ。

飛んだ矢は真っ直ぐに的の真ん中を貫く。

たったそれだけで、笑い声は止んだ。

一射で、彼らは自身の勘違いに気付いたらしい。

彼らも弓の心得があるからこそ、それをまぐれだとは思わずに、目を見開いて僕を見てる。

次も引く、もう一度真ん中を狙うと先に打った矢を破壊してしまうから、今度は隣の的の真ん中を射貫く。

動きを止めずに矢筒から抜いた矢を、次々に放って彼らの修練場にある全ての的の、真ん中を射貫いた。

僕はこれでも、割と弓は得意なのだ。

「偉大なる戦士だ！」

そう叫んだのが誰だったのかは分からないが、バルム族の男達が一斉に歓声を上げる。

命中率が気に入ったのか、矢を放つ速度が気に入ったのかは知らないけれど、僕の弓の腕は彼らの琴線に触れたらしい。

彼らは口々に褒め称えながら、僕の肩を叩きに来た。

いや、正直、唐突に態度が変わり過ぎでちょっと引く。

あぁ、でも、この草原では弓こそが主要な武器であるならば、……いや多分どこの戦場でも弓は主要な武器だけれど、うぅん、違うか。

えっと、戦士の象徴的な武器であり、好まれる武器ならば、この反応も分かるかもしれない。

だって彼らの反応は、多分僕がカエハの剣を見た時のそれと、非常に似通ってる風に感じたから。

ただ同じ弓ではあるけれど、僕とバルム族の男達が使う物は、射方だけじゃなくて弓自体も随分と違う。

僕の使う弓は霊木の枝から作られた特別製だが、一応は木製だ。

でも彼らの弓は、……木材に別の素材、恐らく馬の骨や皮を張り付けて張力を大きく増してる風に見える。

あの弓は僕には引けそうにないから、純粋な意味で、僕と彼らの弓の腕を比べるのは不可能だし、あまり意味はない。

僕はバルム族の男達を適当に相手しながら、的に刺さった矢を抜きに行く。

後で回収しなきゃいけない事なんて分かってたんだから、わざわざ別々の的に射るんじゃなかった、なんて風に思いながら。

だけどその時だった。

風が、吹く。

この居住地に、敵意を持った存在が近づいて来てると報せる風が。

どうやら風の精霊は、僕だけじゃなくてツェレンにもそれを報せたらしい。

天幕から飛び出してきた彼女が、地に膝を突き、両手を胸の前で組んで、祈るように僕に向かって頭を下げた。

いや、もしかすると、実際に祈ってるのかもしれないけれど。

全く以て本当に、心配のし過ぎである。

戦場についてこようとする男達を諫(いさ)めて思い留まらせた後、僕はツェレンを安心させる為、笑みを浮かべて一つ頷いてから歩き出す。

心配なんてしなくていいのだ。

何にも問題なんて、ありはしないのだから。

草原の良い所は、どこまでも遠くが見える事だ。

草原の悪い所は、見通しが良すぎて隠れる場所がない事だ。

僕の視界の遥か先で、数十の騎兵がこちらに向かって近づいて来てる。

そして僕の肉眼で相手が見えるという事は、同時に相手からも僕が見えていた。

一斉に弓を引き絞り、天に向かって矢を放つダーリア族の騎兵達。

弧を描いた多数の矢が、僕に向かって雨のように降り注ぐ。

たった一人の相手に、実に大袈裟な攻撃だった。

名乗るでなく、一人で立ちはだかる意図を問うでなく、降伏を勧告するでなく。

侮って矢を惜しんで馬でひき潰そうとするでもなく、ただ一人の僕に向かって全力で攻撃を行う。

前回の襲撃隊が理解の及ばぬ形で敗れたとはいえ、ここまで徹底した対処はそうは取れない。

ダーリア族だけがそうなのか、それともこの草原に生きる遊牧民達は皆そうなのかはわからないけれども、彼らは間違いなく強く優秀な戦士である。

しかし残念ながら、僕に対して集団の力というのは、実は然程に意味がない。

「風の精霊よ」

呟き大きく手を振れば、吹き荒ぶ風が矢の雨を纏めて薙ぎ払う。

すると驚いた事に騎兵達は、既に僕に向かっての突撃を開始してて、馬上でこちらに向かって真っすぐに矢を構えていた。

先程の攻撃が通じないと、まるで予測でもしていたかのように。

最初の射撃は小さな鏃(やじり)で弓なりに遠距離射撃を、次に構えた矢は大きな鏃で近距離から真っ直ぐ飛ぶ威力のある射撃を狙うもの。

だけどやはり、それも僕には届かない。

放たれた矢に対して手を翳せば、風の精霊は圧縮した空気の砲弾を正確にぶつけて迎撃する。

必殺の矢を防がれた騎兵達の顔に、動揺が走った。

でも彼らはそれでも止まらずに近接武器を抜く。

彼らの武器は、湾曲した剣に短槍、それから戦闘用のツルハシであるウォーピックだ。

僕の横を走り抜けながら、手にした武器を叩き付ける。

馬の勢いを借りて近接武器を叩き付ければ、流石に風では止められまい。

……そんな考えが透けて見えた。

けれどもそんな攻撃を、僕がまともに受ける義理はない。

僕は突撃してくる騎兵に向かって、もう一度手を向けて言葉を発す。

「風の精霊よ」

呼び掛けに応えた風の精霊は、先程矢を撃ち落としたそれよりも更に強く、圧縮した空気の砲弾を放って、騎兵達の胸にぶつけた。

馬はそのまま僕の隣を走り抜け、その背に乗っていた筈の騎兵達は弾き飛ばされ地に落ちる。

落下の衝撃は風がそっと軽減をしたから、命に別状はない筈だ。

流石に千や万の軍勢が相手となれば、相手の命を気遣う余裕はないけれど、この程度の数なら殺さず無力化はそれ程に困難な事じゃなかった。

僕を仕留める心算なら、軍勢ではなく個の力が必要である。

例えば仙人の類や、竜か巨人。

或いは……、最盛期のクレイアスにマルテナ、それにアイレナを加えた白の湖のフルメンバーだったなら、僕を殺す事もできたかもしれない。

アイレナが精霊の力を少しでも抑えて、マルテナがそれを彼女の神術、念動力で補助し、クレイアスが間近に接近してきたら……、僕も流石に死ぬと思う。

今ならクレイアスとも多少は打ち合えると思うのだけれど、それでも一度入ってしまった彼の間合いからの離脱は不可能だ。

もはや故人である彼らとの戦いなんて、ありえない話ではあるのだけれど。

しかしダーリア族の騎兵達は皆が優秀な戦士ではあるが、飛び抜けた個の力というには程遠かった。

故に僕が声を発する度、手を振るう度に、騎兵達は馬から叩き落されて行く。

だがその時だ。

ぶつけられた強い殺気を僕が身を反らして回避すれば、先程まで顔があったその位置に、ボッと炎の花が咲いて散る。

あぁ、やはり想像通りに、神術の発火能力者だったか。

神術は個人の資質で大きく変わるから一概には言えないが、詠唱等を必要とせず、出が速い事が多いから対処の難しい力だ。

中でも恐らくは視線に意志を乗せるだけで発動し、見た物を燃やすのであろう発火能力、パイロキネシスは特に厄介な部類に入るのだろう。

だけど相手の能力は僕の想定通りで、また相手を特定もしたから、もうその力は通じない。

再び殺気が僕にぶつかった。

でも僕は慌てず騒がず、先程中空に散った炎の花の残骸、一粒の火の粉を手の平に乗せて、

「火の精霊よ」

そう呟く。

そして次の瞬間、発火能力が発動し、僕の身体は炎に包まれる。

一度目よりも遥かに大きく、強い炎に。

けれども、僕は燃えない。

身に纏った衣類も、携えた弓も、腰に吊るした魔剣も、同じくだ。

さっき散った炎の花の名残、一粒の火の粉には、火の精霊が宿ったから。

彼、または彼女がいる限り、炎はもう、決して僕を傷付けなかった。

腰の魔剣を引き抜き、僕は駆ける。

炎を発した相手、発火能力者、炎の子と呼ばれる彼に向かって。

止めに入る者は、居なかった。

必殺の筈の炎が、ダーリア族にとっての力の象徴が、僕には何の効果も齎(もたら)さなかったから。

僕に向けられる視線には、どれも明確な恐れが混じってる。

よく訓練された兵だったが、どうやらやっと折れたらしい。

そう、それは今まさに僕が迫りつつある炎の子も同様で。

恐怖が故に己の力、発火能力を、幾度も幾度も僕に向かって振るう。

でもその度に力の発露、視線を、僕は魔剣を振って切り払った。

切っ先は燃える。

だけど魔力を通して強化された魔剣は、その程度では傷付きもしない。

火の精霊が守ってくれる以上は燃えないのだから、別に喰らっても構わないのだけれども、多分この方が彼らの絶望感が増すだろうから。

敢えて僕は発火能力を剣を使って捻じ伏せた。

間近に迫った僕は、逃げる事すら忘れて何かを叫ぶ炎の子に、魔剣を突き付けて宣言する。

「よし、捕まえた。これで僕の勝ちだよ」

……と、そんな風に、笑みを浮かべて。

その効果は覿面だ。

強いって事は、基本的には長所だけれど、時には弱みとしても働く。

例えば、今みたいに一番強い炎の子があっさり敗れてしまったら、ダーリア族の士気が崩壊してしまったように。

それから僕は炎の子を捕まえたまま、周囲の騎兵を追い払って、バルム族の居住地への帰還を果たす。

残されてた馬の数頭も手土産にして。

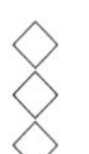

炎の子と馬を戦利品にバルム族の居住地に戻った僕を待っていたのは、歓声と怨嗟の声だった。

いやもちろん、怨嗟を向けられたのは僕じゃなくて、まだ名前も知らない炎の子だったが。

僕を英雄だと褒め称える声と、炎の子を殺せと罵る声。

どちらも等しく、僕にとっては雑音に過ぎない。

だって口では殺せと言いながら、炎の子の力を恐れ、遠巻きにして近付いて来ない連中の言葉に、一体何の価値があるだろう。

まぁ部族の精鋭が壊滅させられた相手なのだから、憎くて怖くて当たり前ではあるのだけれども。

だが遠巻きにしていたところで、炎の子の力が届かない訳じゃない。

向けられる憎しみに対して、咄嗟に発火能力を使おうとした炎の子の髪を、僕は摑んでグイと引く。

視線は逸れて宙を向き、空中にボッと炎の花が咲いた。

悲鳴は上がるが、バルム族の者達がそれ以上は逃げなかったのは、僕が止めると理解したからか、それとも残された矜持か。

しかしそれにしても、間近で見ると便利な能力だなぁと思う。

個人的にはマルテナの持ってた二つの能力、ヒーリングの方が便利で、念動力の方を脅威に思うが、単純な殺傷力は炎の子の発火能力の方が高い。

ましてや教会による能力開発も受けずにこれなのだから、ダーリア族が特別な存在として扱ったのも頷ける。

尤も今の彼だと、遠距離なら兎も角、近距離で僕を出し抜いて能力を使うのは不可能だ。

発動の兆候があまりに分かり易過ぎる。

そういえば、何時までも炎の子だと不便だと思い、僕が彼に名を問おう、そう思った時だった。

ツェレンと老人衆が、天幕を出て居住地の広場にやって来る。

「お帰りなさいませ、風の使いよ。御身の無事を、草原に吹く風に感謝します」

それは些か以上に儀礼的な言葉だったけれど、ツェレンの顔には隠し切れない安堵が浮かぶ。

どうやら彼女は、随分と僕を心配してくれていたらしい。

けれども僕がツェレンに言葉を返すよりも早く、無粋にも割り込んで来たのは老人衆だ。

「何故じゃ、何故にそれを殺さん」

そんな風に、寝惚けた事を言いながら。

だから僕は老人衆を鼻で笑う。

「まだまだ若いのに、物忘れが激しいね。敵を殺す心算がないなら一人で行けと言ったのはそちらで、敵を殺す心算がないから一人で行くと言ったのが僕だ。その結果がこれだよ。分かるよね？」

僕は炎の子が余計な事を言わないように、余計な行動を取らないように首に手を添えながら、老人衆を真っ直ぐ見据える。

すると彼らは、明確に怯む。

まぁ僕と彼らの、力の差は明白だ。

彼らにとって、僕は化け物にしか見えないだろう。

そして実際、普通の人間にとっては、僕は残念ながら化け物だった。

既に数百年の時間を生きていて、人には扱えぬ力を振るう。

正しくは精霊の力を借りているのだとしても、その違いなんて分かる筈もないのだから。

それ故に、余計に彼らは主導権を握ろうと、どうにか僕の手綱を握ろうと、必死に虚勢を張るのかもしれない。

「まぁどうしてもって言うなら、解き放つから自分達で殺してみる？　最大の脅威である炎の子が排除されたら僕がここに居る理由もないし、すぐに立ち去らせて貰うけれど」

幾ら発火能力者でも、護衛なしで複数の戦士に囲まれたなら、何人かは返り討ちにできても、結局は寄って集って斬り殺されるだろう。

だけど炎の子がいなくても、ダーリア族の戦士は丸ごと無事であるのだから、バルム族は報復として、或いは炎の子を失ったからこそ代わりに風の子を求められて、滅ぼされる。

それは至極分かり易い理屈だった。

老人衆は黙り込み、僕から目を逸らす。

もちろん本当の所は、彼らが何といったところで、炎の子を殺させる心算はない。

何故なら彼は、まだ十三歳の少年で、僕からすれば子供である。

多くの恨みを買った身ではあっても、より重い責任があるのは、彼を戦いに使うと決めたダーリア族の大人達だ。

またツェレンの弟、シュロとは、彼らを守るとの約束もしてるから、見捨てる心算は毛頭なかった。

個人的にはこの約束は、風の精霊の頼み事に匹敵するくらいに、大切に思う。

「風の使いの心を縛る事は、私達にはできません。思うようになさって下さい。必要な物があれば仰って下さい、私達は求めに応じます。御身が我らをお救い下さった恩を、バルム族は忘れません」

僕の言葉に頷いたツェレンは、老人衆を置いて一歩前に出て、皆に向かってそう宣言する。

風の子として、バルム族を代表しての言葉は、皆の前で発された以上は、老人衆にも撤回はできない。
本当に聡(さと)くて思慮深い、できた子だ。
僕の心を察し、バルム族の利を図り、全てを受け入れると決めた。
老人衆とのやり取りの最中も、どうするべきかを考えていたのだろう。
……本当に子供らしくなくて、だからこそ興味深い。
その小さな肩に重責を背負えど、ツェレンは揺るがずに立っている。
立場という仮面を被り、その心を隠して。
役割を大人以上に立派にこなす彼女を、子供と侮る事はすまい。
しかし僕は、それでもツェレンが仮面の下に秘めた心を、覗いてみたいと、そう思う。

炎の子の名は、ジュヤルというらしい。
ジュヤルを捕まえた翌日、僕は彼とツェレン、それから自ら希望したシュロを連れて、居住地の外れの広場に来ていた。
より正確にはツェレンの護衛として、或いは僕への監視として、二人のバルム族の戦士が付けられているけれど、まぁ誤差の範疇(はんちゅう)だ。
「という訳で今日から、僕はツェレンには風の精霊の助力を更に得る方法を。具体的には戦い方だね。それからジュヤルには君の能力と、それに頼らない戦い方を。シュロには、……剣で良いの？」

僕は順番に、ツェレンを、ジュヤルを、シュロを見る。

そしてシュロが、僕の言葉に頷いたのを確認してから、

「よし、ではそれを、君達それぞれに教えるよ」

そう、宣言した。

僕がそうすると決めたのは、昨晩、ツェレンに風の精霊の力を借りた攻撃方法を教えて欲しいと乞われたからだ。

恐らく彼女は、離れた場所であっても僕とダーリア族の戦いを、風の精霊の力を借りて感知していたのだろう。

そこで何を感じたのかは、どう考えたのかは定かでないが、ツェレンは自身の力を欲した。

そうするべきかどうかは僕も悩んでいたところだけれども、……彼女自身がそれを望むなら、否と言う心算はない。

するとその話を隣で聞いてたシュロも、自分にも何かを教えて欲しいと言い出して、弓の扱い方は、僕とバルム族で違い過ぎるから、だったら剣を教えようという事になったのである。

「いや、待てよ！　アンタと俺は敵同士だろ！　なんで戦い方を教えるとか、そんな話になってんだよ……」

だから話について来れぬのはジュヤルのみ。

あぁ、いや、遠くで彼に同意して頷く見張りの戦士達も同様か。

しかしジュヤルは一つ大きな勘違いをしていた。

「いや、別に君は、ジュヤルは僕の敵じゃないよ。だって敵だと思える程に、君は強くないと言うか、もっとはっきり言うと、ジュヤルは弱いからね」

そう、僕は彼を歯牙にもかけていないから。

僕の言葉にジュヤルは、傷付くというよりも、ハッキリと衝撃を受けたって顔をしてるけれど、それは変えようのない事実である。

でもそれは発火能力、パイロキネシスが弱いって意味じゃない。

まぁ火の精霊の力を借りられる者にとってパイロキネシスが然程に怖くないのも確かだが、ジュヤルの弱さはそういった相性以前の問題だった。

何故なら彼にとって、発火能力は戦う為の手札の一枚じゃなく、全てだから。

故に駆け引きも何もなく、ジュヤルと戦うならば発火能力だけを気にすればいい。

正直、狙った場所も放たれるタイミングも丸わかりの発火能力なら、僕がやったみたいに剣で切り払える剣士は、知る限りでもそれなりにいる。

カエハはもちろんそうだったし、クレイアスも、シズキもそうだし、ウィンも多分できるだろう。

つまりジュヤルは、発火能力を放つだけの砲台に過ぎない存在だ。

個人の能力的にも、ダーリア族からの戦場での扱いも。

そんな代物を敵だと思えと言われても、いやいや僕には難しい。

だけど同時に、些か勿体なくも思う。

折角の力を、素質を伸ばさずに、狭い世界で持て囃されて、道具として使われてるだけなんて、他人事ながらつまらなかった。

何よりも、彼はまだ子供なのだから、この先を自分で生き抜く為の力を身に付けなければならない。

他人に使われる道具としてではなく、一人の人間として生き抜く力を。

「じゃあジュヤルにも取り敢えず剣を教えようか。あぁ、折角だし、ツェレンもやる?」

ジュヤルはまだ呆然としたままなので、僕は勝手に話を進めていく。

恐らく彼は、これまで自分が弱いと言われた事なんてなかったのだ。

常に強者として扱われ、敬いと恐れを受けて来たジュヤルの価値観が、大きく揺らいでる。

でもこれは始まりに過ぎない。

これから先、僕との生活の中で、彼の持つ価値観は、どんどん変わって行くだろう。

「えっ、えっと、私は女なのですけれど、……剣を握っても良いのですか?」

ツェレンは酷く驚いた様子で、おずおずと僕に向かって問うた。

おぉ、今のは彼女の、素に近い表情だ。

僕は少し嬉しくなって、頷く。

「もちろん。そもそも僕に剣を、ヨソギ流を教えてくれたのは、女性だよ。凄く強くて、綺麗な人だった」

師を、カエハを語る時、僕はとても嬉しくて、誇らしい。

残念ながら彼女をこの子達に会わせてあげる事は、もう絶対にできないけれど、……僕が剣を教えるなんて、きっとカエハは喜んでくれる。

草原の民の文化で、女性がどんな風な立ち位置なのかはしらないけれども、ヨソギ流は女性にだって振るえる剣だから。

僕の言葉に、ツェレンは少し戸惑った様子だったけれど、暫くして納得したように、ふわりと嬉しそうな笑みを浮かべた。

とはいえ先ずは、本物の剣ではなく、木剣を使った素振りからだ。

今日の所はバルム族が訓練に使う木剣を借りて持たせたが、本格的に修練を積むなら、やはり木材を削って彼らの手に馴染む物を僕が作るのがいい。

あぁ、どうせなら、木材を削る所から、一緒にやろうか。

そして彼らが十分に木剣を振れる頃には、僕も準備を整えて鍛冶をしよう。

彼らが使うヨソギ流の剣、直刀を手に入れるには、僕が打つのが一番早い。

「じゃあまず、練習に使う木剣を、自分達で作ろうか。大丈夫。僕も手伝うから、そんなに時間は掛からないよ」

僕が大雑把に木材を切って木剣の形にして、彼らは自分達でそれを削って磨いて完成させる。

ジュヤルも僕の言い付けに従い、黙って木を削って磨く。

彼も彼女も、生まれ持った力が故に働きを求められていた。

その是非は、まあ僕が口出しする事じゃないかもしれない。

でも、だからこそ僕は、彼らに別の力を学ばせる。

ヨソギ流という、僕にとっての道標を、彼らにも。

未来がどんな風に転がるか。

まだ確かな事は、何も見えない。

だけど僕がより良いと思える場所に、彼らを引っ張り、時には引き摺ってでも、辿り着こう。

僕がバルム族と共に暮らし始めて、二ヵ月が経過し、季節は本格的な冬へと突入した。

バルム族は、大草原の西端付近に暮らす部族だ。

しかし以前も述べた通り、草原の民は遊牧民であり、年に数度の移動を繰り返す。

もちろんバルム族もその例に漏れず、夏は草原の北部へと移動し、冬は草原の南部へと移動する。

他の季節は、まぁ草原の真ん中辺りで数か所を転々と。

さてこのバルム族の移動の中でも重要なのが、夏の北部への移動と、冬の南部への移動である。

いや、遊牧民の移動は家畜の餌となる牧草地の草が食べ尽くされないようにする為だから、重要でない移動はないのだけれど。

特に重要なのが夏と冬の移動だって話だ。

では何故この二つの移動が重要なのかといえば、夏の移動は草原の北部、つまり砂漠地帯の近くにまで出向く為、草原では得られない資源の採取が可能だからだという。

いや、砂漠で資源といわれてもピンと来ないとは思うのだが、実際の所、砂漠といってもどこまでも続く砂地といった場所は然程に多くないらしい。

岩盤がそのまま露出した岩石砂漠や、礫で覆われた礫砂漠、土や粘土によって覆われた土砂漠等、一口に砂漠といっても色々とある。

故に草原の北にある砂漠地帯では、塩や粘土、時には金属の採取が可能なんだとか。

また冬の移動が重要な理由は、草原の南にある海に近い国々との交易があるからだ。

冬の食料事情を少しでも良くする為、暖かく過ごせる燃料を手に入れる為、その他にも様々な理由で、バルム族は海に近い国々との交易を行う。

そして今日、僕はバルム族の交易隊と一緒に、南方の海に近い国の一つ、ヴィヴナルへとやって来ていた。

僕が交易隊と共に行動する事になった理由は二つ。

一つは僕自身が、鉄鉱石は重いし鉄の抽出が大変だから、既に精錬済みの鉄や、鍛冶の為の燃料、道具類を欲した事。

バルム族では乾燥させた馬糞を燃料にしてたりするけれど、流石にそれでは鍛冶に必要な火力は得られないし、細々とした道具類はやはり買い揃えた方が早い。

それからもう一つは、エルフである僕は、まぁ正確にはハイエルフだけれど、どちらにせよどう見ても遊牧民には見えない為、ヴィヴナルの商人の警戒を解き易いだろうと思ったから。

元々、バルム族はヴィヴナルを含む南方の海に近い国々とは交易を行っていたが、ダーリア族の略奪が増加した事で遊牧民全体への警戒心が増し、交易が難しくなっていた為、僕が仲立ちする事で少しでも警戒が和らげばって話なのだ。

ただ皮肉な話なのだけれど、ダーリア族の略奪が激しさを増した要因である炎の子も、僕と一緒にヴィヴナルへと来ている。

まぁ別に炎の子の容姿が南の国々に知れ渡ってるという訳じゃないから、大きな問題はないのだけれど、事情を知ったジュヤル自身が、些か以上に気まずそうにしてた。

だがそれでも彼をここに連れて来たのは、僕以外にジュヤルを抑えられる人間がいない為、一緒に連れて行けと老人衆が騒いだからだ。

……うん、僕は彼が、今更暴れたり逃げたりしないとは思うのだけれど、老人衆が警戒するのは尤もな話だし、仕方ない。

「やぁやぁ、こんな場所に森の人、エルフの方がおられるとは珍しい。なるほど、船を使わずに東部へ移動したら草原の民と知己を得たと。いやぁ砂漠越えですか。それは大冒険だ」

良く喋る商人に、同行してる草原の民、バルム族は友好的だとアピールしてから、彼らを紹介した。

陸路で東部に来たと話したら、ちょっと勘違いをされてしまったけれども、でもわざわざ訂正する程の事じゃない。

人喰いの大沼を越えるのも、砂漠地帯を越えるのも、どちらも難行であるのは同じだから。

商人の顔立ちは草原の民と似通っていたが、肌色は良く日に焼けて濃い褐色だ。

両者の見分けは服装だけでなく、ハッキリとつく。

多少の変装をした程度では、相手のコミュニティには潜り込めないだろう。

話の最中、どうしても草原の民の、ダーリア族の略奪が増えたと、商人は口にする。

そりゃあ僕が、バルム族は略奪を行うダーリア族とは違うと言って紹介したのだから、当然の流れだ。

でもその話を聞くジュヤルはとても複雑そうで、それでも耳は傾けたまま、ジッと何かを考えていた。

当たり前の話だけれど、略奪をする方は、普通はされる側の事情なんて考えたりしない。

尤も賢い山賊、海賊なんかは、街道、海路を通る商人がいなくなると飢える為、全てを奪って相手を破産させるような事はせず、一部の積み荷や金銭を奪う代わりに、街道や海路を抜けるまでの護衛をしたりもするという。

だけどそれでも商人を慮ってそうしてる訳ではなく、単純に獲物が減るのを嫌っての話だ。

一方的に奪うなんて行為は、相手を知り、相手の事を考える気持ちがあれば、そう簡単にできる事じゃないのだから。

故にこれまで、ジュヤルは自分が、ダーリア族が略奪を行う相手に関して、教えられなかったし、知ろうともしなかっただろう。

もちろんどの国が手強くて、どの国は警戒心が高い、なんて情報は得ていたとしても、そこに暮らす人々の事なんて、恐らく考えもしなかった。

しかし今、ジュヤルは自分達に奪われた人を見て、話を聞いて、考え始めた。

彼は一体、何を感じて、何を思って、自分なりの結論を出すのだろうか。

責任を感じての自死なんて結末は、僕にとってはつまらなさ過ぎるから、できればやめて貰いたい所である。

まぁジュヤルがそうすべきだと考えてしまっても、子供である彼にそんな道は、僕が選ばせはしないけれども。

さてついでに、ツェレンとシュロへの土産でも買おうか。

僕が持ち込んだ金貨や銀貨、宝石類は、この南の国々ではちゃんと買い物にも使えるのだから。

バルム族が幾つかの居住地を転々とするのに同行しながら、一年が経つ。
遊牧民である彼らの移動に付き合うには、馬に乗れた方が便利だったから、この度、僕も無事に乗馬を覚える。
最初は少し苦労したが、上手く乗ろうとするよりも、馬に任せて運んで貰うのだと意識を変えれば、それなりにだが乗れるようになった。

元々ハイエルフは、植物に対して程ではないけれど、野の鳥や獣とも、心を通わせるのは不得意じゃない。

まぁ僕は狩りをするから、騙し討ちにならないように、野の鳥や獣との交流は、深い森を出てからはしていないけれど、……それでも馬となら、心を交わしたところで別に構いやしないだろう。

バルム族の若者に交じって馬の世話にも加われば、馬達も僕に懐いてくれる。

もちろんそれでも、生まれた時から馬に慣れ親しんでるバルム族のように上手くは乗れないが、その背に揺られて移動する分には、もう何の不自由もなかった。

でもこの一年で成長したのは、僕だけじゃない。

ツェレン、シュロ、ジュヤルの三人は、それぞれに成長速度は違うけれど、ヨソギ流の基礎をきちんと学んでいるし、ツェレンに関しては風の精霊の力を借りた攻撃法も、幾つか覚えてる。

ただ教える側になって思ったのだけれど、ヨソギ流って実はかなり難しい剣術だし、その修練も厳しい。

特にまだ八歳、あぁ、いや、今はもう九歳になったけれども、最年少のシュロにとっては苦しい躓きも多かった。

そしてそんな時に助けの手を伸ばすのは、シュロの姉であるツェレンよりも、もう少し年上で余裕のあるジュヤルである場合も多くて、三人は同じ修練を積む事で少しずつ仲を深めている。

……しかしシュロに懐かれ、その影響でツェレンとも親しくなるにつれ、ジュヤルの悩みは深く、重くなっていく。

何故ならそんな二人の父親を、バルム族の族長であった男を、戦で殺したのは他ならぬ彼だったから。

いや、実際に戦場で、ジュヤルが二人の父親を手に掛けた訳ではないのかもしれない。

けれどもその戦いが起きた原因は、自分の存在があったからだと、彼は思っているようだった。

僕は決してそれだけが理由ではないと思うのだけれど、だけど同時に、それは確かに事実でもあるのだろう。

「エイサー、……俺は、一体、どうすればいい？」

以前に一度、そんな風に問われた事がある。

だけどそれは、ジュヤル自身が考えなければ意味はない。

状況は少しずつ、時間と共に変わって行くから、誰かにとっての最善もまた変化していく。

バルム族にとっての最善、ダーリア族にとっての最善、ツェレンにとっての、シュロにとっての、またジュヤルにとっての最善も。

だから悩んで考えれば良い。

但し、炎の子という脅威がなくなったなら、僕はこの地を去る。

それは以前に、僕がバルム族の老人衆に言った言葉だった。

だがそれは、バルム族がジュヤルを害した場合だけじゃなく、彼が自身を害した場合でも同様だ。

僕がそう告げると、ジュヤルの表情は悲痛に歪む。

どうやらそれも、考えてはいたらしい。

それは本当に、つまらない結末なのだけれども。

もちろん僕がこの地を去る際に、何をするかはまた別の話だ。

ツェレンとその家族を攫って行くかもしれないし、今度は僕から、ダーリア族の居住地に襲撃を掛けるかもしれない。

死人は出さずとも、力を振るって破壊を撒き散らせば、二度とこの付近の居住地には近寄りたくなくなるだろうし。

まぁ精一杯に考えて悩んで、答えを見付ければ良いと思う。

何も考えずに人を傷付けて来た時間が長いのだから、考え悩んで自分を傷付ける時間があるのは、仕方のない話である。

老人衆はさておいて、バルム族がジュヤルに向ける視線は、本当に少しずつだが和らぎ始めた。

バルム族だけがそうなのか、それとも草原の民がそういう気質なのか、彼らはとても単純だ。

良い物は良い。嫌いな物は嫌い。凄い物は凄い。

強きを貴び、弱者を嘲った。

しかし強き者は戦士として相応の振る舞い、働きが求められ、弱者は庇護される。

何というか、言い方は悪いが獣の群れに近いのだろうか。

馬や羊等の家畜を、群れの一員とする獣達。

そしてあまり彼らは遺恨を、長くしつこくは、引き摺らなかった。

この一年でジュヤルがして来た事は、自身の剣の訓練だけじゃない。

毎日の家畜の世話を含む居住地での仕事や、交易隊に加われば率先して荷を運び、また僕が冬の居住地に整備した鍛冶場ではその作業を手伝いもした。

その行動で発生した利が、バルム族が失った物を埋めたという訳ではないけれど、自分が属する集団の為に懸命に働く人間を、嫌い続けるのは割と難しいから。

ジュヤルの行動で、本当に少しずつだが、周囲を取り巻く環境は変わりつつある。

尤もそれが、より彼を悩ませてる様子だったが。


「風は風のままでは人を傷付ける事は難しい。同じ強さで物をぶつけても、硬い物と柔らかい物じゃ痛さが違う。そして風は柔らかいどころか実体がないからね。でも本気で吹き荒れれば、容易く人を吹き飛ばす力はあるんだ」

一方、僕の言葉に頷くツェレンの心は、未だに底が見えてこない。

役割という仮面の下の感情は、頻繁に見せてくれるようになったけれど、未だにそこまでだった。

「だから風を攻撃に使うには、硬い実体を持たせるか、本当に強く吹き荒れるか、そのどちらかのイメージを強く持つ必要があるよ。風の精霊は僕らのイメージ通りに力を貸してくれるからね」

僕が口にするのは、ツェレンには既に何度も繰り返した言葉。

風の精霊に助力を得る事は、ツェレンは最初から高いレベルでできていた。

実際の所、天気を知る位なら兎も角として、遠く離れた場所での出来事を風の精霊に教えて貰うというのは、普通に攻撃に力を借りるよりも難易度は高い。

多分前にも言ったかも知れないけれど、細かな条件、複雑な条件を付けて精霊に動いて貰う事は、単純に目の前の相手を攻撃するよりもずっと難しいのだ。

故にツェレンに足りなかったのは、攻撃のイメージだけ。

草原に吹く風が、本当はどれ程に力を持っているのか。

荒れ狂えばどれ程に吹き荒ぶのか。

またその力を、どう変えれば破壊力を生むのか。

それを知り、理解すれば、風の精霊は喜んで彼女の敵を打ち倒すだろう。

だけど僕は、ツェレンがどうして力を求めたのかを、まだ知らなかった。

父の仇を討ちたいのか、それともバルム族を守りたいのか、或いは力を持つ事で自由を得たいのか。

またはその全てかもしれない。

何れにしても彼女が得た力の向かう先を、僕は戦い方を教えた者として見届ける必要がある。

戦う力を得たが故に不幸になりましたという結末は、僕にとってあまりに徒労であるから、できればツェレンには幸せになって貰いたいと思う。

最後にシュロだが、彼はもう普通に一生懸命な少年で、とても可愛い。

シュロは特別な力は持たないし、身体もまだ出来上がっていないけれど、毎日一歩ずつ、少しずつ強くなってる。

家族を守ることを目標として、だけどジュヤルの事も思いやり、日々を積み重ねて行く。

恐らく三人の中で剣の腕が最終的に一番伸びるのは、シュロだろう。

習い始めた年齢が一番低かった為でもあるけれど、彼は成長する事に迷いがないから。

シュロは特別な力を持たない子ではあるけれど、……それが故に一番眩(まばゆ)い存在だった。

また二年が過ぎた。

要するに僕が遊牧民、バルム族と暮らし始めてから三年が経つ。

子供達はすくすくと成長し、大きくなって行く。

個人的には彼らの成長が早過ぎて、不満を覚えるくらいに。

だって僕は、ハーフエルフのウィンですら、成長が早過ぎて寂しく感じたのに、ジュヤル、ツェレン、シュロの成長速度はその倍以上なのだ。

本当に、もっとゆっくりでも良いと思う。

いやまぁ、彼らはウィンと違って僕の養子ではなく、弟子や教え子といった立場だから、本当は成長の早さを喜ぶべきなのだろうけれども、うん。

……それはさておき、三人の中でもジュヤルはもう十六歳と、既に一人前とされるべき年齢になっていた。

だからこそ、彼はその決断をする。

切っ掛けは、バルム族の老人衆の死だ。

といっても当たり前の話だけれど、僕が殺した訳でも、ジュヤルが殺した訳でもない。

命の時間が終わり、一人、二人と安らかな眠りに就いただけ。

僕は老人衆との折り合いが悪かったけれども、彼らは彼らなりに、バルム族の事を考えていたのだろう。

争いに敗れて窮地に陥り、やって来た僕とは話が合わなくて反目し合い、それでも穏やかで平和な三年間を見て、彼らは一体何を感じながら、眠りに就いたのか。

彼らは、僕をツェレンに肩入れさせる為に、敢えてあんな風に振る舞っていたのかもしれないと、ふと思う。

または他のバルム族に、偏った意見に固執する姿を見せる事で、僕やジュヤルに対する感情の、一族としての吐き出し口として振る舞っていたんじゃないのかとも。

バルム族は墓を作らず、ただ深く掘って草原に軀を埋める。

そうして草原に、肉と魂を還す。

たとえ獣が掘り起こして軀を喰らっても、または魔力の影響で軀が魔物と化しても、それも草原の一部になったのだと納得するらしい。

大陸の中央部の人間達とは、大きく異なる価値観といえるだろう。

僕は彼らが埋められていく様を見て、……あんなに気が合わなかったのに、少しの寂しさを覚えた。

だが老人衆の死を僕以上に重く受け止めたのは、そう、ジュヤルだ。

何故なら彼にとって老人衆は、真っ向からジュヤルを責めてくれる存在だったから。

この三年で、ジュヤルは随分とバルム族に認められた。

ツェレンは何も言わず、シュロも彼に懐いてる。

ともに仕事をするバルム族の若者は、ジュヤルに気安く話し掛けるようにもなっていた。

だからこそジュヤルは、老人衆がいなくなり、自分がこのままバルム族に許されてしまう事に、怯えてしまったのだ。

故に彼は、

「エイサー、我が剣の師よ。俺はアンタに、三年前の屈辱を晴らす為、決闘を申し込む！」

僕に罰される道を選ぶ。

それが自身の弱さだと知らぬままに。


僕とジュヤルは、武器を手に向かい合う。

場所はバルム族の居住地を離れた、草原の真ん中で。

その決闘を受けるかどうかは少し、いや、かなり悩んだ。

だってジュヤルの目的は明らかで、僕はそんな結末を望まない。

けれども結局、僕は悩んだ末に、彼との決闘を承諾する。

……何故なら弟子の過ちを諫め、導くのは、師たる者の務めだから。

たった三年だけれども、僕はジュヤルに剣を教えた。

精霊術や弓でなく、ヨソギ流をだ。

僕にとってのヨソギ流、カエハの剣は、鍛冶に並んでもう、生き方にも等しい大切な物である。

故にその弟子であるジュヤルに対して、僕は中途半端な真似はできない。

だから僕と彼は、互いに武器を相手に向けた。

尤も、決闘とはいっても、僕が握る武器は魔剣じゃなくて、ナイフ、そう、グランウルフの牙を研いだナイフだ。

その事にジュヤルは僅かに不満げな表情を見せたが、仕方ない。

仮に僕が魔剣を使えば、たった一振り、ジュヤルの剣を斬って、それで終わる。

彼の想いを受け止める事も、僕の答えを告げる間もなく。

カエハの剣技とこの魔剣の組み合わせは、それくらいに相性が良すぎるから、ジュヤルとの決闘には使えない。

しかしナイフといっても、このグランウルフの牙を研いだナイフは決して馬鹿にできる代物ではなかった。

硬い魔物の外皮を容易く裂くこのナイフは、鈍(なまくら)な剣ならやっぱり切ってしまえるくらいに鋭いのだ。

また素手で、手刀でヨソギ流の一撃を再現できる僕が、ナイフを使って同じ事をできない理由もない。

まぁジュヤルが持つ剣も僕が鍛えた物だから、このナイフでもそう容易くは切れはしないし、剣とナイフじゃリーチの差も大きいけれど、それくらいは丁度いいハンデである。

切り掛かるジュヤルの一撃を、僕は避けず、受け止めず、ナイフを振るって打ち払う。

まさかナイフ相手に打ち負けるとは思ってなかったのだろう。

体勢を崩しかけた彼に、僕は次々にナイフを振るって攻撃を繰り出す。

一撃、二撃と辛うじて防ぐジュヤルだが、止まらぬ僕の攻撃に徐々に追い込まれて行く。

……うん、こんなものだろう。

彼も三年で良く成長してるけれど、残念ながらヨソギ流の剣を、もう五十年は振ってる僕と打ち合うには、少なく見積もっても後十年か二十年くらいは修練が足りなかった。

なのでジュヤルが僕の本気を引き出そうとするのなら、彼は己の異能、発火能力の神術に、どうしても頼らざるを得ない。

カッとジュヤルが目を見開き、中空に炎の花が咲く。

咄嗟に身を躱したけれど、その隙を突いて体勢を立て直したジュヤルの振るった剣が、僕の頬を浅く薙ぐ。

鮮血が数滴、宙を舞った。

でもジュヤルの攻撃は途切れない。

斬撃、斬撃、炎。

斬撃、炎、斬撃、炎、そして突き。

剣と発火能力を織り交ぜて、途切れる事無く攻撃が続く。

そう、これだ。

僕はこれを、ジュヤルに教えたかったのだ。

炎を放つしか能のなかった、単調な攻撃しかできなかった彼が、実に複雑で多彩な攻撃を放つ。

ジュヤルは見事に、たった三年で、僕が教えたかった事を身に付けた。

多分、今、この瞬間に。

……だけど、まだ甘い。

この三年間、彼は発火能力よりも剣に重きを置いたからか、或いは僕を燃やしてしまう事を恐れてか、剣に比べて発火能力による攻撃が、刹那よりも短い時間だけれど、遅かった。

それ故に彼の多彩な攻撃も、完全な連携攻撃とはならず、剣と炎の間隙に、僕のナイフが滑り込む。

ジュヤルの喉元で、ピタリと止まった、僕のナイフ。

僕と彼の視線は絡むけれど、もう発火能力を使ってくる様子は、ない。

暫く見つめ合ったまま、時間はゆっくりと過ぎて行く。

やがてジュヤルの身体からは力が抜け、剣が地に落ちる。

「どうして、どうしてそのまま、刺してくれないんだ……」

そんな彼の口から漏れたのは、泣いているかのような、絞り出された声だった。

罰して欲しいと思って、剣を向けたのに、どうして殺してくれないのかと。

ジュヤルは僕に訴える。

涙は流してないけれど、僕には彼が、泣いているようにしか見えない。

だから僕は、笑みを浮かべる。

「ジュヤルは馬鹿だなぁ……。師は弟子が、間違いを犯そうとしていたら、諫めるのが務めだ。そして間違いを犯した弟子が、心底それを悔いていたなら、許すものだよ」

僕はそう言ってナイフを鞘に納めた。

例えばアズヴァルド、僕の鍛冶の師なら、諫めてくれるし、許してくれる。

カエハだったら、一緒に罪を背負ってくれただろう。

……カウシュマンはどうかな。

分からないけれど、諫めてくれるだろうし、それで僕が聞かなきゃ殴り掛かってきた筈だ。

まぁ返り討ちにするけれど。

故に僕も、そうしよう。

この決闘で間違いを犯そうとしたジュヤルを諫めたし、彼の罪を許す。

それから、うん、ジュヤルが気に病むその罪を、一緒に背負おう。

本当にどうしようもなければ、斬るのも師の役目かもしれないが、彼は決してそうじゃない。

「君は僕の弟子だからね。僕が許すし、バルム族にも僕が謝っておくよ。……だからジュヤル、君はもう、このままダーリア族に帰るといい」

そう言いながらバルム族の居住地の方に目をやれば、背に荷を乗せた馬を引き連れたツェレンと

シュロが、こちらに向かってやって来ていた。

二人の行動は、僕が指示した訳じゃない。

僕とジュヤルの決闘の様子を、風の精霊に聞いていたツェレンが、シュロと二人で判断したのだろう。

つまりそれが、二人のジュヤルの罪悪感に対する答えだった。

「本当は後二年が経って、ツェレンが一人前になって、バルム族も無事に立て直せてたら、ジュヤルは僕の旅に連れて行こうと思ってたんだけど、……君はせっかちだし、生真面目だからね」

故郷を捨てさせれば、彼は何時までも悔やむだろう。

自分は逃げたんじゃないかと。

もっと何か、バルム族とダーリア族の為に、自分にできる事があったんじゃないかと。

だったら悔やむ前に、精一杯それをさせてやった方が、きっといい。

やって来たツェレンが、頷いてジュヤルに馬の手綱を渡す。

そんな彼女の表情は、まるで出来の悪い弟に対する姉のようで、僕は少し笑ってしまいそうになる。

ツェレンは、ジュヤルよりも三つも年下の筈なのだけれど。

シュロはジュヤルに抱き着いて、涙を流して別れを惜しむ。

あぁ、シュロはジュヤルを、兄のように慕っていたから。

遺恨がない筈はないけれど、二人ともそれを欠片も感じさせない。

ダーリア族へと戻ったとして、ジュヤルが自身の思う通りに生きられるのか、それは僕にも分からなかった。

ただそうなればよいと、草原に吹く風に祈り、また僕の弟子だった彼の力を、信じるだけだ。

三年という、僕にとってはあまりに短い時間で、雛鳥が一羽、巣立っていく。

ジュヤルがダーリア族に戻ってから、二年が経つ。

つまりは、そう、僕がバルム族と行動を共にする心算だった、五年の時間が終わった事になる。

未熟だった戦士達は己を鍛えて立派な戦士に成長し、子供は一人前になって、未熟ながらも戦士になった。

ツェレンも十五歳になって、一人前とされる年齢に達してる。

彼女は僕から見ればまだ少女だけれど、でも随分と綺麗になって、バルム族の若者達がこぞって婚約を望んでるらしい。

後は、そう、風の精霊から助力を得る術、精霊術の実力も、大体僕の想定通りに。

要するに風の精霊に限定されるが、七つ星の冒険者であるアイレナに近い実力で、剣もヨソギ流をそれなりに振れるのだ。

……うん、たった五年で随分と強くなったなぁと、少し感慨深い。

ツェレンに求婚するバルム族の若者達も、実に大変である。

ちなみに僕が見る限り、ツェレンに釣り合う実力者は、バルム族の中にはいない。

僕は結局、彼女が一体何を考え、望んでいたのか、分からないままだった。

でも今のツェレンは、何故だかとても自由に見える。

風の精霊に好かれるに相応（ふさわ）しく。

あぁ、いや、彼女はもしかしたら、最初から自由だったのかもしれない。

自身の望みを、ツェレンだけが理解して、ずっとそこを目指して歩いてた。

単にその道中が険しく、不自由に見えただけで、彼女自身は何も縛られていなかったのか。

バルム族は、この先もツェレンに率いられていくだろう。

もちろんそれを、彼女が望むならの話だが。

そういえばこの二年、ジュヤルが戻ったダーリア族と、バルム族の間に争いは起きていない。

むしろ近頃、絶えていた交流が再開した。

どうやらダーリア族は、ジュヤルが掌握しつつあるらしい。

彼がこの二年、どんな風に過ごし、何を目指したのかは分からないけれど、間違いなく頑張ったのだろう。

強引な手段も用いただろうし、障害を力で捻じ伏せもした筈だ。

僕がその頑張りの内容を知る機会はないだろうし、褒めてやる事もできないけれど。

ダーリア族、いや、草原の民は強さを重んじる。

今のジュヤルは、間違いなく強いから、大丈夫。

彼は力がなければ物事は成せぬと学び、力を振りかざすだけではより強い力に潰される事も学び、力は使い方が大事なのだとも、学んだ。

他者の気持ちを慮る心も、自分を慕う者がいる事も、安易な道を選ばぬ強さも。

多くを学んだジュヤルは、きっと良い長になるだろう。

最後にシュロは、まだ子供ながらに、戦士達に一目を置かれる実力を示し始めた。

弓はまだまだといったところだけれど、剣は僕と決闘した時のジュヤルよりもずっと鋭い。

後はもう、何も教えなくても、バルム族の戦士達と打ち合いながら、自分なりに磨いていく筈だ。

つまりは僕の、この地での役割は、もう完全に終わったと言っても良い。

先を心配する気持ちはあるけれど、きっと僕の教え子たちは皆優秀だから。


「行って、しまわれるのですね」

夕食が終わり、明日の旅立ちの為に荷造りをしていた僕に、ツェレンが後ろから声を掛けてきた。

僕は振り向かず、荷造りを続けながら、頷く。

「そうだね。風の精霊の頼みは果たしたし、シュロとの約束も、もう果たせただろうしね」

元より目的のある旅の途中だったのだ。

頼まれ事さえ終えれば、旅に戻るのが筋である。

この五年で草原での生き方や、獲物の狩り方も分かったし、真っ直ぐ東に草原を抜ける事もできるだろう。

この草原にも兎や鹿といった草食動物や、それを狩る狼、コヨーテ等の肉食動物が生息してた。

そしてそれらが元になった魔物も。

「先生への御恩を、私達はまだ何も返せていません」

ツェレンの手が、荷造りを続ける僕の背に触れる。

彼女が僕の事を、風の使いではなく先生と呼び始めたのは、何時からだっただろうか。

割と最初からだったような気もするし、老人衆の死の後だったようにも思う。

「恩……、ね。別に良いよ。僕を師とか、先生って呼ぶ相手に、恩とか言う心算はないし。弟子を助けるのは師の務めだよ。少なくとも、僕の師匠はそうしてくれた」

僕は振り向かず、荷造りをする手も止めない。

背に置かれたツェレンの手は、熱かった。

それにこのバルム族と過ごした時間で、僕が得た物も決して少なくはないのだ。

先程の草原の知識もそうだし、何より馬に乗る術を得てる。

鍛えた剣と引き換えに馬も一頭譲り受けたから、この先の旅はずっと楽になるだろう。

また何よりも、剣を弟子に教えたという経験こそが、この五年で得た最も貴重な物である。

最初は見ず知らずの人間同士の争いに首を突っ込むなんて、厄介事だと思う気持ちが強かった。

けれども過ごした日々は思うよりもずっと楽しかったし、今となっては彼らとの出会いに、そう、感謝すらしているのだから。

「……またお会い、できますか？」

その問い掛けに、僕は一瞬、答えに詰まった。

頷くのは簡単だ。

ツェレンもそれを望んでる。

けれども、だからこそ、安易にそう答えちゃいけない。

僕は既に、一度そう学んでた。

今後、自分がどうする心算なのか。

誰かに何かを望まれた時、自分はどれだけ寄り添い応えられるのか。

それを深く考えずに安易な約束を、以前と同じ事を繰り返すようでは、僕はこの草原での出来事を、土産話として持ち帰れなくなってしまう。

ツェレン、シュロ、ジュヤルの話を、僕はカエハの墓前で語りたいと思ってるから。

「いや、ツェレンにもシュロにも、ジュヤルにだって、教えられる事はまだ残ってるとしても、教えるべき事はもう残ってない」

一瞬考え込んだけれど、僕は首を横に振る。

恐らく僕は、一度通り抜けてしまえば、もうこの草原を訪れない。

「皆はもう立派に育ったからね。僕の役割は終わったよ。雛鳥は皆、巣立ちの時だ」

荷造りが終わった背負い袋を、僕はポンポンと叩いて笑う。

そっとツェレンの手が、僕の背中から離れた。

それでも背に、その熱は残ってる。

僕をこの地に繋ぎ止めたかったのか。

それとも言葉通りに本当に恩返しがしたかったのか。

彼女の気持ちはさっぱり分からないけれど。

「だけど本当に困ったら、草原を捨てざるを得ないような事があったなら、中央部のルードリア王国の、王都であるウォーフィールに、ヨソギ流の道場がある」

でも本当にツェレンが、シュロが、ジュヤルが困る時があったなら、助けを求めてくれれば、助けようとも。

雛鳥が巣立った後も、僕が彼らの師であった事に、何ら変わりはない。

「僕の名前を出して剣を振って見せれば、彼らはきっと力になってくれる。それに巡り合わせが良ければ、僕もいるかもしれないしね」

旅の目的、ヨソギ流の源流の地を訪れた後は、僕も中央部に戻る予定だから。

恐らく、これが永遠の別れではあるのだろうけれど、僕は気休めの言葉を口にしてしまう。

それにツェレンからの返事はなくて、僕がバルム族と過ごす最後の夜は更ける。

旅立ちの朝、シュロは我慢し切れずに泣き、ツェレンの様子は何時もと何も変わらない。

ただ彼女の目元は、少しだけ赤く腫れているけれども。

二人とも、僕との別れをこれ以上ない程に惜しんでくれていた。

だけどそれでも、僕は馬の背に揺られて、再び東への旅を再開する。

第四章
遠き地の大帝国　前

どこまでも続く大草原。

……といっても、全く地形に変化がない訳じゃない。

例えばなだらかに起伏する丘陵地があったり、幅は然程にないが底は意外と深い川が流れてたりと、変化はあった。

すると当然ながら、その変化のある地形では、ずっと続く草地を行くのとは、また違った対処が必要だ。

丘陵地はハーフリングの縄張りである事が多いから、近付く場合は彼らがそれを主張する印を見逃さない。

ハーフリングは背丈の小さな種族であるからか、馬上から見下ろされる事を嫌う為、彼らと遭遇した場合は速やかに馬を降りる。

川を渡るには流れが緩やか、かつ川底の浅い部分を正しく見極めてから渡る……、等といった風に。

まぁハーフリングは、彼らの独自の価値観を尊重しさえすれば、親切で気の良い連中らしい。

草原で人間が迷った時、ハーフリングに助けられたって話も多いという。

でもそんなハーフリングと違い、出会えばどんなに気を付けていても、人に害を及ぼす種族も、この草原には住んでいた。

丘陵地なんかよりも遥かに、この草原で近付いてはいけない場所は、草木が不自然な程に綺麗な円形に倒れた場所。

或いは驚く程に巨大なキノコが、やはり円形に等間隔に並ぶ場所だ。

それらはフェアリーサークル、妖精の輪と呼ばれる、……近くに妖精が暮らす証である。

尤も実際の所、草原の民も妖精がどんな風に暮らしているのか、知ってる者はいないらしい。

ただこのフェアリーサークルに下手に近付けば、そのまま帰って来られなくなる事を、彼らはよく知っていた。

また気を付けなければならないのは、馬を含む家畜は、このフェアリーサークルにフラフラと引き寄せられるように近付いてしまうという。

或いは朝靄（あさもや）、朝霧が出ている時に草原を移動すると、これもいつの間にかフェアリーサークルに引き込まれるのだ。

『一つは妖精、個を捨て全となる事で、彼らの死は意味を持たなくなった』

群れ全体が、或いは種族の全てが一つの生き物として、集合意識によって動いているらしい妖精。

彼らは臆病かつ慎重だが、同時に残酷で悪意が強い。

妖精は自分の有利な場所に引き込んだ相手を、嬲（なぶ）って殺す悪戯を行う。

かと思えば気に入った相手には親切にし、共に暮らす事もある。

しかしその場合でもその相手を無事に帰す訳じゃなく、閉じ込めて大切に大切に遊ぶのだ。

子供が宝物を玩具箱に仕舞い込むように。

小さな肉体しか持たない妖精は、自分達が弱い事を知ってるから、時に他の種族の子を攫って集合意識に組み込み、育てて戦士として群れを護らせる。

並べてみると本当に、性質の悪い害虫だった。

まぁさっきも述べたように妖精は臆病で慎重だから、僕にちょっかいを出して来る事はないだろうけれども。

そういえば、これは真偽の定かではない話なのだが、人が魔術の才の有無を測る際に用いる金属である妖精銀は、妖精が嫌う金属らしい。

仮にそれが真実だとすれば、少しばかり興味深い。

妖精銀の魔力を引き出す性質が、身体の小さな妖精にとっては致命的なのか、それとも彼らの集合意識を形成する能力に悪影響を及ぼすのか。


馬は東へ、東へ進んでいく。

時に道草を食いながら、ゆっくりと何ヵ月、半年以上もの時間を掛けて。

バルム族から譲り受けたこの馬は、穏やかな気性の賢い馬である。

名前はサイアー。

僕がバルム族と一緒に暮らす間に生まれた子で、世話にも参加してたから、僕にも良く懐いてくれてた。

何時までも共にいられる訳じゃない。

馬の寿命は人間と比べても尚も短いし、僕が移動する道によっては、例えば小さな船に乗る時は、場合によっては手放さなきゃならないだろう。

でもその時が来るまでは、頼りにするし、精一杯に可愛がろうとも思ってる。

草原の空は蒼い、地は草に覆われていて、碧い。

馬の背に揺られる旅は、太陽の光は暖かく、風は涼しく心地良くて、とても眠たくなってくる。

尤も僕の馬術の腕だと寝ると落っこちるから寝れないんだけど、ぼんやりとしながら前に進む。

このまま東に進み続ければ、やがて草原を抜けて、黄古帝国の領土内に入るだろう。

色々と情報を集めて見たところ、黄古帝国は大きく五つの州にわかれてるそうだ。

まず黄古帝国の東に位置するのが、その東側を海に接する青海州(せいかいしゅう)。

次に南側に位置するのが、同じく南側を海に接するが、州内の多くが険しい山地に覆われていて港が造れないらしい、赤山州(せきざんしゅう)。

西側に位置するのが、幾つかの大河とその支流が州内を血脈のように走る、白河州(はくがしゅう)。

北側に位置するのが、火山灰の混じった雨風が吹き、冬には黒い雪が降るとされる、黒雪州(こくせつしゅう)。

それぞれの州にはそれを統治する州王が存在し、四人の州王を中央にある黄古州(おうこしゅう)にいる皇帝が従えて、黄古帝国は成り立っている。

またそれぞれの州は暮らす人々にも特徴があって……、例えば赤山州には下半身が蛇の姿をしてる蛇人族が暮らしていて、赤山州近くに存在するドワーフの国と交流があるとか。

蛇人族とドワーフは共に酒好きであり、とても相性が良いらしい。

大草原を抜ければ、僕が最初に辿り着くのは白河州だ。

領土内を縦横に川が走る地と聞けば、僕は中央部の小国家群を思い出すけれど、白河州は一体どんな所だろうか。

話を聞くのと、実際に自分の目で見るのとでは、全く違う印象を受ける事だって多い。

東に進むにつれ、水の気配が少しずつ強くなるのを感じる。

僕はこの先に待ち受ける事に思いを馳せながら、サイアーの首を軽く叩く。

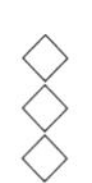

大草原と黄古帝国の境界には、略奪を目的とした部族の侵入を防ぐ為、堅牢な砦が幾つも並ぶ。

それは防衛施設であり、見張り台でもあるらしい。

騎兵が中心というよりも、ほぼ騎兵しかいない草原の民の進軍速度は異常に速いから、いち早く見つけなければ領土内への侵入を許してしまう。

故に黄古帝国の草原の民に対する対処は、兎にも角にも早期の発見、しかる後に複数の砦で連携して挟撃となるそうだ。

しかし全ての草原の民が略奪を目的とする訳ではなく、真っ当な交易を行う部族も存在してる。

そうした部族は敢えて砦を避けずに近付き、入国料を支払う事で通行許可を得ると聞いた。

故に僕もそれに倣い、堂々と砦に近付き、入国料に合わせて幾許(いくばく)かの袖の下も包み、無事に黄古帝国の、白河州に辿り着く。

正直、露骨に袖の下を要求する仕草を取られた時は、少しばかり呆れたけれど、ここまで乗せてくれた馬、サイアーに目を付けられるよりはマシである。

だがそんな事はさておいて、足を踏み入れた白河州は、これまでに訪れたどことも違う、独特の雰囲気を持つ場所だった。

村の民家一つとっても、建築様式が僕の知る物とは全く違う。

あぁ、いや、……カエハの家や道場は、この国の建物に少しばかり似ているけれども。

また道沿いに生える植物も、中央部とも大草原とも大きく違って、見てるだけでも少し楽しい。

サイアーは、草ばかりの道から土ばかりの道に変わった事で少し戸惑ってる様子だったが、背を叩いて宥めてやればすぐに機嫌は良くなって、道端の草をムシャムシャと食べ出す。

この穏やかな気性の旅の道連れは、多分しっかりと僕を信頼してくれてるのだろう。

馬にも食べる草には好みがあって、彼の食事、オヤツを眺めてるだけでも、色々な気付きがあった。

そうして村の人に道を尋ねながらのんびりと三日程進めば、僕らの前に白河州の五大都市の一つ、白尾(はくび)の町が見えてくる。

何でも白尾、白爪(はくそう)、白牙(はくが)、白眼(はくがん)の四つの町と、州都である白心を合わせて五大都市と呼ぶそうだ。

どうにも獣の部位に見立てたような名前だけれども、何らかの謂(いわ)れがあるのだろうか。

白尾の町は、尾川と呼ばれる太い川が、一尾川、二尾川の二つに分かれるその分岐点に、川を挟むようにして造られていた。

尾川の左右と、川が割れる事で生まれる中洲を繋ぐ大きな橋が掛けられ、両岸を繋いでる。

大きな中洲の存在が、交通の要所として機能する事で、川の左右の距離が近付き、一つの町として発展してるのだろう。

中々に壮観で、面白い光景だ。

町に入るには、国境の砦で貰った通行許可書を見せて、幾許かの金銭を入場料として支払わなきゃならない。

身分の証明と、入場料。

その仕組みは中央部の国と、大差はなかった。

けれども僕は、この黄古帝国で流通する貨幣を持っておらず、入場料の支払いは中央部の国々で使われてるお金になる。

多分その事で大いに足元を見られたのだろう。

銅貨での支払いは受け付けられず、銀貨を数枚要求された。

他の旅人が支払ってるのは、明らかに銅の貨幣であるにも拘らずだ。

……うん、まぁ、少しばかり腹は立つが、これも仕方ないといえば、仕方ない。

取り敢えずこの白尾で、持ってる宝石をこの国の金に換えよう。

この黄古帝国で流通する貨幣は、金錠、銀錠、それから大小の銅銭と呼ばれる物。

金錠や銀錠はずっしりとした金銀の塊で、貨幣と呼ぶには大き過ぎる代物だ。

当然ながら一つ一つの価値も金貨や銀貨よりも随分と高く、基本的には大きな商取引等で用いられるらしい。

故に一般庶民が買い物に用いるのは専ら銅銭で、大小の二種類がある。

大きい方は大銭、小さい方は小銭と呼ばれ、真ん中に穴の開いた貨幣だった。

何でもこの穴に紐を通し、束ねて持ち歩く物なんだとか。


さて、大都市へと辿り着き、黄古帝国の貨幣を手に入れて、……ついでに宿を取って、サイアーを預けて荷を下ろし、僕は大きな大きな息を吐く。

旅の疲れは、間違いなく溜まってる。

何せ大草原を西から東まで横断したのだ。

途中で寄り道をしたにしても、疲れが残らぬ筈がない。

三日、……いや、一週間はこの町で、ゆっくり過ごすとしよう。

そしてその間に考えるのだ。

そう、この先、僕は一体どうするべきかを。

いやもちろん、するべき事は決まってる。

東の地に旅をすると決めた時から、目的はずっと変わってない。

だけどその過程を、少しでも楽しく、実りある物にする為にも、僕はこの東の地の事を、もっと沢山知る必要があった。

ヨソギ流がやって来たとされる東の国、源流の地は、この黄古帝国よりも更に東、つまりは海を挟んだ島国だ。

そこに辿り着く手段、その地に何が待つのか、事前知識は必要である。

でもそれを調べるのは、別に白河州である必要はなかった。

他の州に興味を惹かれる物があったなら、まずはそちらを目指してもいいだろう。

その判断の為にも、僕はこの町で過ごす時間で、黄古帝国に関して知らねばならない。

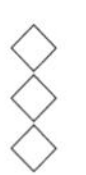

……という訳で、僕は酒場のテーブル席に案内されて、椅子に腰かけた。

いや、ほら、情報収集といえばやはり酒場だと思うのだ。

まぁ久しぶりに心行くまで酒を飲み、美味しい物を食べたいって気持ちが皆無だとは言わないけれど。

あぁ、こちらでは酒場ではなく、酒家と呼ぶらしい。

「はい、異国の兄さん、何飲むね？」

テーブルにやって来た給仕の若い女性に問われて、彼女が指差す壁を見れば、酒の種類らしき物が書かれた札が掛かってる。

黍酒、米酒、葡萄酒、林檎酒、杏子酒。

前の二つは穀物の酒で、後ろ三つは果実酒か。

少し、迷う。

酒場に置かれた酒の種類が豊富である事は、その町が豊かである証拠でもあった。

というよりも、多くの国では酒と頼めば、大体はその国で最も飲まれる酒を出してきて終わりだ。

敢えて頼めば別の酒を出してくれる場合もあるが、それが輸入品だと支払額が跳ね上がる。

「……飲んだ事ない酒が多いね。君のお薦めは？」

この国には来たばかりで、どれも飲んだ事がないから、判断が付かない。

葡萄酒がワイン、林檎酒がシードルと原料は同じだろうけれど、果実の産地と作り方で、酒の味なんて全然変わるし。

だから迷った時は人に聞く。

特に店の人間は、一番合う組み合わせも知ってるものだから、彼らの言葉に従えば外れを引く可能性は、……皆無じゃないが低くなる。

「ん？　奢ってくれるね？　そうね、アタシは杏子酒が甘くて好きよ」

笑みを浮かべて言う彼女に、僕も思わず苦笑いを浮かべた。

この地に生きる人々は、国境を越える時も、町に入る時も、宝石を両替する時も、そして今も思ったが、悪く言えば欲深で抜け目がなく、良く言えば逞しい。

良い印象を受けるか、悪い印象を受けるかは、その時によって様々だけれど……、

「じゃあ取り敢えず杏子酒を二つと、それに合う美味しい物を。それからこの国には来たばかりだから、白河州の事、教えて貰える？」

この給仕の女性から受ける印象は、決して悪くない。

それに一つ分かったのは、相手が利を求めてこちらに踏み込んで来た時、ただそれを受け入れるだけでは食われるだけだ。

故にその時は、こちらも利を求めて相手に向かって踏み込む。

「兄さん話がわかる人ね。いいね。何でも聞いて。アタシは気前が良い人と、顔が良い人は好きね」

すると互いに利を交わし、交流が生まれる。

多分この地に住まう人々は、そうした交流を好むのだろう。

そんな風に考えると、何だか少し楽しくなってきた。

これが理解だ。

いやまぁ、給仕の仕事中に飲む気満々なのは、どうなのかなぁって思うけれども。

どうやら彼女はこの酒家の店主の一人娘で、給仕の仕事さえしてれば、その辺りは割と自由らしい。

実に緩い店である。

それから小一時間、彼女は合間に僕のテーブルに来ては、色々と摘まんで、話して、客に呼ばれればまた給仕の仕事に戻っていく。

「へぇ、兄さんはエルフっていうね。アタシはスゥっていうよ。え……、名前じゃないね？　種族？　森人じゃなく？」

スゥと名乗った彼女の話は、かなり興味深い物が多かった。

例えば東部では、エルフは森人と呼ばれてる事とか。

……そういえば、以前にあった堕ちた仙人、吸血鬼のレイホンは、僕を森人と呼んだっけ。

ならばやはり彼も、東部の出身だったのだろう。

それはさておき、何でもその森人は、黄古帝国の真ん中の州、黄古州に住むそうだ。

滅多に外の州に出て来る事はなく、やはり東部でも珍しい存在になる様子。

「アタシ達は黄古州には入れないから、森人を目にする事は滅多にないね。田舎の老人には、兄さんきっと有り難がられるよ。あ、次は茹で鳥がお薦めね」

……お薦めと言いつつ、自分が食べたい物を頼まれてる気がしなくもないが、聞かされる情報は有益なので受け入れよう。

実際、スゥが運んで来る食べ物は、どれもが酒に合って美味かった。

僕は箸を使って、皿に残った牛の炙(あぶり)を口に運ぶ。

そう、ここらでは食事に箸を使うのだ。

黄古州にはエルフが住むが、その周囲は城壁に囲まれ、外の者は立ち入れない。

だったら黄古帝国の皇帝はエルフなのかと言えば、それはどうも違うらしい。

「……皇帝？　えっと、黄古帝国の皇帝は、竜翠帝君（りゅうすいていくん）。年を取らない仙人って話ね。あ、信じてないね？　だめよ、兄さん。皇帝を信じない、偉い人にバレたら捕まる罪ね」

彼女は小声で囁いて、そして笑う。

いや、信じてない訳じゃないのだけれど、自然との一体化を目指す仙人が、大きな帝国の皇帝であるという事に、違和感を覚えただけである。

仙人の存在自体は、信じてるというよりも、知っていた。

他にも、この白河州では、二股の尻尾を持つとされる白い霊猫（れいびょう）が信仰されてる話とか、黄古帝国には冒険者って職は存在しなくて、魔物の討伐は兵士、または自警団の仕事になるとか。

スゥの話を聞いただけでも、この地は僕の常識が通用しない場所である事が、良く分かる。

因みに中央部では冒険者になるような、力を持て余した若者は、兵士や自警団の他、遊侠や侠客と呼ばれる武辺者になるらしい。

この遊侠というのが、僕には少し理解の難しい存在だったのだけれど、単なるチンピラの類じゃなくて、仁義を重んじ、強きをくじき、弱きを助ける人になるそうだ。

その為には時に法を破る事さえ厭わないとされる。

……話を聞く限り、冒険者とヤクザの中間みたいな存在に思えたが、まぁこれは僕の勝手な印象に過ぎないから、口には出さない。

義侠心を持っている事が遊侠の一番大切な条件で、そうでないのは紛い物だとスゥは力説していたけれど、わざわざそんな言葉を口にするのは、彼女にとっての紛い物の遊侠がそれだけ多いって事なのだろう。

或いはその紛い物の遊侠に、何らかの被害を被ったのか。

そして彼は本物だと彼女がいうのが、酒場の隅に陣取って店の全体を見渡している一人の男、酒場の用心棒であるジゾウだった。

ただ遊侠とかそんな事を別にして、僕がジゾウに興味を惹かれたのは、彼がどう見ても人間じゃなかった事だ。

ジゾウは、そう、黄古帝国でも主に北の、黒雪州に住む種族、地人である。

地人は、薄い鱗（うろこ）のような岩や鉱物、宝石を身体に張り付けた種族で、力が強く頑丈な身体を持ち、飢えや渇きにも強い。

故に厳しい環境であるらしい黒雪州に住めるのだ。

また彼らは身体に張り付く鱗状の物質が、岩であるか、鉱物であるか、宝石であるかで身分が決まり、前から順に、一般階級、戦士階級、貴族階級となるという。

尤も岩と鉱物、宝石の区別は境目が曖昧な為、他の種族が簡単に判断できる事ではないらしい。

そもそも定義的には、複数の鉱物の集合体は岩石という扱いになったりするのだし。

ジゾウは一見、岩が身体に生えてるように見えるけれど……、あれは恐らくオブシディアン、黒曜石だ。

だから石扱いなのか、宝石扱いなのかが、いまいちよく分からない。

黒雪州を出て白河州で、酒場の用心棒なんてしてる以上、貴人扱いではないと思うのだけれども。

まぁ機会があれば、直接本人に尋ねてみよう。

怒らせるかもしれないけれど、それはそれで会話の切っ掛けになるだろうし。

スゥとの話でそちらを見ていると、ふとジゾウと目が合った。

すると彼は、スッと目を伏せて礼をする。

僕は確かに店の客だけれど、見てたのはこちらなのに、なんというか、丁寧な印象を受ける人だ。

それから多分なんだけれど、……かなり強い。


時間が経つにつれ、酒家の客は徐々に増えてくる。

もうすぐ食事時なのだろう。

給仕であるスゥも忙しそうで、僕のテーブルにやって来る事も減っていた。

そろそろ潮時、いい塩梅だ。

まだ少しばかり飲み足りない気はしなくもないが、腹はそれなりに満ちていた。

まぁこういうのは、完全に満足するよりも、少し足りないくらいが次を期待できて丁度いい。

僕は勘定を済ませて店の外に出ると、くぁっと大きな欠伸(あくび)を漏らす。

腹が満ちると、眠気が出てくる。

早く宿に帰って、ゆっくりごろごろするとしよう。

多分、今、僕の吐く息は、とても酒臭い。

それを咎める誰かがいない事は、ほんの少し、寂しかった。

サイアーの背に乗り、白尾の町をのんびりと見て回る。

宿は馬を預かってはくれるけれど、積極的に世話をしてくれる訳じゃない。

餌やりは宿のサービスのうちだが、藁を使ったブラッシングやマッサージ、外を散歩したりと運動をさせるのは、サイアーの所持者である僕の役割だ。

馬は移動手段であると同時に、生き物だった。

いや、より正確にいえば、人が勝手に移動手段として使ってるだけで、決して便利な道具として生まれた訳ではない。

特にサイアーは遊牧生活の中で育てられた馬だから、厩舎で過ごす事はそれだけでストレスになっている筈。

故に僕は彼の背に乗り、町中の散歩に出かけてた。

細い道には入れないけれど、荷車や馬車も通る大通りなら、馬を使った移動も許されている。

この町の見どころと言えば、やはり西岸と中洲、中洲と東岸を繋ぐ大橋だろうか。

朱塗りの欄干が美しい大橋の上から川を見下ろせば、川を泳ぐ魚が水面を跳ねた。

サイアーはおっかなびっくりといった風に、木製の橋を慎重に歩いて渡る。

その様が実に可愛らしくて、僕はサイアーを宥める為に首を軽く叩く。

白尾の町では居住区は西岸と東岸に、船を使った水運の都合上、商業区は中洲に設けられていた。

但し中洲は川が荒れれば浸水され易い地域でもあるから、建物は高い脚の上に作られている。

橋を行き交う人通りは非常に多く、彼らの表情は、飢えや渇き、貧困を感じさせない。

この町は、本当に豊かで栄えているのだろう。

だけど町が豊かで栄えていれば全ての問題が消えるのかといえば、決してそんな事はない。

寧ろその豊かさに雑多な人が集まるからこそ、起きる問題も多く、複雑になっていくのだ。

例えば、そう、中洲の商業の利権を巡った、水運業組合と商業組合の抗争とか。

……僕の常識で考えるとその両者は一蓮托生というか、直接的な利益で結ばれた争ったら駄目な関係だと思うのだけれど、この白尾の町ではまた話は変わる。

何故なら彼らはそもそも組合とは名ばかりで、船乗りや荷を保護するという名目で上前を撥ねる、商人や商業地を守るという名目で上前を撥ねる、ならず者の集まりだったから。

要するに、マフィアの類が利権を巡って抗争していた。

僕は間の悪い事に、そのならず者達の抗争が起きたばかりのその現場に、橋を渡って来てしまったらしい。

怒号が響き渡り、危険を察した町の住人が、走って橋を逃げていく。

思えば僕も、その流れに従うべきだったのだろう。

でも走って逃げる人々の中で馬を動かすのは、些か以上に危険だ。

馬の体格と重みで、周囲の人を潰しかねない。

僕は傍らを走ってすれ違う人々に驚くサイアーを宥めながら、その場に留まる事で精一杯だった。

それ故に、僕は見てしまう。

どちら側の勢力なのかは分からないが、逃げ遅れてへたり込んだ子供を邪魔だと蹴り飛ばそうとする、その男の蛮行を。

子供を抗争に巻き込むまいとする為の行為としては、その蹴りはあまりに無遠慮で、大怪我を負わせかねない勢いに見えた。

だから僕は咄嗟に、矢筒から引き抜いた矢を弓に番えて、放つ。

構えず、狙わず、無造作に放たれた風に見えるだろう矢は、……それでも狙い違わずに、子供に当たりそうになっていたならず者の足を、ずぶりと射貫く。


上がった悲鳴に、抗争中だった男達の視線は、一斉にこちらを向いた。

まぁ馬に乗ったエルフなんて、どうしたって目立つから、もう仕方ない。

僕はサイアーに歩を進ませて、へたり込んだままの子供に手を伸ばし、鞍の上へと引き上げる。

さて、もうこの場に用はない。

この子が一人で遊んでいたのか、それとも逃げる際に親と逸れたのかは分からないが、安全な場所に送り届けてやった方が良いだろう。

僕がサイアーの向きを変えて、橋を渡ってもと来た方へと戻ろうとすると、

「てめぇ！　俺らに手を出して詫びもなしで帰れると思ってんのか！」

なんて罵声が飛んで来たから、僕はもう一本、矢を引き抜きざまにそちらに放つ。

ザクリと、矢は男の足の間に突き刺さった。

誰の反応も許さぬ速度で。

いや、ほら、僕だって、ちょっと罵声を浴びせられたくらいで、矢で射貫いたりはしないのだ。

子供を蹴飛ばそうとしてたのは、流石に射貫いて止めたけれど、それでも最小限の怪我しか負わせてないのだから、寧ろ優しい対応だと思う。

今の矢は、単なる脅しだ。

僕と戦う心算なら次は外さずに急所を射貫くとの。

わざわざ言葉にしなくても、彼らだってその程度は理解できたのだろう。

子供を連れた僕が去るのを、もう止める者は居なかった。

尤も実際に男達が集団で襲ってきたら、弓矢じゃなくて精霊に頼って対処をするから、別に大怪我を負わせたりはしないのだが、敢えて僕がそれを教える理由はない。

彼らは僕が去った後で抗争の続きを、思う存分にしてくれれば良いのだ。

流石にそこに口を挟んで止める心算は、僕にだってないのだから。

その後、僕は子供を家まで送ってから、宿に帰って散歩を終える。

何だかもう、そういう気分じゃなくなったし。

後で聞いた話だが、中洲での抗争もそのまま終わりになったらしい。

闘志に水を掛けられた状態では、ならず者達も思う存分に争うという訳にはいかなかったのだろう。

まぁ僕には、全く以て関係のない話であった。

「兄さん兄さん、異国の兄さん、中洲で子供を助けたね？　そうよ、それが義侠心よ。兄さんの義侠心はアタシが育てた。これで兄さんも遊侠の仲間入りね」

次の日、酒場で僕は、先日の騒動の話を聞き付けたらしいスゥに、あらぬ言いがかりをつけられていた。

いや、義侠心云々はさておくにしても、出会ったばかりの彼女に育てられた覚えはない。ましてや遊侠だなんて、冒険者とヤクザの中間みたいな存在に仲間入りするのも、割とごめんである。

僕が首を横に振れば、スゥは少し不満そうな顔をしたが、すぐに機嫌を戻して注文した品を取りに行く。

それにあれは、別に義侠心とやらからくる行動では、多分ないのだ。

怪我をする子供を見たくなかったとか、誰もが思うだろう感情のままに、たまたま助ける事が可能な力があったから、咄嗟に動いただけの話。

言うなれば自己満足の為の行動で、それを義侠心だなんて格好良くは呼べない。

スゥにとって遊侠は、ヒーロー的な存在なのだろうか？

そんな事を思いながら、届いた川魚の焼き物を箸で突きながら、米酒を口に運ぶ。

米の酒ではあるのだけれど、色は赤みがかった黄色で、独特の香りがあった。

この酒を甕で寝かせると、赤みは更に濃くなって、香りがまろやかになるそうだ。

……寝かせた物は高級品で、まだ飲んでないから実際の味は知らないけれども。

まぁ米といっても色々と種類はあるだろう。

もち米にうるち米、長粒種や短粒種なんて区別もあった。

この酒に使われてる米も、僕が知る物と同じとは限らない。

そういえば米自体は、大陸東部では割と食べられる食材で、大草原の南、海沿いの国の一部でも麦に並んで生産されてたそうだ。

大草原にいた頃は、あまり南の国に興味が湧かなかったけれども、中央部へと帰る時は、海に近い国々を辿るのもいいかも知れない。

いや、もちろん一番手っ取り早いのは、船で一気に、中央部のヴィレストリカ共和国まで帰る事だが。

取り敢えず、帰りの事は帰る時に考えようか。

しかしスゥが知るくらいに先日の騒動が噂になってるのなら、……矢を射掛けた彼らから恨みを買ったかもしれない。

あの手の人間は、兎にも角にも面子が潰れる事を酷く嫌う。

何故なら彼らは、暴力を背景にした権威を以て、他人を従わせているからだ。

権威に相手が屈するならば、見せ付ける程度の暴力を振るうだけで済む。

だが面子が潰れて権威に傷が付けば、暴力その物で相手を屈服させねばならなくなる。

それは誰にとっても得がないし、方々に恨みを残す方法であるから、彼らは自らの権威を守る為に必死になるのだ。

所が変われば人も変わるといえど、この手の理屈は恐らく中央部も東部も変わらない。

そしてこの場合、水運業組合か商業組合の取るだろう手段は、面子を潰した僕に対する報復であろう。

……こう、それで出て来るのが彼らの兄貴分辺りの腕自慢で、一対一で素手で殴り合うというのなら、僕も喜んで受けて立つ。

けれどもあの抗争の様子だと、それはどうにも期待できなかった。

だったらまともに相手をする必要もないし、旅立ちの予定を早めてしまうか。

そんな風にも、考える。

黄古帝国に関する情報は、まだ完璧とは言えないけれども、ある程度は集まった。

それに白河州には大きな都市が、ここ以外にもまだ四つもあるのだ。

情報集めの続きは別の町についてからでも、構わないといえば構わない。

一つ惜しいと思うのは、折角見つけた美味しくて気楽な酒家と、これきりでお別れになる事だ。

うぅん、いや、まだ鍛冶屋も覗いてないし、屋台巡りもしてないし、言い出したらキリがないくらいに心残りはあるけれど……、本当にどうしようか。


そう、迷っていた時だった。

酒家の中に二人組の男が入って来て、ぐるりと店内を見回し、それから真っ直ぐに僕のテーブルへとやって来る。

そして断りもなく席に着くと、人差し指を上に、招くように動かして、横柄な態度でスゥを呼ぶ。

「酒だ。早く持ってこい」

更にこの言い草だ。

もうこの時点で既に心象は最悪に近いが、僕は温厚な人柄を自認してるので、このくらいじゃまだ殴り掛からない。

どうせ相手を殴るなら、鬱憤を思いっ切り溜めてから殴った方が、気分が良いと知っているから。

後少し、そう、後少しだけ我慢する。

「オマエが森人の弓手だな。河幇（ホウパン）の連中に喧嘩を売ったと聞いた。良い判断だ。我々が雇ってやろう」

だけど男達の口から飛び出したのは、思わず鼻で笑ってしまうような言葉だった。

河幇というのは水運業組合の別名だから、僕が矢で射貫いたのはそちらだったらしい。

ならば目の前の男達は、商業組合の人間なのだろう。

しかしながら、どう見ても商業に携わる人間の取る態度ではない。

やはり商業組合とは名ばかりで、その上前を撥ねるならず者の類である。

「なんだ？　自分を高く売る心算でも、その態度は賢くないぞ。だが、まぁいい。その剛胆さは悪くないな。我々の襲撃に射手として加われば、活躍次第では金錠をくれてやろう」

一体何を勘違いしたのか、僕に鼻で笑われたにも拘らず、話を続ける男達。

報酬に金錠って言葉が出て来る辺り、商業組合は相当に儲けているらしい。

でもそんな事は、僕にとっては関係がなかった。

「いや、笑われたんだから、答えは察して帰ってよ。君達と一緒じゃ、お酒も食事も楽しくなさそうだからね」

僕は冒険者じゃないし、やくざ者でもない。

ましてや遊侠の類でもないのだ。

金を貰っての戦いや殺しなんて、全く以て僕の趣味ではないのである。

「はぁ？　オマエ、それは本当に賢くないぞ。河幇の連中に加えて、我々にも喧嘩を売る心算か？それはつまり、命が要らないって事だ」

だけど彼らには、僕の心は分からなかったのだろう。

二人の男の目付きが剣呑な物に変わったので、僕はいそいそと革の手袋を懐から取り出して、手に嵌めた。

どうやらそろそろ殴っても良さそうだと、そう思いながら。

……けれども、その時だ。

ガッと二本の手が、後ろから二人の男の肩を掴み、

「彼はうちの店の客だ。相席を断られたなら、別の席に移るか、店を出て行け」

強い力で握られた。

声の調子から察するに、それは決して本気の力ではなく、充分に加減されているのだろう。

しかし人ならざる者、地人の腕力に肩をミシミシと握りつぶされそうになってる二人の男は、顔を蒼褪めさせて悲鳴を上げる。

騒ぎが起きる前に割って入ったのは、この酒家の用心棒であるジゾウだった。

痛みに返事もできない二人の男は、彼に引き摺られて、店の外へと放り出される。

圧倒的な実力差だ。

単に腕力がずば抜けてるだけじゃなくて、そこを掴まれれば相手が動けなくなる場所を的確に、集中させて力を込めていたから、技量の方も役者が違う。

一応、助けられた形になる僕が礼を言えば、

「いや、助けが不要である事は分かっていたが、貴方に暴れられると騒ぎが大きくなる。だから俺が務めを果たしただけだ」

そう言って首を横に振る。

その言葉に僕は、そう、どうせならこのジゾウと殴り合ってみたいなんて、そんな風に思ってしまった。

尤も、黒曜石の鱗に身体を守られた彼を相手に、僕の拳は全く通用しそうにないけれども。

でもだからといって、彼が武器を、あの壁に立て掛けてる三尖両刃刀を使えば、殺し合いにしかならない。

因みに三尖両刃刀というのは、先端付近が三つの刃に分かれた、特殊な形状の長柄武器だ。

遠心力を付けて振り回せばとんでもない破壊力になるから、加減は全く利かない代物である。

そういった武器があるのは、鍛冶の師であるアズヴァルドから聞いて知っていたが、実物を見た事はないので、是非じっくりと観察したい。

あぁ、僕は多分、別にジゾウと戦いたい訳でも競いたい訳でもなくて、彼の事が知りたいのだろう。

単に言葉を交わすだけじゃなくて、戦ってるところを見て、ジゾウの心根を知って。

これまで見た事のない種族で、強い力を秘めていそうで、高い技量も持ってそうな彼に、僕は興味が湧いたのだ。

アズヴァルドやカエハ、カウシュマンと出会った時のような、強く惹かれる何かを感じる。

だがそれはさておくとしても、僕の代わりにジゾウが商業組合に喧嘩を売ってしまった形になってしまった。

果たして彼は大丈夫なのだろうか？

いや、実力に問題がなさそうな事は見れば分かるが、どうやら水運業組合も商業組合も、敵対者に対しては手段を択ばなさそうだし。

……すぐに旅立つ案は没にして、少し様子を見た方が良い。

だってこれは、僕が招いた騒動なのだから。

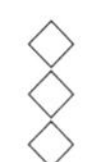

それから数日、僕の生活は相変わらずのんびりだ。

鍛冶屋を覗いて黄古帝国の武器や農具を調べたり、サイアーに乗って町中をカポカポ散歩してる。

ただ……、そう、酒の量は随分と減らした。

引く弓に、振るう剣に影響が出ないよう、唇や喉を湿らせる程度に。

おおよそ武器は、戦う相手に合わせて進化する。

鍛冶屋に並ぶ武器には、大刀、長柄の先に刃の付いたポールウェポンの種類が多いが、……これは草原の民、つまりは騎兵を相手にする事を想定してるのだろうか？

それとも遠心力を付けて振るわれる長柄武器の威力が必要な魔物が出現するのか。

或いは馬上から、地上の敵を薙ぎ払う想定をしてる可能性もある。

あれこれ考えながら武器を見てるだけでも、僕はとても楽しい。

斧は大ぶりな物もあれば、小ぶりで投擲（とうてき）に向きそうな物もあった。

少し意表を突かれたのは、鞭（むち）と言って鍛冶屋の主人に見せられたものが、ごつい鉄の棒だった事だ。

何というか、こう、凄まじく殺意が高い鞭である。

鎧は、そんな破壊力のある武器を何とかそらそうとしてるのだろうか。

全体的に丸みを帯びた物が多い印象だった。

鱗状に鉄片を繋ぎ合わせた物があったり、大きな範囲を一枚の鉄板で作る事で防御力を高めた物があったりする所は、中央部の鎧とそう大きくは変わらない。

もちろん細かな工夫は色々されていて、勉強にはなるけれど。

ただ意匠の趣は、やはり地域が変われば大きく違った。

農具はまぁ、育てて収穫する作物の違いが、そのまま出てるのだと思う。

僕は農業には詳しくないから、実際にどうとはあまり言えないが、稲と麦の違いが、それを刈り取る鎌の形状に影響が出てる気がするのだ。

……なんというか、うん、鍛冶をしたくなって、困る。

残念ながら、中央部では大きな効果を発揮した上級鍛冶師の免状も、黄古帝国ではあまり意味がないだろう。

鍛冶師組合に似たような組織は、きっと探せばあるのだろうけれど……、水運業や商業の組合がアレだったのだ。

恐らくは鍛冶師組合も、似たような組織に上前を撥ねられてるのだろうと思うと、そこに世話になる気があまり起きない。

大草原にいた頃のように自分で鍛冶場や炉を用意するにしても、場所の確保が面倒だ。

ついでに燃料や鉄を確保するコネもないし、そもそも勝手に鍛冶仕事をすると、権利の関係で他の鍛冶屋と揉めたり、最悪の場合は法に触れる可能性もある。

大きな国はその辺りの自由が利かないので、実に面倒臭かった。

まぁどうしても鍛冶がしたくて堪らなくなったら、ドワーフを探し出して接触するのが、多分一番早いだろう。

東部のドワーフも、多分エルフを嫌っているだろうけれども、僕にはアズヴァルドから貰ったミスリルの腕輪があるから、粗雑な扱いは受けない筈だ。


そんな風に相手の動きを待っていたある日の夜、開いた窓からひゅるりと風が舞い込む。

どうやら漸く、待ってた相手、水運業組合か商業組合が動いたらしい。

だけど奴らの狙いは僕じゃなくて、酒家の営業時間が終わり、宿に帰ろうとしてるジゾウだった。

尤も彼の実力なら、多少の人数のならず者に襲われた所で、難なく切り抜けるだろう。

しかしそれは、相手が正面からジゾウと戦う気であればの話だ。

彼の今の仕事は、酒家の用心棒である。

故に酒家の娘であるスゥが人質に取られでもしたら、ジゾウはまともに戦えない。

ジゾウが帰った後の閉まった酒家に、ならず者が押し入ろうと迫っていると、風の精霊が教えてくれる。

僕じゃなくてジゾウが狙いって事は、動いたのは商業組合の方だろう。

想像していた通りの、警戒していた通りの展開に、僕は手早く武装を身に付けると宿の窓から飛び降りて、夜の白尾の町を駆け抜けた。

そう、その為に、僕はわざわざ酒を我慢していたのだから。

そして僕がその場に辿り着いたのは、三人のならず者が締まった扉を蹴破って、酒家に踏み込もうとしてる正にその瞬間。

よし、何とか間に合った。

酒家の二階には、スゥ以外にもその両親が住んでいる。

人質にされる誰かはすぐに殺されなくても、他の二人は不要とばかりに始末されたら、明日から酒家は閉まってしまう。

何よりも僕の起こした騒ぎが発端となって、特に関係のない酒家の人達が死ぬなんて、あまりにも寝覚めが悪い。

駆ける速度を緩めず、僕は腰の魔剣を鞘ごと手に持ち振り被る。

そして走る音に気付いた三人のならず者がこちらを振り向くと同時に、鞘に覆われた魔剣が、一つ、二つ、三つと、彼らの顎を次々に砕く。

殺しはしない。

不要な殺しは、好きじゃないから。

だけど言い訳はさせないし、暫くは物を喰うにも困るだろう。

酒家を襲うなんて真似をした以上、美味しく物を喰えなくなるくらいは当然だ。

僕は物音に驚き、二階から降りてきたスゥとその両親に、気を失った三人のならず者を預けて、再び走る。

宿に帰る最中のジゾウも足止めか襲撃に遭ってる筈だし、一刻も早く人質が取られてない事を教えてやらねばならない。

ついでに、可能であれば今晩中に、商業組合は一掃しよう。

向こうから手を出して、しかも人質を取ろうだなんて、やっちゃいけない領域にまで足を踏み込んで来たのだから、もうこちらが遠慮をしてやる必要はないのだ。

先日殴り損ねた分まで、まとめてぶつける機会だった。

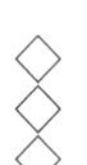

激しい抵抗はせず、されど一方的にやられる訳でもなく、時間稼ぎに徹していたジゾウは、僕の姿を見た途端に状況を理解し、あっと言う間に商業組合のならず者達を叩き伏せる。
僕は彼の実力を、あまりにも軽く見てたかもしれない。
もしかしなくてもジゾウは、ならず者達がこの場に人質を連れてきたら、抵抗を止めるどころか即座に奪い返して敵を殲滅していただろう。
いや、まぁその場合は、人質になった誰か以外の酒家の人達の安全は、確実に確保されたかどうか分からないから、僕の行為は無駄ではないが。

……しかしそれにしても、凄いというよりも、むしろもうヤバイと表現するしかないジゾウの強さ。

僕が見誤っていたのは、彼の技量じゃなくて身体能力だ。

ジゾウは、見た限り柄すらも金属製の重い三尖両刃刀を、片手で軽々と振り回す。

重量のある長柄武器、ポールウェポンを片手で扱う事その物は、別に異常な事じゃない。

でもそれは手だけじゃなく体幹を上手く使っての話であって、あんな風に棒切れみたいに、しかも総金属製の塊をブンブン振り回されたら、もはや技量がどうこうって問題じゃなくなってくる。

だがジゾウに叩きのめされたならず者達が、……当分は立てもしないだろうにしても、誰一人として死んでいないあたり、彼は決して力だけでもないのだ。

一瞬、僕は彼に勝てるだろうか？

そんな思考が頭を過ぎる。

ジゾウと戦う心算なんて毛頭ないから、それは意味のない妄想だ。

そもそも僕は、そんなに戦いが、優劣を付ける事が好きな訳でもない。

なのに不思議と、彼とは自分を比べてしまう。

精霊に頼ればもちろん勝てるだろうが、……武器のみでとなると、少しばかり難しいか。

魔剣の一撃で彼の武器を切り裂けば勝機はあるが、未知なら兎も角として魔剣の能力が割れていれば、些か以上に厳しいだろう。

仮に魔剣もなしで戦うならば、それはもうどう頑張っても勝ち目はない。

たった一合を打ち合うだけでも、腕が圧し折れて敗北だ。

「長引かせると面倒だから、今晩中に片付けようと思うんだけれど、どうかな？」

僕がそう問えば、ジゾウはニヤリと唇を歪めて、頷いた。

あぁ、そんな好戦的な表情もするのかと、少し驚く。

落ち着き払った表情が偽物という訳ではないのだろうけれど、彼の秘めた一面を垣間見られた事に、僕は少し楽しくなる。

商業組合が拠点とする場所は、この数日で調べてあった。

以前にも述べた気はするが、彼らのような存在は暴力を背景とした権威で飯を食い、組織を成り立たせている。

故にその暴力で徹底的に敗北すれば、例えば自ら手を出したにも拘らず、返り討ちにあった挙句に拠点を攻め落とされたとなれば、商業組合はこの町での居場所を失う。

彼らに上前を撥ねられる商人も、決して喜んでそうされてる訳ではないし、商業組合からの賄賂を受け取ってその活動に目を瞑ってる兵士や役人も、落ち目となった相手を叩き潰す事には容赦をしないだろうから。

中洲にある大きな屋敷が、商業組合が拠点とする建物だ。

僕が見張りの二人を、駆け寄って一気に鞘に納めたままの魔剣で打ち倒す。

彼らが上げた誰何の声は、風に遮られて誰の耳にも届かない。

尤もそんな小細工は、何の意味もなかったけれども。

ジゾウの振り被った三尖両刃刀が、屋敷の門をぶち破る。

流石にその轟音は、幾ら風の精霊でも消し切れないから。

壁を越えて忍び込む心算だった僕は、思わず苦笑いを浮かべてしまう。

でもこちらの方が派手だし、手っ取り早いし、まぁいいか。


物音に駆け付けてくるならず者達を殴り倒しながら、僕とジゾウは屋敷の中へと踏み込む。

悲鳴と怒号を浴びながら相手を叩きのめしてると、僕らと彼ら、どっちがならず者か分からなくなって来るけれど、多分先に手を出した相手の方が悪い筈。

奇襲、強襲の利というのは、大きい。

何故ならこちらは準備が万全で、相手は少しもそれが整っていないから。

心理的にも、物理的にも。

いきなり攻め込まれた事に戸惑ったまま駆け付ける者がいる。

当然本来の実力は発揮されない。

心は何とか整えられても、防具を身に付ける時間なんてなく、剣一本だけを握り締めて駆けて来た。

それなら先程よりはずっとマシだが、やはり万全には程遠いだろう。

他にも空腹だったり疲労してたり睡眠中だったり、最悪の場合は酒に酔ってたり。

準備が整わないとは、そういう事だ。

数の利を生かして人の壁を組み、屋根の上に射手が配置されていたなら、この屋敷は小さな砦として機能しただろう。

それで僕とジゾウを止められるかはさておいて、多少は粘られたかもしれない。

しかしバラバラに迎撃に来るならず者を薙ぎ倒しながら進むのは、僕らにとってはあまりに容易い事だった。

だが先程も述べた通り、戦いに重要なのは準備である。

商業組合は、僕らの襲撃に対してではないけれど、水運業組合、彼らのいう所の河幇との戦いには、備えていた。

例えば、そう、僕を弓手として勧誘しに来たように。

不意に向けられた強い殺気に、

「風の精霊よ！」

僕が風の精霊に呼び掛けたのと、ジゾウが炎に包まれたのは、ほぼ同時。

辛うじて間に合った風の障壁が、ジゾウを炎の熱から遮り、護る。

でも完全には防ぎ切れなかったのだろう。

苦痛に顔を歪めたジゾウが、三尖両刃刀を振って残った炎を散らす。

その独特の炎の発生の仕方には、見覚えがあった。

詠唱も何も聞こえなかったが、それでも僕が見間違う筈もない。

それは確かに、魔術だ。

「識師が雇われていたか」

ジゾウの身体を覆う黒曜石が、少し大きくなっていた。

あれで炎のダメージを防いだのだろうか？

恐らく地人の種族が保有する能力か何かなのだろうけれど、今は詮索してる暇がない。

彼は三尖両刃刀を構えたまま、現れた三人の、独特のゆったりとした衣装を身に纏った男達を、見据える。

識師……、その名称を、僕は知らない。

少なくともスゥから聞いた黄古帝国の話には、そんな名前は出てこなかったように思う。

三人の男は懐から一枚の札を取り出すと、それが炎に包まれて、僕らに向かって放たれた。

それは間違いなく、火球の魔術。

だけどやはり詠唱はなくて、また詠唱がないからこそ、その発動は物凄く早い。

元々火球の魔術は、爆裂する火球の魔術に比べると少しばかり発動が早く、その分だけ殺傷力は低いが、これは幾らなんでも早過ぎる。

……けれども魔術師に対しては非常に申し訳なく感じるのだけれど、僕の前では、その魔術が完全に未知の物であるか、不意打ちでもない限りは意味がないのだ。

風が炎を受け止めて、握り込むように覆い、揺り潰す。

三つの火球を、同時に、全て。

彼らにとって、それは必殺の攻撃だったのだろう。

それが何ら効果を表さず、しかも理解の及ばぬ形で消えた事に、三人の魔術師は明らかに動揺してしまった。

まぁ普通に考えれば、発動した魔術は人を容易く屠る力だから、その気持ちも多少は理解できるのだけれど。

しかしジゾウと僕の前で、その動揺は大き過ぎる隙だった。

鞘に覆われたままの僕の魔剣に、或いはジゾウの三尖両刃刀に、三人の魔術師の意識は容易く刈り取られる。

本来なら強敵になるのかもしれないけれど、残念ながら魔術を理解したハイエルフには、彼らの攻撃は殆ど通じないから。

僕は彼らを漁り、先程の物と同じ札を、全て強奪して懐に納めた。

じっくりと確認してる暇は、今はないけれど、恐らくこれは魔道具の一種だ。

それも使い捨ての、紙に筆で紋様を描いた、簡易的な物。

だが魔道具というのは、本当はそんな簡単な物じゃない。

僕はカウシュマンと魔道具を色々作っていたから分かるのだけれど、紙に書いた紋様なんて、折り目の一つで術式としての効果を簡単に失う。

だからこの使い捨ての魔道具、札も、何らかの形で紋様を保護してる筈なのだ。

それも使い捨てである以上、然程には手間の掛からない方法で。

識師と、ジゾウは魔術師の事をそう呼んでいた。

この簡易的な魔道具、札を扱うのが、この黄古帝国の魔術なのだろうか。

……実に興味深いけれど、まずは商業組合を潰し切ってしまう事が先決だ。

尤も商業組合にとっての切り札はこの三人の識師だったようで、後は抵抗らしい抵抗は殆どなく、拠点の屋敷は半ば廃墟と化し、僕とジゾウは誰が見ても分かり易い形で陥落させる。

僕は最後まで魔剣を抜かなかったし、ジゾウも僕に合わせるかのように加減してくれたから人死には出なかったけれども、全員が檻(おり)の中に行く事は間違いがない。

商業組合はもうこれで終わりだろう。

かっぽかっぽと、僕はサイアーの背に揺られながら街道を北に向かってる。

けれどもその旅路は、僕とサイアーだけでなく、傍らを歩くのは白尾の町で知り合った、ジゾウだ。

僕とジゾウは、あの騒動の後、すぐに白尾の町を旅立った。

何故なら僕らの行いは、個人的には特に恥じる事はないのだけれど、法を犯した物ではあったから。

商業組合は処分されるだろうけれど、彼らから賄賂を貰っていた役人や兵士は、僕らを憎々しく思うだろうし。

そのまま町に留まる事は、余計なトラブルを招くだけだと判断したのだ。

僕も、ジゾウも。

なら水運業組合の一人勝ちなのかといえば、多分そうはならないらしい。

どうもこの黄古帝国、というか白河州には、スゥが憧れるくらいには遊侠の類が多く居て、今回の僕らの行動は、そんな彼らにとって羨む物になるそうだ。

故に後追いという訳ではないけれど、暫くの間は白尾の町に多くの遊侠が訪れるだろうし、ならず者の退治を狙う筈。

そしてそんな遊侠達にとって格好の的は、今回の話の発端であるにも拘らず、傷を負わなかった組織である水運業組合だ。

仮に水運業組合が下手な動きを見せれば、遊侠達は大喜びで、同じように攻め入るだろうとジゾウは言った。

……怖い話だなぁと、普通に思う。

散々好き勝手に暴れた僕が言うのは筋違いかもしれないが、割と無法者の理屈じゃないだろうか。

行動原理が義や善性による物だとしても、その基準は個々によって違うのだから、何とも危うい話であろう。

まぁ僕だってエルフだから、ハイエルフだから等と言い訳をして、人間の作った法を破る事は多々あるから、ホントに言えた義理じゃないのだけれども。

しかしそんな勝手な印象の話をさておけば、結果的に今回の件は割と僕の都合の良い風に転がった。

中央部の国々と黄古帝国が全く違うのだと理解できたし、識師の存在を知れた事も大きい。

ましてや識師が使う簡易魔道具、札に関しては実物まで入手したのだ。

札に描かれた術式となる紋様の多くは僕も知ってる物だったが、未知の紋様もあったし、札を保護してるのが表面に塗られた特殊な蠟であるとも判明してる。

流石に蠟の成分、精製の仕方までは分からなかったが、これを中央部に持ち帰ってオディーヌに届ければ、カウシュマンもさぞや大喜びを……。

あぁ、いや、僕が帰る頃には、或いは既に、カウシュマンは生きてないだろうけれども、……オディーヌに居るだろう彼の弟子達は喜ぶ筈。

そうでなくとも新しい知識を得られて、僕は今、嬉しい。

……うん。

それから今回の件での一番の収穫は、やはりジゾウと知己を得た事だろう。

高い技術と圧倒的な身体能力を持つ彼の戦いは、見ていてとても爽快だ。

もちろん蹂躙(じゅうりん)される側にとっては凄惨としか言いようがないけれども、僕は別にジゾウと敵対する気はない。

長物にも、ちょっと憧れる。

でも長物の扱いをジゾウに習うのは、ちょっとないかな。

彼の戦闘方法は、あの圧倒的な身体能力が前提になっているから、僕には絶対に向いてない。

一応は僕も剣や鍛冶、旅に山歩きと、身体は鍛えてる方だけれども、ジゾウのアレはそういう次元の話じゃないから。

僕に鞘付きの魔剣で殴られた商業組合の人間は、顎や腕の骨が砕けた程度の怪我だったけれど、ジゾウと戦う羽目になった相手はもう、まるで大型馬車にでも撥ねられたかのような有様だった。

横から見ていて、十分に手加減をされていたにも拘らず。

アレと同じ真似をするのは、僕にはどう考えても無理である。

そのうち良い師が見付かれば、学んでみる事にしよう。

言い訳をすると、別にそれはヨソギ流から、剣から他に浮気をするって話じゃない。

長物の扱いを知れば、長物との戦い方も知る。

それはきっと、剣の腕を磨く事にも繋がるだろう。

そう、剣を学び、鍛冶についてより深く知ったように。

僕は、実際の戦いでは弓よりも剣を使う事が多くなりつつあるし、戦う為の手段が増えるのは、決して悪い話じゃないのだ。

……くらいに言い訳をしておけば、カエハも多分許してくれる。

いや、そもそも彼女は、そんな事じゃ怒らないか。

他にかまけて剣の修練を疎かにしない限りは、楽しそうに話を聞いてくれる人だった。

「そういえば、エイサー、貴方の旅には目的はあるのか？」

黙々と街道を歩いていたジゾウが、ふと思い付いたかのように僕に問う。

物凄く今更過ぎる質問に、少し笑える。

「一応はあるよ。東の方にね。でも急ぐ旅じゃないし、僕には時間も沢山あるから、黄古帝国を見て回りながら行くよ。真っ直ぐ東には、向かえないみたいだし」

黄古州に入れたら、そのまま東に向かうのだけれど、入れないのだから仕方ない。

南の赤山州か、北の黒雪州を回って、東の青海州へ。

そこから船に乗って、更に東の島国に向かう。

どうせ回り道をするのなら、急ぐ旅でもないのだから、興味と風の赴くままにだ。

「そうか。……だったらこのまま北に、黒雪州に行ってみないか？　決して楽しい場所ではないのだが、会わせてみたい御方がいる」

ジゾウはそう言って、三尖両刃刀で北を、進む道の先を指し示す。

僕にはその先に、まだ何も見えないのだけれど、彼には一体何が見えているのか。

少しだけど興味が湧いて来る。

北か南、どうせどちらかを選ぶ必要はあったのだ。

案内人が得られるのなら、北を選ぶのは自然の流れだろう。

僕は一つ頷いて、サイアーの首を軽く叩く。

空を流れる風の向きが、東から北へと変わった。

第五章 遠き地の大帝国 後

河川沿いに北へ、より正確には北東に向かう。

白河州で最も速い移動手段は船を使う事だが、サイアーの存在を考えると陸路の方が都合がいい。

馬を乗せてくれる船は意外と少ないし、船の上だとサイアーは何日も動けないままだ。

しかも水運が発展してる分、白河州には河賊も多いそうだから、僕とは離れた場所にサイアーが荷として積まれると、万が一って事もある。

陸路を旅するにあたって、河川の多さは障害だろう。

川を迂回する為に遠回りをしたり、渡る為には橋が必要だ。

けれどもそれは、普通の旅人の話であった。

おっかなびっくりのサイアーを撫でて宥めながら、僕らは川の上を歩いて渡る。

そう、水の精霊の助力を得れば、流れる水の上でも地上と同じように歩けてしまう。

故に僕らの旅路には、河川の多さは障害にならない。

ジゾウは少し呆れ顔だけれど、何も言わずについて来た。

でもやはり、水の上を歩くのは剛胆な彼であっても戸惑うのか、一歩一歩が慎重だ。

川を越えてショートカットし、僕らは最短のルートで黒雪州を目指す。

旅をするには良い時期というか、実はギリギリの季節だった。

何故ならもうすぐ、白河州は雨季に入ってしまう。

雨季の白河州はどの河川も水量が大幅に増し、非常に荒れる。

そうなるとこんな風に川の上を歩いて渡る事は難しい。

風の精霊に尋ねてみれば、雨季の訪れは半月後。

それまでにはまぁ、なんとか白河州を抜けるだろう。


……さて、白河州を抜ければ辿り着くのは黒雪州だが、そこは過酷な土地である。

北部に活火山帯が存在し、火山灰を撒き散らす。

それ故に、時に火山灰の混じった黒い雨風が、季節によっては黒い雪が降る事から、黒雪州と呼ばれていた。

火山灰が降り積もった大地は、不毛とはいわずとも、地の恵みを育てるには適さない。

それどころか水を得る事すら困難で、飢えと渇きに強い地人以外はとても住み難い場所だ。

尤も幾ら地人が飢えや渇きに強くとも、この土地から富を生むのは難しく、彼らは黄古帝国の全土に出稼ぎに出掛ける。

力が強く、身体が強く、過酷な環境で育って精神まで鍛えられている地人は、単純な労働力としても、戦力としても重宝される存在らしい。

ジゾウが白河州で酒場の用心棒をやっていたのも、その出稼ぎの一環だった。

黒雪州に踏み込むにあたって最も気遣わねばならぬ事は、サイアーの餌であろう。

水害に見舞われる事はあっても、白河州は基本的に豊かな場所だ。

だからサイアーは気楽に道草を食い、村や町で仕入れた食料を分け与えて、飢えさせず、渇きもせずにここまで来られた。

しかし黒雪州に入ってしまえば、草がそこら中に生えてるという環境じゃなくなるし、食料の補充だって難しくなる。

でもここまで共に旅をしてきたサイアーを、そう簡単には手放したくはない。

手放すにしても、譲る相手は厳選したい。

なので白河州の最北の町、白眼で日持ちのする野菜類を思い切り買い込み、サイアーの背に積む。

もうここからは、僕が乗ってる余裕なんてないのだ。

水は、少量でもあれば水の精霊に頼み、量を増やす事くらいはできる。

だけど食べ物ばかりはそうもいかないから、最も重要で量の多い荷はサイアーの食料だった。

もちろん黒雪州にも地人達の住む町はあって、そこに辿り着きさえすれば、価格はさておき食料だって買えるだろう。

南の赤山州の山地だって、馬の足には辛かっただろうから、多分どっちもどっちである。

旅路の辛さを、嘆いていてもしょうがない。

僕らは万全と思われる準備を済ませて、灰の積もる大地、黒雪州へと足を踏み入れる。

不思議な事に、白河州と黒雪州の境界はハッキリとしていた。

それは境界上に関所があるとかそういう意味ではなくて、踏む地の色が、漂う空気が、ある線を越えると明確に変わったから。

当たり前の話だが、こんな事は通常では、ありえない。

何らかの要因がない限り、環境の変化はなだらかに起こって然るべきだろう。

降り積もる灰は徐々に濃く、厚くなるのが普通だろうに、まるで線引きをされたかのように白河州には灰は積もらず、黒雪州は濃い灰に覆われていた。

そして何よりも奇妙なのは、同行するジゾウがそれをさも当たり前のように思っていた事である。

彼は僕の疑問に、意味が分からないといった風に首を傾げたのだ。

恐らくはジゾウだけでなく、黄古帝国の誰もがそれを当たり前に思っているのだろう。

こんなにも露骨な異常であるにも拘らず。

僕はそこに、何者かの意思を感じずにはいられない。

白河州では二股の尾を持つ白い霊猫が信仰されていたように、黒雪州では黒い甲羅の霊亀が信仰されるという。

その信仰の違いが、この環境の変化と、何か関係するのだろうか。

尤も、この国に長居をする訳でもない僕がそれを追究したところで、答えが出るとも思えないが。

少なくとも、精霊は僕に何の警告も発さなかった。

あぁ、いや、細かな灰を吸い込む事はあまり身体に良くないが、それに関しては僕もサイアーも、風の精霊が対処してくれる。

この地の出身であるジゾウは、別に不要らしい。

まぁ精霊が警告を発しないのなら、この地に眠る秘密が何であれ、僕の旅には影響を及ぼさないだろう。

荷を背負ったサイアーの手綱を引いて、僕は灰の大地を踏みしめ歩く。

僕はこれまで、結構色んな所を旅してきた。

険しい山を越えもしたし、雪風の凍えるような冷たさに震えた事もある。

危険といわれる場所、火山地帯や大湿地帯にも踏み込んだし、踏破した。

人の町に寄らずとも、獲物を狩ってそれを食べたり、森の恵みを得ながら長距離移動した事だって、幾度もある。

だから旅にはそれなりに自信があるのだけれど、それでも思う。

この黒雪州は、実に過酷な場所だと。

僕の受ける感覚では、黒雪州の環境は、大草原の北にあった砂漠に近い。

辺りに感じる命の少なさが、僕にそう思わせるのだ。

また空も薄暗かった。

ジゾウ曰く、今は晴れてるらしいのだけれど、どうにも陽光の通りが悪いように感じる。

噴火が起こり、風に火山灰が流されてくれば、もっと暗くなるのだろうか。

黒雪州では草木も灰を被って枯れてしまうから、辺りは酷く殺風景だ。

風は吹いてるから方角は分かるけれども、……ジゾウが案内してくれなかったら、僕はもしかしたら迷ってたかもしれない。

だけどこんな場所にも、或いはこんな場所だから、魔物は出る。

「ジゾウ」

僕はその気配を感じ取り、前を歩くジゾウに警告を飛ばす。

辺りの景色に、変化はない。

この黒雪州で出現する魔物は、主に積もった火山灰の中を移動して、獲物を仕留める時だけ飛び出して来るのだ。

僕は二度、足を踏み鳴らして地の精霊に呼び掛け、自分とサイアーの足元を硬く硬く金属のように固める。

流石に、地中から飛び出して来る魔物相手に、サイアーを庇うのは難しいから。

こうして足元を固めておけば、魔物の狙いは自然とジゾウに向かう。

そして彼ならば、……魔物が地中から飛び出してくる瞬間に振動でそれを察し、同時に跳躍して攻撃を回避する事も容易い。

いやしかし、それにしても高く跳ぶ。

僕はジゾウが地や水を踏む姿を見ているから、実は彼が見た目以上にずっと重い事を知っていた。

肉体の密度が高いのか、身体を覆う黒曜石が重いのか、あるいはその両方か。

なのにジゾウはそんな重さを感じさせないほどに軽やかに、高々と跳躍して見せる。

飛び出した魔物は巨大なモグラで、空中の彼はその鼻面に三尖両刃刀を思い切り振り下ろす。

桁外れの膂力と重量が生み出す破壊力は、巨大モグラの頭部から下腹部までを真っ二つに切り裂いた。

僕の出番？

もちろんそんな物は、どこにもない。

跳躍からの一撃。

僕もあの魔物が相手なら同じ戦法を取るけれど、あそこまで威力のある攻撃は繰り出せないだろう。

「大物だ。運が良い」

魔物の軀を前に嬉しげに笑うジゾウ。

まぁ確かにモグラの魔物は、肉も食えるし皮も取れる。

幸運と称するのも、あながち間違いではない。

「でも前に出たのがアレだったから、外れと当たりで、50対50だよ。それって運がいいって言えるの？」

だけど、そう、この前に、一昨日に出くわした魔物は酷かった。

体表が岩で覆われた蛇の魔物で、肉まで砂利混じりだったのだ。

殺した魔物はできる限り素材を活用したり、肉を食べると決めてる僕でも、流石に諦めざるを得なかったくらいに。

しかしジゾウは首を横に振り、

「いや、まともに食える魔物は、十に一つあればいい方だ。二匹で当たりを引けるなんて、エイサーは間違いなく強運だ」

なんて事を言う。

それは何とも……、辛い話だった。

人の故郷をあまり悪く思いたくはないが、僕にはとてもじゃないが住めない土地である。

尤もジゾウが言うには肉が食べられないだけで、素材としての活用が可能な魔物は、それなりにいるそうだけれど。

何れにしてもあの岩蛇の印象が悪過ぎたのだ。


その後も一日に一度、或いは二日に一度ほどのペースで魔物に襲撃を受けたが、ジゾウが言った通りに食べられる魔物は皆無だった。

食料の少ないこの黒雪州では、食用に適する魔物があまりにも少ないにも拘らず、戦士達が徒党を組んで魔物狩りに出掛けるらしい。

僅かに存在する、食用に適した魔物を狙って。

この黒雪州には地人しか住めないって言葉の意味が、実際に来てみれば良く理解できる。

彼らは本当に強いし、黒雪州はうんざりするほどに過酷だから。

黒雪州に唯一存在する地人の町、黒甲に辿り着いた時、僕は思わず大きく大きく、安堵の溜息を吐く。

久しぶりに、心を削られる旅だった。

黒甲は、降り積もる火山灰を避ける為に、大きな岩山の南側をくりぬいて造られた、地下の町だ。

火山灰は北から運ばれて来るから、岩山が壁と、屋根となって遮ってくれる。

町の人口は三千人より少し多く、黒雪州の外に出稼ぎに出ている地人は千ほどか。

この五千にも満たない数が、地人の全てだ。

地下の町を見ていると、僕はドワーフを思い出す。

ドワーフと地人は、色々と共通点が多いように思う。

身体が頑強で力強く、過酷な環境に敢えて住んでる。

一部は故郷を離れて、人間の世界に混じって生きていて、だけどとても誇り高い。

いやまぁ、僕の地人の知り合いはまだジゾウしかいないのだけれど、彼を見てるとそう感じるのだ。

僕という余所者の姿に驚く門番に、ジゾウが何事かを告げて、町の中へと通された。

働き盛りの大人の多くは出稼ぎに出てるから、町で目立つのは子供の姿。

驚きと好奇に満ちた瞳で、僕やサイアーを見つめてる。

……あぁ、そりゃあこんな場所では、馬を見るのだって初めてだろう。

だったら馬の背に乗るって体験を、子供達にはさせてやりたいが、残念ながらサイアーの旅の疲れは結構重い。

まずは、そう、休める場所へと行きたかった。

多くの視線に晒されながら町の大通りを、ジゾウに案内されて向かうのは、最奥にある石造りの城。

その城に、僕と会わせたい御方とやらがいるらしい。

一体そこでは、何が僕を待ち受けているのだろうか。

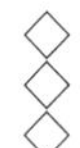

城の中には外と違って、青や赤、緑といった彩も鮮やかな宝石のような鱗のような何かを身体に貼り付けた地人達がいた。

いや、宝石のような、ではなくてアレは確かに宝石だ。

地人は身体に貼り付けた鱗らしき物が何で構成されるかで、大雑把な身分は決まるという。

最も多いのが岩の鱗を持つ地人で、彼らは一般階級だ。

次に鉱物の鱗を持つ地人で、彼らは戦士階級となる。

そして最後に、宝石の鱗を持つ地人は、他を統率する貴人の階級だった。

尤も以前にも述べたと思うが、岩と鉱物、宝石の区分は非常に難しく、地人の身分を他の種族が外観から判別する事も同様に困難だ。

またこれはジゾウに教えて貰ったのだが、地人の中には身に纏う岩、鉱物、宝石の量を一時的に増大させられる者がおり、身分に拘らず敬意を集めるらしい。

かくいうジゾウも、己が身に纏う黒曜石の量を増大させる事が可能で、以前に炎の魔術を喰らった際も、僕の風の障壁だけでなく、彼は増大した黒曜石を盾に熱を防いでいた。

だからだろうか、煌びやかな宝石の地人達もジゾウには丁寧だったり、気安い態度で接してる。

でも僕に会わせたい御方というのは、彼らの事ではないらしい。

宝石の地人達は、謂わば城勤めの役人で、彼らの仕える、否、正確には全ての地人が仕える人物にこそ、ジゾウは僕を会わせたいそうだ。

そうなると幾ら僕でも、その御方というのが誰なのかくらいは、察しがついた。

黒雪州に住む種族は地人のみ。

その地人の全てが仕える者といえば、……当然ながら黒雪州を統べる州王となる。

地人達にサイアーを預けた僕は、彼らの手で旅の垢を落とされ、身なりを整えられてから、謁見へと臨む。


床も壁も柱も、全てが真っ白な石の、広い謁見の間。

その中央の座で、彼女は僕を待っていた。

真っ黒な髪の、若い人間の女性。

だけどこの気配には、覚えがある。

いや、正しくは、この気配の在り方に覚えがあった。

あれはもっと歪み狂っていたし、垂れ流しだったけれども。

人の器に自然の力を取り込み、昇華した者。

小さなその姿が、大きな山のように雄大に見える。

「……まさか、仙人？」

謁見であるのに、僕は棒立ちのままに、そう呟く。

だけど彼女は非礼を咎める訳でもなく、僕の呟きに、嬉しそうに頷いた。

「そうとも。古き真なる人よ。お目に掛かれて光栄だ。私は王亀玄女（おうきげんじょ）。この黒雪州の州王さ。黒亀って渾名もあるけれどね。まぁ好きに呼んでくれて良いよ」

彼女の言葉はとても気安く、声にはまるで古い友人にでも会ったかのような親しみがこもってる。

しかし彼女、王亀玄女は間違いなく、以前に会った吸血鬼なんて比べ物にならないくらいに、力のある仙人だ。

いや、比べる事自体が失礼で、吸血鬼は外法に逃げた紛い物の邪仙であり、彼女こそが本物の仙人か。

「あぁ、いや、余分な礼儀は不要さ。むしろ本来は、私の方が敬意を尽くさなきゃならない相手なんだろうけれど、ね。どうにも畏（かしこ）まった態度は性分に合わなくてさ。どうか失礼は許しておくれよ」

どこまでも親しげに振る舞う王亀玄女に、どうにも調子が乱される。

警戒する事を、馬鹿らしく思ってしまうほどに。

「そう、ならお言葉に甘えて。僕はエイサー。お察しの通り、ハイエルフだよ。紛い物じゃない仙人を見たのは初めてだ。ジゾウには、とても良くして貰ってる」

うん、実際に、警戒なんて馬鹿らしい。

何年生きてる仙人なのかは分からないが、佇まいがあまりに静かだ。

その姿を見ていて思い出すのは、最期の日のカエハの動き。

どちらが上なのかなんて僕にはとても推し量れないが、何れにしても王亀玄女は武の達人だろう。

つまりこの間合いなら、彼女は僕を油断させずとも、小細工を弄さずとも、何時だって殺せる。

そんな相手の友好を疑う事に、何の意味もないじゃないか。

「そうかい。嬉しいよ。昔はあの子も大層な悪ガキだったが、それが友人を連れて帰郷するなんてね。仲良くしてやっておくれよ」

まるで母か祖母のように、ジゾウの事を語る王亀玄女。

しかし彼は、悪ガキだったのか。

僕が知る今のジゾウからは、ちょっと想像も付かないのだけれど。

あぁ、でも、出稼ぎで普通の労働者じゃなく、遊侠なんてやってる辺りは、確かに悪ガキの面影はあるのかもしれない。

尤もどんな過去があったとしても、僕のジゾウへの評価には何の変化もないだろう。

白河州で出会ってから、この城に至るまで、彼はずっと頼れる奴だ。

僕の反応に、王亀玄女は本当に嬉しそうに笑みを浮かべてから……、すぅっと真顔になる。

「だけどね、訪ねて来たのが古き真なる人である以上、単なるあの子の友人として扱う訳にはいかないのさ。恐らくはそろそろ察してるだろうけどね、この黄古帝国は、単なる人の国じゃない」

さて、どうやら本題が始まるらしい。

僕だって、本物の仙人が州の王として出てきた以上、黄古帝国に何らかの、大きな秘密があろう事は察してた。

彼女はずっと、僕を古き真なる人と呼ぶ。

ハイエルフでも、森人でもなく、ただ人と。

それは恐らく、ハイエルフの他に人が存在しなかった頃の呼び方だ。

精霊、ハイエルフ、巨人、不死鳥、竜といった、創造主に生み出された五種のみが世界に存在していた頃の話。

巨人がどうして巨人なのかといえば、巨大な人だから。

ではその比較対象になる巨大でない人というのは、ハイエルフの事だった。

つまりそんな昔の呼び方で僕を、ハイエルフを呼ぶのなら、黄古帝国は古き存在に深く関わる国なのだろう。

「どうだった？」

王亀玄女との話を終え、謁見の間を出た僕を、ジゾウが迎えに来てくれた。

話が長引いた事に、少し心配そうな顔をしながら。

「んー、……悪ガキだったジゾウが立派になってって、喜んでたよ。あぁ、滞在許可と、それから黄古州への通行許可も貰えたよ」

僕がそう返せば、彼は少し照れ臭そうな顔をする。

実際には、黄古州への通行許可を貰えたというよりも、行く事を依頼されたというのが正しいのだが、……別にそれをジゾウに告げる必要はないだろう。

別に今すぐにって話じゃなかったし、この城にゆっくり滞在してくれとも言われてた。

ジゾウが僕を王亀玄女に引き合わせたのは善意から、旅の手助けになると思っての事で、ややこしい話になったのは、巡り合わせの偶然だ。

「あぁ、……黒曜石は少し微妙な石だから。俺も昔は少し荒れてた。そんな俺に武術だのなんだのと色々と教えてくれたのが、あの御方なんだ」

黒曜石は、宝石としては輝きが弱く、さりとて岩でもない。

鉱物ではないにも拘らず、彼らに近い性質がある。

具体的には、武器として用いられるという性質が。

故に若い頃のジゾウは、力と衝動を持て余して荒れていたそうだ。

王亀玄女は、そんな彼の性質に武術という指向性を与えてくれた。

まぁジゾウにとって、彼女は恩人なのだろう。

尤も王亀玄女の方は、地人の誰もが自分の息子や娘、みたいな感じだったけれども。

「武術……、ね」

この地でのんびりと過ごす心算があるのなら、僕も彼女に長物の扱いを学ぶというのも、中々に面白かったかも知れない。

しかし先に待ち受ける事を考えると、この城で何年も武術の修練をして過ごす、という気にはなれなかった。

なるべく早く、黄古州へと向かおうと、そう思ってる。

一日や二日はゆっくりとするにしても、今の疲れが抜ければ出立だ。

この地は、僕は兎も角として、サイアーとの相性は非常に悪かった。

灰が吹き荒ぶ地では、思う存分に外を走らせてやれないし、草が生えぬから野菜類を食べさせてやるしかない。

幾ら食料はこの城で、地人達が負担してくれるとはいっても、何時までも甘え続ける訳にもいかないだろう。

「まぁ、五日ほどしたら黄古州へと向かうよ。ありがとう、ジゾウ。お陰で進む道が増えた」

王亀玄女の話を聞く限り、あのまま白河州に留まっていても、あの地の州王である白猫老君(はくびょうろうくん)とやらが接触を図って来た可能性は低くはない。

それでも今、こうして向かうべき道が目の前に開けているのは、ここに連れて来てくれたジゾウのお陰である。

すると僕の言葉にジゾウは首を横に振り、

「黄古州までは送る。……そこから先は、俺には入る許可が下りないが、エイサーが先に進めて良かった」

それから笑みを浮かべてそう言った。

あぁ、そうなのか。

州王である王亀玄女との謁見を取り付けられるくらいだから、彼も黄古州に入れるのかと思ったけれど……、それは少し寂しいな。

「そうなの？　じゃあ黄古州までは、よろしくね」

でもジゾウが黄古州まで護衛してくれる事は頼もしいし、嬉しい。

僕をこの地に送り届けたのが、里帰りのついでだったとしても、黄古州まで護衛してくれる事は完全に友誼(ゆうぎ)が故だろうから。

……本当に、感謝してる。


仙人とは、自然の力を取り込み昇華し、また自然に還して循環させ、一体となる事で不滅を体現する存在の筈だ。

生きながらにして精霊に大きく近づいた彼らは、必然的に自然の力が濃い場所、例えば深山幽谷に住まう。

しかし各地の州王は、それから黄古帝国の皇帝は、全てが仙人だと王亀玄女は言った。

黒雪州は王亀玄女、白河州は白猫老君、赤山州は凰母、青海州は長蛇公。

そして最後に皇帝である竜翠帝君の、合計五人の仙人達。

これは些か不自然な事だった。

確かに僕が見て来た黒雪州や白河州は特異な環境ではあったけれども、自然の力が濃く強いかと問われれば、首を傾げざるを得ない。

不自然な事には、相応の理由が存在する。

何故、仙人達は人の国に住むのか。

何故、仙人達が州王や皇帝といった、面倒な役割を自ら担っているのか。

仙人が仙人である為に取り込まねばならない自然の力を、或いはそれを代替する何かを、彼らはどうやって賄っているのか。

その答えが、黄古州で僕を待っていた。

きっと知っても楽しい答えじゃないのだろうけれど……、避けて通れる物でもなさそうだ。

運命とは数奇な物で、糸が蜘蛛の巣のように複雑に絡まってる。

例えばドワーフの国で、カウシュマンの魔術の師と鍛冶で競い合ったように。

東の地へとやって来たのは、カエハの、ヨソギ流の残り香を辿っての事。

つまりは僕の感傷だ。

他の誰かに指図された訳では、決してない。

なのにまるで、吸い寄せられるように僕の道は、黄古州へと定まった。

僕はそれが、少しばかり気に食わない。

もちろん類稀な経験をしている事は承知している。

だが我が身の置き場を、自分の意思の外で決められるのは、やはりどうにも性に合わないのだ。

それが僕にとって大切な人の意思だったなら、喜んで従いもするけれども。

尤も、ここでみっともなく拗ねてジタバタと流れに逆らった所で、大した意味がない事は理解している。

今はまだ、この流れに身を任せよう。

本当に大事な時に自らの意思で行動する為にも、この流れの原因を、正しく見極める必要があるから。

さて、王亀玄女に引き合わされた次の日、僕は短い滞在期間でも、何かできる仕事はないかとサイアーの背に揺られながら、町中を散歩する。
相手が豊かで満ち足りてるなら、そこに便乗させて貰うのも悪くはないのだが、……地人は決して豊かではない。
金銭的な面に関しては、出稼ぎや彼ら自身の身体から剝離した鉱物や宝石を加工し、それなりに蓄えはあるそうだ。

しかし水や食料は、黒雪州では得る手段は乏しく、外からの輸入に頼ってる。

そんな貴重な水と食料を、僕やサイアーは地人以上に消費するのだから、ゴロゴロしてるだけでは心苦しいにも程があった。

因みに見て回っても、黒甲の町には商店の類は数は少なく、またやり取りは全て物々交換で、金銭の類は流通してない。

どうみても経済が発展してるとは言い難いが、それも止むを得ぬ理由がある。

何故ならこの地で最も価値のある物、水や食料が、城からの配給制になっているから。

自由な売買が行われ、経済が発展し、貧富の格差を生じさせられる程に、この町には余裕がないのだ。

もちろん城には、ある程度の水や食料が蓄えられているだろう。

だがそれは何らかの非常時に放出する備蓄であって、誰かが浪費する為の物ではない。

ふと気付けば、散歩する僕とサイアーの後を、好奇心旺盛な子供達が幾人も付いて来てる。

まだ黒雪州の外に出た事のない子供達は、地人以外の人を、馬だって初めて見たのだろう。

……僕は少し考えてから、サイアーの背を降りた。

勇敢にも近寄ってきた先頭の男児、人間で言えば七、八歳に見える子供を抱き上げてみれば、

……やはり見た目よりも結構重い。

だけど旅装を身に着けた僕よりはまだ軽いだろうから、抱き上げた彼をサイアーの背に、鞍に跨

らせる。

そういえば地人の寿命は、成長速度は、どの程度の物なのだろう？

「１００歩で別の子と交代ね」

僕がそう告げれば、地人の男児は喜びに目を輝かせて頷く。

サイアーが戸惑うようにこちらを振り返るから、僕はその首を撫でて宥め、手綱を引いて歩き出す。


いーち、にーい、さーん、しー……。

男児が数える大きな声に耳を傾けながら、町を行く。

サイアーの背に乗って眺めた町と、自分の足で歩く町は、また大きく違って見える。

まぁワラワラと寄って来た子供達に囲まれてるせいかもしれないけれど、先程までは見えなかった、貧しさの中の活気と力強さを、確かに感じた。

百まで数えた男児は我儘を言うでなく素直にサイアーの背から降りて、別の子供に順番を譲る。

この黒雪州では、譲り合わなきゃ生きて行けないと、こんな小さな子供でも知っているから。

僕は次の子、今度は女児を抱き上げてサイアーの背に乗せて歩く。

数える声は先程よりも小さいけれど、コロコロと可愛らしい声が耳に心地好い。


では僕は、こんな地人達の為に、一体どんな事ができるだろう。

鍛冶仕事は、悪くない。

魔物の脅威も高い地域であるから、武器や防具の需要は高いし、僕だってこの地に特有の技術を学べる。

だが今回の滞在時間は、鍛冶で成果を出すにはあまりにも短すぎだ。

するとやはり、定番だけれど水の、水場の確保か。

黒雪州はその名の通り、冬には雪が降るらしい。

火山灰を纏った黒い雪でも、その正体が水である事には変わりはないだろう。

また冬以外にも、雨だって降る。

故に得られる水に乏しいこの地にも、水が存在しない訳じゃない。

ただその水が、積もった火山灰の下へと、深く深く潜り込んでしまってるだけ。

僕ならその深くもぐりこんだ水を察知し、そこへの井戸を掘る事も決して難しくはない。

……但しそれは、王亀玄女に一度相談してからにしよう。

僕は仙人の術には詳しくないが、自然に干渉する物ではある事くらいは知っている。

王亀玄女にだって水探しの術は存在し、けれども何らかの理由で敢えて井戸を増やしてない可能性はあるから。

実際の井戸掘りは確認し、許可を取ってからの方が良い。

滞在させて貰うお礼に働くのだから、どうせなら喜んで欲しいし。

子供を抱き上げて交代させる際、女児に耳を摑まれる。

どうやら彼女には、エルフの尖った耳が珍しかったのだろう。

いやはや、なかなかやるものだ。

故郷の深い森を出てから随分と経つが、そっと耳に触るくらいなら兎も角として、鷲摑みにしたのはこの子が初めてである。

女児の身体を覆う地人の証は、鉱物でも宝石でもなく岩になるのだろうけれど、それでもこの子はきっと大物になる予感がした。

でも引っ張られると痛いので、説得して放して貰ったけれど。

うん、僕はそれくらいじゃ、怒ったりはしないし、素直に謝ってくれると嬉しく思う。

他には、うぅん、この地で育つ作物を探すのも、悪くはない。

火山灰と一口に言っても色々あって、そこに含まれる成分次第では、一部の作物の栽培に適する事もある。

また空に浮遊する灰のせいで届く陽光は薄いが、植物の中には逆に強過ぎる光を嫌う物だってあるのだ。

この黒甲の町で育つ作物も、きっとどこかで見つかる筈。

例えば、そう、今頃はアズヴァルドが王になってるドワーフの国で食べた、地底で育つ芋類やコケ類は、水さえ確保すればこの地の奥深くでも育てられるように思う。

尤もこれは、黒甲の町に滞在しながらできる事じゃなくて、僕が旅の途中で見つけた作物をこの地に送るって形になるから、今回の趣旨とは少しばかりずれる。

やはりこれも、王亀玄女と要相談だ。

豊かになる事が、即ち幸せに繋がるとは限らないが、僕はやはり渇きも飢えも辛い物だと思うから。

幾ら地人が、それらに強い種族であっても。

一通り町を見終わって、子供達も乗せ終わって、僕は彼らに見送られて城へと戻った。

結局、僕にできる事は簡単には見付からなかったけれども、まぁ今日の所は子供達が喜んでくれたから、楽しかったので善しとしようか。

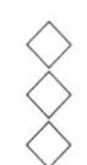

地に耳を付け、精霊の声を聞く。

僕の奇矯な行動に、町の地人達が一体何事かと集まってくるが、ジゾウに制されて一定距離以上は近寄ってこない。

あぁ、実に助かる。

普段なら、どんなに周囲が五月蝿（うるさ）くても、僕が精霊の声を聞き落とす事はない。

けれどもこの黒雪州では、水の精霊の声が随分と遠いから。

耳を澄ませて、心も澄ませて、分厚く火山灰が降り積もった地の、更にそのずっと下を流れる水の声を、何とか拾う。

あぁ、いた。

遠く、深くにだけれども、水は確かにそこに在る。

だけれども……、その距離があまりに遠い。

水が流れる深さまで、穴をあける事は可能だった。

火山灰が降り積もって成されていようが、大地は大地で、地の精霊は宿ってる。

地の精霊は僕が頼めば、水が流れる深さまで、口を開いてくれるだろう。

だが問題はその後だ。

地が口を開いても、一体どうやってこの深さの水を汲み出せばいいのだろうか？

ロープに水をくみ上げる為の桶を結んでも……、恐らく長さが全く足りない。

幾ら水脈までの穴があろうと、水を汲み出せなければそれは井戸とは呼べなかった。

子供がうっかり落ちてしまう可能性がある、危険な穴に過ぎない。

……あぁ、いや普通に井戸であったとしても、子供が落ちないようにする仕組みは必要か。

ジゾウ曰く、地人は身体が浮き難いから、泳ぎは不得手な者が多いらしいし。

しかし一体、どうしよう。

僕は水脈を見付け、穴を掘る事はできるけれど、汲み出す手段に関してはあまり詳しくないから。

困ってしまって、首を傾げる。

「エイサー、どうした？　やはり水は見付からないのか。いやこの地じゃ、水なんて見付からなくて当たり前だからな」

こちらを気遣うような物言いをするジゾウだけれど、そうじゃない。

彼の物言いに、僕は少し笑ってしまう。

そして笑えば、何だか気も楽になった。

何も全てを僕が考え、用意する必要はないのだ。

例えば僕なら、水を汲まずとも、水に水脈から地表まで上がって来て貰う事も可能である。

ただ僕は旅人だから、もう数日後には旅立つから、この地で水汲みに従事し続ける訳にはいかない。

けれどもこの地には、ハイエルフではないけれど、似たような事をできる可能性がある人物がいるではないか。

そう、仙人である王亀玄女の仙術なら、深い穴から水を汲み出すくらいは、可能だろう。

短期的には彼女に働いて貰えば、水を汲み出す手段に関する問題は解決する。

王亀玄女がその労を厭うなら、或いは地人達がそれを申し訳なく思うなら、代替手段を彼らで開発すればいいだけの話だった。

僕は今、僕ができる事をしよう。

そう考えて僕は首を横に振り、

「いや、水は見付かったよ。今から穴を掘るから、少し下がってて」

地に手を突いた。

イメージするのは、真っ直ぐで深い縦穴だ。

壁面は硬く滑らかに、剝がれ落ちた土が水を汚さないように、石のように固める。

そうして地の精霊に呼び掛ければズブズブと地に穴が開いていく。

周囲を取り囲む地人からは、驚きと感嘆の声が上がる。

あぁ、ハイエルフである僕にとっては、呼び掛ければ精霊が答えてくれる当たり前の現象だけれど、それを初めて目の当たりにする人々にとっては、驚きの光景になるのだろう。

特に黒雪州に生きる地人達は、火山灰が降り積もった大地の厳しさを、誰よりもよく知っているから。

穴は地の底まで進み、やがて水脈へとぶつかった。

圧力で水脈から穴へと水が上がってくるが、あまりに深い穴だから、地表まではとてもじゃないが届かない。

けれども最初くらいは、やはり派手に行きたくて、僕は水の精霊に呼び掛ける。

深い穴の底から、勢い良くここまで上がって来て欲しいと。

水は僕の呼び掛けに、渦を巻いて穴を登り、穴から噴き出し、飛沫(しぶき)となって皆に降り注ぐ。

さっきは驚きと感嘆だったが、今度地人達が上げたのは、歓声だった。

黒雪州の、乾きに耐える彼らが、灰に黒く染まらぬ水を浴びる事なんて、そうはない。

真っ黒な雨水を溜め、ろ過して飲む事が当たり前の彼らにとって、噴き出す澄んだ水は、とても美しく見えたのだろう。

もちろんこれは一時の現象で、僕が去れば上ってくる水も止まる。

でもそれで構わない。

そこから先は王亀玄女の、それからこの厳しい黒雪州に生きる、地人達の仕事だ。

浴びた水飛沫の衝撃が冷めやれば、ジゾウを始めとする地人の大人達はさっそく動き、井戸を覆う屋根と囲いを造り出す。

空から降る火山灰が、井戸の中へと入り込まないように。

はしゃぐ子供が誤って、井戸の中へと落ちないように。

僕は少し離れた場所からその作業を見守り、……ふと視線を空へと上げる。

灰色の空。

雲と火山灰が立ち込めて、太陽の姿は見えやしない。

雨にも灰が混じり、寒くなれば真っ黒な雪が降るそうだ。

故にこの地は黒雪州と呼ばれてる。

僕がここで過ごす時間も、あと僅か。

その僅かな時間で、僕はこの地で健気に生きる彼らに、一体何ができるだろうか。

◇◇◇

黄古州までの道のりはジゾウに加えて、鉱物の鱗を持つ地人達も、つまり彼らの戦士達が護衛を務めてくれる事になった。

ジゾウがいれば戦力的には十分ではあるのだけれども、戦士達が是非に自分達もと名乗り出てくれたのだ。

僕が行った井戸掘りを地人達は、また王亀玄女も、とても喜んでくれたらしい。

詳しく話を聞いてみると、どうやら王亀玄女は戦いは得手だが、水探しのような細かな術は苦手だという。

流れる川を探す程度なら可能だが、地中深くの水脈を探すような真似は難しいんだとか。

それは仙人として、一体どうなんだろうって気がしなくもないけれど、得手不得手は誰にでもある。

因みに王亀玄女の特技は武術で、白河州の白猫老君は術を得意とするそうだ。

また白猫老君は魔術に関しても造詣が深く、識師連と呼ばれる黄古帝国の魔術師の組合は、白河州に本部がある。

赤山州の凰母は料理や薬の調合が、青海州の長蛇公は金儲けがそれぞれ得意らしい。

……仙人の特技が料理って、少し赤山州に興味が湧いて来たけれど、残念ながら今の所は、彼の地に寄り道する予定はなかった。

だから黒雪州で栽培できそうな作物に関しても、王亀玄女は大いに期待してるらしい。

何やら彼女には、或いは仙人達には事情があって、自分の州を離れる程度なら兎も角、黄古帝国から外には出られないからと。

つまり王亀玄女は、黄古州で僕の旅が終わるとは、あまり考えていないのだろう。

それは少しばかり、安堵のできる話だ。

また王亀玄女とはヨソギ流や魔剣の話、その他にも沢山の、黄古帝国の外の話をしたけれど、彼女はどれもとても楽しそうに聞いてくれた。

彼女は特に魔剣の話を気に入って、もしも僕が黄古州に長く留まる事になったなら、白河州の白猫老君を誘って、会いに来ると言い出す。

魔剣は間違いなく白猫老君の興味を惹くだろうし、王亀玄女自身も是非とも一本欲しいから、時間があれば僕に大刀の魔剣を打って欲しいと、彼女は笑みを浮かべて言う。

別に急ぐ旅ではないのだし、それはそれで楽しそうだ。

黄古州ですぐに出立したくなるような出来事に出くわさない限りは、留まってその依頼を受けると約束すると、王亀玄女は笑みを浮かべたまま、しかし黙って頷いた。

あぁ、僕が腹を立てる可能性はあるのか。

まぁ、……うん、仕方ない。


だから黄古州までの道中は、とても賑やかだった。

ジゾウはあまり口数が多い方ではなかったけれど、地人の戦士達は意外と陽気だ。

代わる代わる僕の近くにやって来ては、何かと話しかけてくれる。

しかし彼らの実力は本物で、同行者の数が多い分、音や気配を察知した魔物も多く襲って来たけれど、その全てを僕に近寄らせずに打ち取っていく。

見ていた限り、個々の実力はジゾウ程に飛び抜けてはいなかったけれど、彼らは自分達の強みをよく理解し、連携して敵を駆逐する。

普通、大きな魔物に対しては、人は真っ向からそれとぶつかり合う事はできない。

だけど力が強く、重量もある地人の戦士ならば、数人で掛かれば大型の魔物の突撃ですら受け止められるのだ。

大型の盾を持った戦士が複数で魔物を受け止め、動きの止まった相手を他の戦士達が一気に仕留めた。

地人の数は五千に満たない程度の数しかいないと聞いたけれど、……それは他の州に住む種族にとっては、幸いだったのではなかろうか。

もし仮に地人が何万、何十万といたら、より豊かな地を求めて他の州に攻め入り、彼らの強さでそれを奪い取ってしまえただろうから。

そんな風に思わせるくらいに、地人の戦士は強い。

そうして辿り着いた黄古州との境界は、州全体をぐるりと取り囲む、高く長い城壁。

壁の向こう側は全く見えず、もちろん綻びなんて一つもなく、出入りは門からのみ可能だそうだ。

黄古州の北門に描かれるは、真っ黒な大きな亀。

黒雪州で信仰される黒い甲羅の霊亀だろう。

しかしてっきり、それは王亀玄女を指し示す物だと思っていたのだけれど、描かれた霊亀の姿からはどうにも彼女が連想できない。

「エイサー、達者で」

門の前で、ジゾウは僕にそう言った。

シンプル過ぎる、彼らしい別れの言葉。

恐らくは永遠の別れだけれど、まぁ確かに、言葉を盛って飾り立てた所で、僕らの間では今更大した意味はない。

「うん、君も。壮健であれ。それから皆も、ここまでありがとう」

僕が拳を突き出せば、ジゾウはそこに拳を合わせて、それから笑う。

地人の戦士達も皆が笑顔で、僕を見送ってくれている。

門が開く。

僕はサイアーの背に跨って、真っ直ぐに進んで門を潜(くぐ)った。

その途端、門を潜る瞬間に、感じたのは微かな違和感。

そしてそれと同時に、見えていた光景は全く別物へと切り替わった。

開いた門から見えていたのは、ずっと奥へと続く道。

なのに今、僕が目にしているのは、黄古州を取り囲んでいた城壁よりも高い木々からなる、巨大な森だ。

だけどその不思議な変化と、門を潜った時に感じた違和感に、僕は確かに覚えがある。

またこの森より感じる濃密な自然の力は……、まるで僕の故郷である、深い森のようだった。

そう、先程の違和感も、プルハ大樹海の奥で深い森を守ってる、精霊や霊木の力を借りた結界を通り抜ける際に感じるそれと同じ物。

黄古州には森人、つまりエルフが住んでるとは聞いていたけれど、この場所は間違いなく、エルフにとっての聖域だ。

懐かしくもあり、些か不愉快でもある。

いやもちろん、この森は素晴らしいと思うのだけれど、壁を一枚越えただけで黒雪州とこれ程に差があるのは、幾らなんでもあんまりだと思ってしまう。

エルフが森の外に興味を持たないのは、中央部でもそうだったけれども……。

でもそれ以上に気に障るのは、森を囲う城壁だった。

あれは明らかに他の種族の手による代物で、エルフらしさを感じないのだ。

この地のエルフは、他の種族によって隔離されている？

それとも他の種族に壁を築かせて、その内側の森で貴人気取り？

果たしてそれに甘んじる者を、エルフと呼んで良いのだろうか。

いいや、そう考えるのは、まだ早計だ。

恐らくは何か、理由がある。

ある筈だった。

この地を治める黄古帝国の皇帝、竜翠帝君に会うまでは、まだ何も判断できない。

理由を知りたいと、僕は強くそう思う。

別れの余韻は、もうとっくに吹き飛んでいた。

◇◇◇

　さて、僕の背後でゆっくりと門が閉じて行く。

　開閉装置を操作し、門を閉じるのは、役人のような衣服を身に纏ったエルフが二人。

　彼らが大きな取っ手をぐるぐると回すと、鎖の音ががらがらと鳴って、門は少しずつ閉まる。

　やがて音を立てて門が完全に閉まり切ると、

「祖たる真なる人をこの黄古の森に招けたこと、我ら全ての森人が、喜びの念に堪えません。まことに光栄に存じます」

　二人のエルフは僕に向かって丁寧に一礼をした。

　彼らは本当に嬉しそうで、その裏に何らかの企みがある風には、僕には見えない。

　しかしそれにしても、祖たる真なる人か。

　エルフは確かに、ハイエルフを参考に、神が生み出したとされるから、祖と言われても然程に違和感はないのだけれど、……あんまり嬉しい呼ばれ方じゃない。

　エルフとハイエルフの違いなんて、三百年程の寿命の差と、精霊が貸してくれる力の強さ、それに死後の魂の行く先くらいしか、大きな違いはないというのに。

　三百年という時間は、多くの人からすれば大きいだろうけれど、七百年を生きるエルフと、千年を生きるハイエルフにとっては、ちょっとした誤差でしかないと思う。

でもそんな考えを、この場で主張しても仕方がない。

状況の把握が済んでからなら兎も角として、今は流れに乗った方がスムーズに事が運ぶだろうから。

僕はらしく見えるように鷹揚(おうよう)に頷き、道が消えたと戸惑うサイアーを森に向かって歩かせる。

「木々は僕らを遮らない。大丈夫」

サイアーは本当に賢い馬で、危険を危険と判断する知能と臆病さを持っている。

だけどその上で、僕の指示には従ってくれる、信頼と勇気も持ち合わせていた。

森の木々が根を、幹を動かして、僕らの為に道を開く。

この森、黄古の森とやらに来るのは初めてだけれど、それでも僕が道に迷う事は決してない。

何故なら森の木々が、自ら導いてくれるからだ。

見知らぬ地であっても、どんな秘密が隠されていても、森は僕を受け入れる。

僕はそれを疑わないし、躊躇いもしない。

ここは僕のテリトリーだ。

恐らくは案内する心算だったのだろうエルフ達が、大慌てで付いてくる。

僕が案内を必要としない事を、彼らも察しはしたのだろう。

余計な言葉は、発さない。

……別に話してくれて良いのだけれど、いや、むしろ色々と話してくれた方が助かるのだけれど、

彼らは黙ったままだった。

まぁ僕から話すのも、何だかなぁと思うし、暫く黙ったまま森を行く。

そしてふと気付けば、あぁ、そりゃあこれだけ力のある森ならば当然だろう。

傍らに大きな霊木が見える。

僕はサイアーを立ち止まらせるとその背から飛び降り、

「くれる？」

霊木を見上げて、そう問うた。

すると霊木はガサガサと枝を揺らして、伸ばした僕の腕の中に数個の実を落とす。

そう、大きく成長した霊木のみに生るアプアの実だ。

……でもこれは、僕が知るアプアの実とは、ほんの少し違う。

実に満ちる生命力は変わらない。

だけどその甘い匂いが、より強かった。

サクリと実を齧れば、あぁ、これはそう、桃に近い甘さだ。

僕の知るアプアの実はリンゴのように甘さと酸味のバランスが良い果実だったが、この黄古州の霊木はまた違った実を付けるらしい。

これは少し、面白かった。

まぁ一人で食べるのも何だし、僕は後ろにいる二人のエルフに一つずつ実を放り、サイアーにも実を齧らせる。

「おぉ、仙樹が自ら仙桃を落とすとは、流石は祖なる御方」

そんな風に、エルフは言う。

仙樹に、仙桃。

あぁ、仙人か。

竜翠帝君の影は、こんな所にも。

だけど竜翠帝君が一体どんな存在かはさておき、

「この仙桃は美味いね。僕はアプアの実も好きだけど、これも決して負けてない。遠くの知人達にこれを食べさせたいと思うし、君達にはアプアの実を食べさせたいと思うよ」

仙桃の味は気に入った。

サイアーもとても機嫌が良さげで、僕に頭を擦り付けてくる。

栄養補給も済んだところで、さぁ、行こう。

生命力に満ちた実を喰らい、森の空気を胸に吸えば、頭が冴えて身体に力が満ちるのが分かる。

サイアーの背に乗り、奥へと進む。

森の木々に導かれるままに。


そうして、僕らは二週間程、森の中を進み続けた。

でも実は、真っ直ぐに進む訳じゃない。

水を飲みたいし浴びたいし、サイアーだって水は必要だから、小川には寄るのだ。

見た事のない植物も多いから、観察の為に立ち止まるし、サイアーは自分の好きな草をモグモグしてる。

急ぎはしない、のんびりとした、散歩のような旅だ。

本来ならば大きな森に一つしか生えない筈の霊木、いや仙樹も、ところどころ見かける。

僕の故郷の深い森と同じように、やはりここは特別な場所なのだろう。

そこら中に森の恵みがあるから僕も食料には困らないし、あぁ、でも、持って来た干し肉を齧ってると、エルフ達からはぎょっとした目で見られたけれども。

まぁ別に良い。

だって僕は肉も食べたいんだから。

尤も、流石に火を使った煮炊きはしないが。

森の恵みはそのまま口に入れられる物が多いし、流石はエルフの聖域だけあって、気候も穏やかで夜も然程に寒くはないから、サイアーと身を寄せれば十分に暖かいのだ。

まぁエルフは森の中で火を使われる事に拒否感を示す場合が多いから、その辺りで揉めてもつまらないし。

しかし……、思ったよりも広い森だった。

いや、別にこれよりも大きな森は幾らでもあると思うのだけれど、そうではなくて、エルフの聖域としては、大きいと思う。

例えばプルハ大樹海は物凄く大きな森だけれど、その中央に存在する聖域である深い森は、極一部の僅かな部分だ。

徒歩で歩いても、……一週間もあれば横切れる程度の広さしかないと思う。

もちろんそれは森に慣れており、木々が歩き易いように道を開けてくれるハイエルフだからの話で、普通の人間ならば迷うばかりで横切るなんて不可能だろうけれど。

だがこの黄古州は、全てがエルフの聖域だ。

他の州に比べれば小さな州ではあるのだろうが、それでも北門からその中央まで僕でも二週間は掛かってる。

つまりそれだけ広い範囲の森が聖域で在れる程に、強い力を発生させる何かがこの地にはあった。

んん……？

いや、違和感がある。

この地に、強い力を発生させる何かがあるのは、間違いなかった。

だけどもしかすると、それは深い森も同じなのだろうか。

これまで僕は、プルハ大樹海の大部分が、深い森を支える為にあるのだと思っていたけれど、もしかしたら違うのかもしれない。

何せプルハ大樹海も、人間達からは危険地帯と呼ばれる程に森の力が強くて、魔物の数も多い場所だ。

深い森にも何か強い力を発生させる存在があって、周囲のプルハ大樹海はその影響で生まれたのだとしたら。

あぁ、ならば黄古州を囲む城壁は、外からの侵入を防ぐと同時に、内側の力を外に漏らし、プルハ大樹海のような場所を生まない為に在るとも考えられる。

……だとすれば一体何が深い森に存在するのか。

ハイエルフの長老衆が、僕に隠してそうな何か。

うぅん、あぁ、それはきっと、不死なる鳥だ。

不死なる鳥はハイエルフと真なる巨人を繋ぐ為、地と空を行き来する存在として生み出された。

だったら当然ながら、ハイエルフか真なる巨人かの、どちらかと共にある筈だ。

すると必然的に、この黄古州に存在する物の正体も知れる。

精霊は世界のあまねく場所に、ハイエルフは深い森に、真なる巨人は雲の上。

そして不死なる鳥がハイエルフと共にあるならば、……残るは世界を守護する真なる竜のみ。

黄古州の、黄古帝国の皇帝は、竜翠帝君。

要するに答えは最初から、その名前の中にあった。

恐らくこの黄古帝国は、終わりの時まで眠るとされる真なる竜を、目覚めさせない為の揺り籠だ。

「ようこそ、真なる人。名前は、確かエイサー君だったね。私は竜翠帝君。君の来訪を歓迎するよ」
黄古州の中央部にある城で、僕を出迎えたのは、一人の平凡な顔立ちの、人間の青年だった。

その顔に才気の光なく、覇気もなく、動きは隙だらけで、漂わせる気配も常人の物。

黒雪州で出会った仙人、王亀玄女とは真逆の印象を受ける人物だ。

しかしそれだけに、どこまでも胡散臭くて摑みどころがない。

……偽物である可能性は、ないだろう。

何故ならこの城には、とても強い力が渦巻いている。

森の中では木々がそれらを吸っていてくれたから、然程には感じなかったが、この城にはその力を遮る物が何もない。

抵抗する実力のない者がこの力を浴び続ければ、心や身体を壊してしまう。

案内役のエルフ達も城の中までは付いて来なかったし、サイアーを預かってもくれた。

彼らもこの城に満ちた力が危険であると、ハッキリと認識している。

故にどんなに凡人にしか見えずとも、目の前の青年は竜翠帝君で間違いがない。

この満ちる力の中で、揺らぎもせずに過ごす事が、どれ程に難しいかなんて、考えるまでもなく分かる話だ。

恐らく彼は、真なる竜が発しているのだろうこの力を身の内に取り込み、昇華して仙人として生きている。

真なる竜ともなれば、あぁ、そりゃあ大自然と何ら変わりはない、強大な存在だろう。

確かに彼は、正しく仙人だった。

「その顔を見る限り、もう色々と察してるんだね。残念だなぁ。驚く顔が見たくて、色々と伏せて貰ってたのに」

竜翠帝君は笑みを浮かべながら、そんな事を言う。

少し殴りたい。

王亀玄女が、僕が怒るかもしれないと匂わせる訳だ。

わざとそうしてるとは分かっていても、隙だらけに見えるし、殴れそうな気はする。

つまり殴っても良いんじゃないだろうか。

よし、殴ろう。

けれども僕がそう決意して拳を握った瞬間、
まるでその意を挫くかのように、彼は半歩下がって言葉を続ける。

「だけどお陰で話が早い」

実に甘い。

普通の相手なら、それで意を挫かれて諦めるか、警戒に努めるのだろう。

そもそもハイエルフなら、相手の態度なんて気にも留めないのかもしれない。

でも僕はこんな場所まで旅をして来る物好きな、割とクソエルフの類なので、一度殴ると決めたなら、出鼻をくじかれた程度で止まりはしないのだ。

だから僕は半歩どころか大きく全力で飛び込んで、顎先を狙って拳を振るう。

拳は狙い違わず竜翠帝君の顎先を捉え、彼の身体は宙を舞った。

しかし僕の拳には、重さ、手応えが一切伝わってこない。

宙に浮いた紙を殴った時でさえ、もう少しばかり感触はあるだろうに。

要するに竜翠帝君は、僕が殴ると同時に全く同じ方向へ、完全に力を逃がして飛んだのだ。

中空でくるりと身を捻り、足から地に降り立つ彼。

やはり見た目とは裏腹に、途轍(とてつ)もない実力の持ち主だった。

「僕は、我が身の置き場を他人の意思で左右される事が、嫌いだ。それを知った上でまだ勿体ぶる心算なら、弄ぶ心算なら、貴方がどれ程に強くても全力で受けて立つ用意はあるよ」

頼みがあるなら頭を下げて頼め。

強要したいなら力づくで来い。

信頼を得たいなら誠意を以て接しろ。

僕の要求はこれだけである。

その言葉に、竜翠帝君は一瞬呆気に取られた顔をした。

だがその表情は先程とは違った、分かり易く嬉しそうな笑みに取って代わられ、

「……ふふ、挑発した心算はなかったんだけど、玄女が気に入る訳だね。私が思ってた真なる人とは随分とイメージが違うけれど、分かり易くて結構だ」

身に纏う雰囲気も全く別物へと変化する。

大きく、鋭く、されど柔軟で老獪(ろうかい)な、仙人と呼ばれるに相応しい物へと。

先程までは完全に隠されていたから、彼の底が知れなかった。

だけど今は、その力が大き過ぎて、やっぱり底は知れない。

「ならば単刀直入に要請しよう。君が、古の存在が黄古帝国に足を踏み入れた事で、その存在を感じたこの地に眠る真なる竜の眠りが浅くなっている。故に君には真なる竜に会い、再び安らかに眠るようにと諭してやって欲しい」

もし仮に真なる竜が完全に目覚めれば、何が起こるかしれた物じゃないから。

真なる竜は世界の終わりの時まで眠るとも言われる。

つまり逆に言えば、真なる竜が完全に目覚める時、世界が終わる可能性すら、皆無じゃない。

まぁそこまでの惨事にならずとも、黄古帝国くらいは吹っ飛びそうだ。

あれ、それってもしかして、僕が来たせいで黄古帝国がまずいって事？

だとしたら、これまでの竜翠帝君の胡散臭い態度は、直接的に僕を責めないように、はぐらかしながら話を進めようとしていたって、そんな感じなのだろうか。

そんな相手を僕は受け流されたとはいえ、思い切りぶん殴った訳で……。

僕って割と最悪じゃないかな？

「もちろん、別に君が黄古帝国に来たのは単なる偶然で、旅の途中である事は分かってる。また真なる竜の眠りが浅くなった原因も、別に君だけじゃないだろう。だが私達には古の存在である君に頼るしか、真なる竜を宥めて安らげる手段がない」

竜翠帝君の言葉が、妙に僕に対して気を遣った物に聞こえる。

う、うん。

なんか、ごめん。

取り敢えず、話し合おう。

殴った事は謝って、腹を割って話し合おう。

僕には情報が全く足りてないし、状況的に彼に対する不信感があった。

竜翠帝君には古の種族に対する妙な遠慮があって、お互いにすれ違いが発生してる。

そこを正さなければ、是非の判断は難しい。

その上で、真なる竜に関しては、僕も協力は惜しまない心算だ。

だってそんなの、意図した事じゃなくても、申し訳なさ過ぎて仕方ないから。

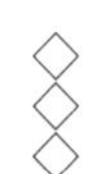

「ははは、成る程。貴方は真なる人の中でも、随分と行動的な若者になるんだね。どうりで真っ直ぐな筈だ。或いは目覚め掛けてる竜の気にあてられたかな？　ごめんよ。こちらも対応を間違ったね」

謝罪して解けた誤解に、竜翠帝君は何故だかとても嬉しそうに、笑った。

一体彼は、どんなのが来ると想定してたのだ。

外の出来事に対して無関心で、その癖に態度だけは大きな、エルフの偏屈者か。

あぁ、僕の故郷の、深い森のハイエルフの長老衆なら、丁度そんな感じである。

だから敢えて情報を伏せ、挑発的な態度を交えながら様子を見、何とか思い通りに動かそうと試みたのだろう。

すると実際に来た僕は、思ったよりも単純な生き物だったから、話が早いと喜んだのか。

そのお陰で互いに行き違いは生じたが。

仙人であっても、ハイエルフと会う事なんてそうはないだろうから、仕方のない話ではある。

まぁ珍しい存在であるのはお互い様だった。

もう僕に、竜翠帝君に対する隔意はない。

相手の腹も知れたし、僕の失敗も理解した。

竜翠帝君は、真なる竜の眠りを守る番人だ。

その眠りが浅くなれば、焦ってしまうのは当然である。

竜の気にあてられた。

確かにそうかもしれない。

この黄古州に入ってから、いや、黄古帝国に入ってから、僕は少し好戦的だった気もする。

それが目覚め掛けた竜の気を無意識に感じて、少し興奮状態だったからだとすれば、……自身の未熟さに歯嚙みするばかりだ。

竜翠帝君の話によると、元々この地は、眠る真なる竜が発する力で、自然は荒れ狂い、魔物が跳梁跋扈する地だったという。

真なる竜は己の眠りを守る為、力の一部を割いて四体の眷属を生み出し、四方の地を守らせた。

それが白河州で信仰される二股の尾を持つ白い霊猫や、黒い甲羅の霊亀だ。

この世界を去った神が様々な種族を生んだように、彼らに恐れられる程の力を持った竜もまた、他者を創造できるらしい。

しかし四体の眷属にとって重要なのは真なる竜の眠りを守る事のみで、暴れる魔物は放置されていた。

故に暴れる魔物は人を襲い、この地は誰からも恐れられた。

大昔の草原の民や、その南方の国々を含む周辺に住む人々は、溢れ出る魔物を退治する為に何度もこの地に攻め入って、四体の眷属とも敵対したそうだ。

このままでは四体の眷属も、ただ眠ってるだけの真なる竜ですら、悪しきモノだと誤解され、人は戦おうとするだろう。

そうなれば何時か、人は竜の眠りを妨げかねない。

誰かがこの地を治める必要があった。

そこで選ばれたのが、その頃は別の名前を名乗っていた、竜翠帝君と四人の仙人達。

たとえ仙人であっても、世界が壊れてしまえば存在し続ける事はできないから。

彼らは四体の眷属と話し合い、この地に新しい仕組みを作った。

そう、それが黄古帝国だ。

四体の眷属は、そのまま各州の守り神となる。

州ごとに極端に環境が変わるのは、恐らくこの眷属の影響だろう。

いや、より正しくは眷属の及ぼす影響に仙人が関与した結果というべきか。

各州がそれぞれに独立した国として機能するのは、永遠に続く国家は存在しないとの考え方から。

いずれかの州の政治が、人々が腐敗し、機能しなくなったとしても、それが黄古州以外ならば潰して作り直してしまえる。

仙人は、そして四体の竜の眷属は、そういった存在だ。

実際に州を潰して作り直した事があるのかは、敢えて聞かなかったけれども。

竜の力は黄古州に封じ込めて森を作り、管理者としてエルフを、森人を住まわせた。

竜翠帝君は黄古州に住んで漏れ出る竜の力を吸い、仙人として在る。

他の四人の仙人は、四体の眷属を力の源とし、四方の環境を切り離して制御する。

不滅の存在である竜の力は、自然の力にも近いから。

……おおよそこんな所だろうか。

知りたかった事は、全てが知れたと思う。

仙人達の行いが、正しいか否かは僕には判断できないけれど、彼ら自身が生きる為、人をこの地で生かす為、そうしたのだという事は、よく分かった。

ハイエルフの長老衆なら、それでも人間やその延長線上の存在である仙人が、竜の眷属や真なる竜の力を利用する事に、黄古帝国の存在自体にも、恐らくいい顔はしないだろう。

ただ僕は、その在り方を否定しようとは思わない。

僕は今、竜翠帝君に案内されながら、城の地下を目指してる。

そう、真なる竜が眠る、この黄古帝国の本当の意味での中枢を。

地下への長い螺旋階段を下りれば下りる程に、辺りに満ちる力は強くなっていく。

それは真なる竜との物理的な距離が近くなっているという事に加えて、……やはり僕の存在が近付くにつれて、その眠りが浅くなりつつあるからだろう。

でも本当なら息苦しくなってもおかしくないくらいの、圧力を伴った力を感じているのに、不思議と僕に不快感はない。

それどころかまるで、暖かな何かに包まれているかのような、錯覚すら覚えてる。

しかし竜翠帝君は途中で苦しそうに蹲って、階段を進めなくなってしまった。

幾ら力ある仙人でも、竜の力を吸い取り昇華し続けてる彼でも、目覚め掛けの真なる竜の傍らには近寄れないのか。

まぁだからといって、今更引き返す事もできやしない。

僕は竜翠帝君に地上に戻るようにと告げて、そのまま階段を一人で下りていく。

ここは陽光の届かぬ地下なのに、薄っすらと明るくて足元はちゃんと見える。

その静かな光を放ち、輝くのは、地の底に眠る巨体。

鱗から翼まで全てが黄金色の、美しい巨大な竜。

世界を守護する、終わりの時まで眠る、真なる竜。

いやいやでも話のスケールの割には、意外と小さい姿かもしれない。

僕はてっきり山程にも大きな竜を想像していたけれども、精々が小さな砦くらいの大きさだった。

尤も見たままの大きさが、真に竜のサイズである保証は、全くどこにもないのだけれども。

むしろこんなにも巨大な力を放つ存在が、サイズくらいは変えられない方が、僕にとっては驚きだ。

漸く、僕は竜の目の前に立つ。

薄っすらと、彼の大きな目が開く。

瞳の色まで金色で、とても美しい。

『おお、おお、古き友よ。我の目覚めを、世界の終わりを望むのか？』

そして彼は、僕に向かってそう問うた。

空間を震わせる程のその思念は、だけど僕にとっては、とても優しく響く。

「いいや、まさか。寝顔を見に来ただけだよ。起こしてごめんね」

僕は彼の間近に近寄って、その金色の身体に手を伸ばす。

世界の滅びなんて、僕は望まない。

あぁ、でも何となくだけれど、察した。

『いや、気にするな友よ。しかし我と友が出会ったならば、判断せねばならん。友よ、我に外の世界の事を、教えてくれ』

彼の言う終わりの時とは、真なる竜でなければどうしようもない事態が、起きてしまった時だ。

例えば世界を魔物が覆い尽くして、ハイエルフが総力を挙げても駆逐できないような事態や、

……或いは魔物ではなくて人がそうなったとしても、竜は動く。

竜が動けば全ては焼き尽くされて、世界は荒れ果てる。

僕らハイエルフはその世界に木々を増やし、自然の流れを運行する精霊と共に再生させるのも役割だ。

……うん、そんなの本当に、今は必要ないと思う。

だから僕は、笑って頷く。

「長い話になるから、一度にはとても語れないよ。でも、そうだね。毎日少しずつでいいなら、ここに来て君に語ろう。君が本当に眠たくなるまでの、寝物語を」

実は僕は、自分語りには意外と自信があるのだ。

カエハを相手に、彼女が眠るまで、とても沢山、何度も何度も話したし、エルフの吟遊詩人のヒューレシオを見て、話し方のコツも学んでる。

きっと、真なる竜も満足してくれるだろう。

一度に続けて語らないのは、彼に穏やかで冷静な判断を促す為。

だって外の世界の話は、決して楽しい事ばかりじゃないから。

一時の話だけで全てを判断させないように、毎日少しずつ、穏やかに穏やかに話を続ける。

真なる竜は、……竜だからよく分からないのだけれど、少し微笑んだようにも見えた。

ならまずは、今日の分を語ろうか。

「最初の話は、僕が故郷の深い森を出る所からだよ。では第一幕、そう、タイトルは『クソエルフとクソドワーフ』とか、どうかな」

僕は思い出す。
あの日、どうして故郷の森を出る気になったのか。
どうやって森を抜けたのか。
途中で何と出会ったのか。
そして森を抜けた先で、見た光景と、出会いを。
今は亡き、親しく思った人間達。
ずっと僕を支え続けてくれた、いや、今も支えてくれてるエルフ。
僕をクソエルフと呼んだ、クソドワーフ。
その全てを、目の前の竜が、僕と想いを共有してくれるように。
僕は金色の鱗に額をくっつけて、目を閉じて、言葉を紡ぐ。
何時も、精霊に語る時と同じく、心を共感させながら。

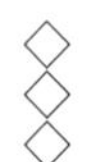

僕が、僕の物語を真なる竜に語り始めてから一ヵ月が経った。
最初は要点を掻い摘(つま)んで話す心算だったのに、竜がもっと詳細にって五月蝿いから、話は全然進んでない。
多分まだまだ時間は掛かる。

真なる竜に語る時間は、一日に一時間と決めた。

寝る前の読み聞かせとしては、それくらいが限度だろう。

それ以上に語り過ぎれば、竜だって逆に目が冴える。

まぁ、気長に少しずつ語ろうか。

別に先を急ぐ訳でもないのだし。

しかし一日に一時間だけしか語らぬのなら、他の時間は暇になる。

……と思いきや、以前に交わした約束通り、王亀玄女が白猫老君を伴って黄古州にやって来たので、案外そうでもなくなった。

黄古州に長居するなら、その間に大刀の魔剣を打ってくれと、王亀玄女は僕にそう言う。

更に、これは本当に予想外で驚いたのだけれど、魔剣を見た白猫老君は、僕に鍛冶を習いたいと言い出したから。

白猫老君曰く、魔剣に使われてる術式、紋様は既知の物。

だが刀身に彫った紋様を保護する為の工夫は面白く、そもそも術式として機能するように正確に、紋様を彫る技術に興味があると、彼は言う。

識師達の使う札は白猫老君が考えた物だが、紙に正しく紋様を描く事は、やはり技術が必要だ。

それでも元より魔術師達は、学びの為に文字を書く、紋様を描く練習はするから、比較的習得のし易い技術ではある。

だけどこの魔剣は、鍛冶と魔術という、本来なら全く縁のない二つの技術が組み合わさった物だ。

中央部で魔道具が流行らなかった理由は、魔道具を使うよりも魔術を行使した方が手っ取り早いからであり、また魔道具に術式として機能する正確な紋様を彫るのが難しかったから。

僕は魔術を学ぶ前から鍛冶技術を習得していたし、カウシュマンは師がドワーフだった為、後者のハードルの高さをあまり気にしなかった。

故に僕らは魔道具の研究を進めようと思えたし、実際に魔剣を打つ事にも成功したのだろう。

それが白猫老君にとっては真新しく、興味深く感じたらしい。

使い捨てでない魔道具や、武器としての機能を魔術で高める魔剣。

それらを是非とも自分の手でも作ってみたいと、僕に向かって熱く語った。

……白くて長い髭のお爺ちゃんが。

いやまぁ、仙人に年齢は関係ないのは知ってるけれど、お爺ちゃん大丈夫？　ハンマー持てる？

……と、どうしても心配になってしまうのは、仕方ないと思うのだ。

見た目がお爺ちゃんで、実際に僕よりも年齢が上の相手って、これまであんまり会った事がないから、偉そうに物を教えるのとか、気後れしてしまう。

ただ白猫老君の気持ちは僕にも良く分かるし、丁度時間を持て余しそうだったから、結局は引き受ける。

事の成り行きだったとはいえ、僕は白猫老君が治める白河州の町で、随分と暴れてしまったという借りもあったし。

その代わりに、白猫老君からは識師達の使う札に使われている特殊な蠟の組成や、術式の知識を教えて貰える事になった。

すると王亀玄女も、大刀の魔剣の対価として、黄古帝国の武器の扱いを教えてくれると言い出して、僕が過ごす日々は一気に忙しさを増す。

真なる竜に語り、サイアーに乗って森を散歩し、城の一角に整えた鍛冶場で白猫老君と共にハンマーを振るって、魔術の書物を読み、王亀玄女に武術を習う。

ちょっと詰め込み過ぎの日々は、飛ぶように過ぎていく。

仙桃を齧り、森の空気を胸に吸い、耳を澄ませば、木々の声が、精霊の声が、とても間近に聞こえた。

真なる竜と語るようになってから、色んな物の声が、以前よりもよく聞こえるのだ。

この世界が、より近くに感じられる。


王亀玄女と並んで大刀を振るう。

実際にこれを握るまでは、遠心力で強大な威力を叩き込む武器、という認識だったのだけれども、……実は意外とそれだけじゃない。

もちろん強力な一撃は長物の真価だが、繊細な動きが増幅されて生まれる多彩な変化もその特徴だった。

というか、こんなに簡単に相手の下半身を狙えるとか、ちょっとばかりズルいんじゃないだろうか。

ズルいと言えば、黄古帝国の武器には暗殺者が用いる隠し武器、暗器の類も豊富だ。

特に縄標（じょうひょう）と呼ばれる紐付きの投げナイフのような武器は、動作から繰り出される攻撃と、武器の軌道が全く違っていて面白い。

その動きは蛇のようであり、蜂のようであり、魔物の尻尾のようでもあり、しかしそれらとは全く違う、予測できないものだった。

この武器の対処も王亀玄女は教えてくれたけれど、彼女に会う前にこの武器を使う暗殺者に狙われるような事がなくて、本当に良かったと僕は思う。

もしも事前情報なしにこの武器と相対すれば、興味が湧いて観察しようとして、思わぬ不覚を取る可能性がゼロじゃない。

だがまぁそれはさておき、

「ねぇ、玄女。今日さ、真なる竜から、黄金竜から聞いたんだけど、……真なる竜って全部で四体いるそうなんだけど、他の居場所って知ってる？」

つい先程に、真なる竜から聞かされたばかりの話に抱いた疑問を、王亀玄女にぶつけてみた。

この頃は、僕から話を聞くだけじゃなくて、真なる竜からも色々と僕に教えてくれる。

でも突然こんな爆弾みたいな話をぶつけられても、僕としてもどう処理していいか困るのだ。

そう、僕からこんな話を振られた、王亀玄女みたいな顔になってしまう。

「い、いいや、知らないね。急にそんな話をしないでおくれよ。心臓が止まりそうだ。……一応、聞くけれど、冗談じゃないよね？」

やっぱり知らないか。

仙人達が知らないのなら、少なくともこの大陸東部には、他の真なる竜はいない筈。

恐らくは他の大陸、或いは海の中、または雲の上の世界に、眠っているのだと考えられる。

近くにいるなら、何とか接触して今の世界は悪くないと言い聞かせようかと思ったけれど、どうやら難しそうだった。

またその他にも、神々が真なる竜を真似て生み出した、別種の竜もいるそうだ。

恐らく人の間で竜を見たとの話が伝わってたりするのは、この別種の竜を見たのだろう。

真なるエルフに対してエルフが、真なる竜に対して別種の竜が存在するなら、真なる巨人に対する偽の巨人だって、恐らくどこかに存在してる筈。

この世界はまだまだ、僕の知らない事だらけである。

首を横に振った王亀玄女は、二度、三度と深呼吸をして、落ち着きを取り戻す。

それから僕を見据えて、

「少なくとも私が知る古き者が関わる話は、後一つしかないよ。三日月の形をした東の島国、そう、エイサーの目的地さ。そこは南に住む人と、北に住む鬼が争う地でね」

そんな事を言い出した。

鬼。

初めて耳にする種族だ。

堕ちたる仙人は吸血鬼、吸精鬼と呼ぶが、何らかの関係があるのだろうか。

「そこに住む鬼が、真なる巨人を崇めてる。……鬼は、エイサーにも分かり易く言えば、魔族の生き残りの末裔さ。滅びかけた魔族の一部を、真なる巨人が匿(かくま)って、あの島の最北にこっそりと逃がした」

……魔族。

獣が魔力の影響で魔物と化すように、魔力を用いて進化を図った人の総称。

人間だけでなく、エルフやドワーフ、多様な種族が魔族になり、……危険と判断されて滅ぼされた。

ハイエルフはその魔族を、滅ぼした側の一員である。

「当初、生き残りの数は少なかったから、その地でひっそりと住む分には問題なかったんだけどね。数を徐々に増やしていけば、住処(すみか)は手狭になってしまう」

だからより居住に適した場所に住んでた他の種族、人との間に争いが起きた。

その結果、当初は最北部の山中にのみ住んでいた鬼は、今では島の北半分を支配してる。

また南に住む人々は、当初は幾つもの国に分かれていたけれど、鬼に対抗する為に一つになっているらしい。

そして恐らくヨソギ流は、鬼に滅ぼされた国から、西へと流れて行った流派なのだろうと。

「だからね、エイサーがあの国に行っても、恐らく望む物は見られない筈さ。あの島の中央には、巨人が植えたとされる古い巨木があって、扶桑樹と呼ばれてる。だから北の鬼も、南の人も、自らの国を扶桑の国と呼ぶ。……あの地には、争いしかないんだよ」

そういった王亀玄女は、再び大刀の素振りに戻る。

どうやらそれ以上を話してくれる気は、ないらしい。

扶桑樹の生えた島。

僕がここを発ち、その地を踏むのは、果たして何年後の事になるのか。

たとえそこに争いしか待っていなかったとしても、僕はやはりその地を目指そう。

元より何かを期待してた訳じゃない。

土産話は……、真なる竜なんて物に出会ってしまったから、もう十分といえば十分なのだけれども、そう、扶桑樹には興味が湧いた。

どうせ中央部に戻るのならば、その巨木を一目拝んでからがいい。

そう決めた僕に、王亀玄女はもう、何も言いはしなかった。

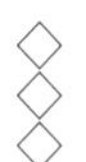

熱の籠る鍛冶場で、真っ赤に焼けた鉄を打つ。
鉄にも産地によって色々と癖があり、打って響く音も、微妙に異なる。
大陸の中央部を離れ、大草原で砂漠で採れた鉄を打ち、またこの黄古州で、黒雪州から運ばれた鉄を打って、僕はその事を強く感じた。
……黒雪州から運ばれた鉄って、もしかして地人の身体から採れた鉄だったりするんだろうか？

だけど熱気に、鉄を打って僕から流れる汗だけは、どこに行っても変わらない。

僕は手を止めて汗を拭い、大きく大きく息を吐く。

作業的には区切りが付いた。

一旦、休憩するとしよう。

今日中に、もう少しばかり作業を進めたくはあるけれど、だからこそ集中力を取り戻す為にも、一息入れた方がいい。

「そういえばさ、長蛇公ってどんな人……、どんな仙人なの？　得意な事は金儲けって聞いたけれど、仙人が金儲けってあまりピンとこなくてさ」

こちらに合わせて作業の手を止めた白猫老君に、僕は問い掛ける。

鍛冶の作業中に無駄口を叩く事はしないが、休憩中なら構わないだろう。

……僕が彼に、白猫老君に鍛冶を教え始めてから、もう三年程が経つ。

そうして思うのは、やっぱり仙人はズルいなぁって事だ。

例えば、僕はこんなに汗まみれなのに、白猫老君は汗一つかいた様子がない。

それどころか鍛冶場の熱も、全く意に介していないかのようですらある。

なのに鉄の状態、温度の変化はちゃんと感じて理解するのだから、うん、やっぱりズルい。

まぁ僕だって、普通の人間から見ればズルい生き物だと思われるのかもしれないけれども。

「ふむ、そうさのぅ。それを言うたのは玄女であろう？　まぁ、玄女らしい物言いではあるが、アレの特技が金儲けと評するのは、儂(わし)からすると些か表現の規模が小さいと言わざるを得んな」

白猫老君は豊かな、真っ白なあごひげを手で扱き、そんな言葉を口にした。

実に珍しい。

仙人が、他の仙人に対して批判的な言葉を口にするなんて、今までなかった事だ。

「遥々と旅を続けてきた貴公ならわかると思うが、価値というものはそれが何であれ、一定ではない」

どうやら少し語ってくれる気になったらしい白猫老君が、言葉を続ける。

あぁ、それは確かにそうだろう。

金の価値、物の価値、知識の価値、情報の価値、人の価値、命の価値。

それが何であれ、場所によって、時によって、人によって、価値は一定せず、変化し続ける。

例えば大陸中央部の金貨や銀貨が、黄古帝国では価値を低く見られたり、そもそも草原では金銭としては使えすらしなかったり。

商品を安く仕入れ、高く売るのは商売の基本で、それは物の価値の違いが生み出す利益だ。

海の事に幾ら詳しくても、内陸に行けばその知識は役に立たない。

ある国が戦争を起こすという情報は、実際にその戦争が起き、皆が知る事実となれば価値を失う。

奴隷が禁止の国、奴隷を酷使せねば冬を越せぬ国では、やはり人の価値は大きく異なる。

平時は人を殺せば罪となるが、戦場では人の命はいとも容易く刈り取られ、その重みを失っていくから。

僕は白猫老君の言葉に、少し考えて頷いた。

金があれば何でも買える。

良い物は誰にとっても良い物だ。

身に付けた知識や技術は尊い。

情報を制する者は世界を制する。

人は尊重されるべきだ。

命は何よりも重い。

僕だってそう思いたいし、それは多くの場合は決して間違いではないが、しかし時には正しくなかった。

言葉遊びのようなものだけれども。

「故にな、長き時を歩む我ら仙人に、蓄財は大した意味を持たぬ。まぁ蛇のヤツは個人的な蓄財も好むが、そんなものは趣味に過ぎん」

白猫老君は語り続ける。

少しだけ熱を込めて。

「アヤツの特技は、価値の操作だ。価値のなかった村に産業を興し、価値を生じさせる。得た情報を操作し、価値を高める。人を慈しみ数を増やし、しかしいざとなれば冷酷に切り捨て数を減らす。己の中で人の価値を操作してな」

つまり言い換えれば長蛇公の特技は、経済の支配……、いや、人の支配、つまりは統治か。

何となくだが、白猫老君の言いたい事がわかってきた。

　でもこれは、僕に薄くでも前世の知識や、旅をしながら各地を巡って、色んな物を見た経験があったからこそ、どうにかぼんやりと理解が及んだに過ぎない。

「現に青海州は、海に面する優位もあるが、この国のどの州よりも栄えておる。反面、最も貧しいのが黒雪州よ。……あの地は些か厳し過ぎる環境ではあるが、玄女も豊かさを齎す才には欠けておる」

　あぁ、実に厳しい物言いだが、実際にそうなのだろう。

　そしてそれは、自分の民である地人達を我が子のように慈しむ王亀玄女にとっては、実に悔しい事に違いない。

　白猫老君は、僕の目をジッと見詰める。

　僕がどこまで話を理解しているのかを、確認するかのように。

　そして、満足した風に頷いた。

「なので儂から、少しだけ補足をさせて貰おう。玄女の特技は、研鑽(けんさん)じゃ。アレは不断の努力にて、翠(スイ)を除く他の仙人よりも強い。また玄女が鍛えた地人も、他の州の軍を一蹴しえる。己だけでなく、他者を研鑽させる事も、アレは上手い」

　単に武術だけでなく、仙人としての研鑽も、王亀玄女は積み重ね続けているのか。

　ただそれでも、竜翠帝君には及ばないと。

　確かに五人の仙人の筆頭で、この国の皇帝でもある竜翠帝君は、一際底の知れない存在だ。

「凰母は人の心を知り、摑むのが異様に上手いの。会う事があれば気を付けぃ。油断すればあっという間に虜にされるぞ」

そういって白猫老君は、少し笑いを漏らす。

一体何を考えたのだろう。

けれども彼らも、長く生きる仙人だ。

その長い生の中に、反発し合う事もあったのかもしれない。


ふと気付けば、もう随分と時間が経っていた。

そろそろ作業に戻らなければ、今日の目標にまで届かない恐れがある。

だけど最後に、もう一つだけ聞いておきたい。

いや本当は、一つじゃなく二つ聞きたかったのだけれど、竜翠帝君に関してはあまり尋ねない方がいい気もしたから、

「そういえば白猫老君は、魔術以外の、本当に得意な事って何なの？」

彼自身の事だけを、問う。

竜翠帝君は仙人の中でも一際得体が知れない存在だった。

今、僕と仙人達の関係は良好だけれど、それが永遠に続く物だと考えるのは早計だ。

だからこそ、仙人の中でも凰母や長蛇公は僕の前に姿を見せず、つまり慣れ合わないのだろうし、
僕も彼らの長である竜翠帝君に関しては、必要以上に詮索しない。

僕の問いに白猫老君は薄く笑って、

「学び、真似し、考える事じゃよ。だからな、師よ。もっと儂に教えておくれ。貴公の技と知識が、儂をもっと豊かにしてくれる。さぁさぁ、鍛冶の続きを見せておくれ」

なんて言葉を口にした。

誤魔化されたような、でも少し納得したような、不思議な気分だ。

あぁ、そう、まるで猫にでも化かされたかのような。

ただ決して、悪い気分ではなかったから。

僕は鎚（つち）を握って、再び鍛冶作業へと没頭して行く。

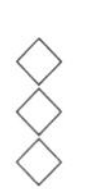

僕が真なる竜、黄金竜に語り始めて、七年程が経った。

いや正直、自分でもよくこれだけ詳細に、自身の生きて来た時間を語れるものだと、びっくりしてる。

白猫老君と竜翠帝君は何故だかサイアーを気に入って可愛がり、番いとなる馬をどこからともなく連れて来た。

子が生まれ、城の一角にはサイアー達の為の運動場、放牧地まで造られてしまって、……正直この先の旅に、サイアーを連れて行くべきかどうかは少し悩む。

……サイアーが一番懐いてるのは、それでも間違いなく僕だけれど、ついでにその子らも、物凄く懐いてくれてるけれど、彼らが恵まれて暮らせるのは間違いなくこの場所だろう。

元より僕は、旅の都合によってはサイアーを手放す気で居たのだ。

もちろん譲る相手は厳選する心算だったけれど、間違いなくこの先、仙人達以上に良い相手なんて見つからない。

だったら彼らにサイアーを任せるのは、恐らく最良の道である。

こう、僕が寂しいなあって思ってしまう事を除けば。

黄金竜に語る話は、漸く黄古帝国へと辿り着く。

もうさして遠くなく、僕が彼に語る話は尽きる。

旅立ちの時は、もう近い。

まぁ僕は、別れにはちゃんと慣れているから、最も良い道を選ぶとしよう。

そういえばこの七年掛けても大刀は程々に扱えるようになった程度だが、剣に関しては王亀玄女にも褒められた。

「エイサーの為にあつらえたような剣技だね。……いや、本当に師が、エイサーの為にあつらえたのだろうさ。もう存命でないのが本当に惜しいよ。一度で良いから、会ってみたかったたのにさ」

……なんて風に。

いや、でも褒められたのは僕じゃなくて、振るう剣技、それにカエハである気がするけれども。

師であるカエハが褒め称えられるのは、僕が褒められる以上に嬉しい事だから、何の問題もありはしない。

大刀、長物の扱いを学んだ事で、僕の剣は、また一つ前に進んだように思う。

特に間合いに関しての理解は、確実に深まった。

少しずつ、一歩ずつ、ゆっくりと僕は前に進み、積み上げる。

カエハのように、たった数十年では届かないけれど、彼女が最期に見せてくれた極みへと、何百年掛けてでも、僕は必ず辿り着く。

その目標が、この七年間でしっかりと確認できた。

まだ旅の最中ではあるのだけれど、足を止めて振り返ってみれば、実に得る物の多い旅である。

尤も長い旅に大きな長物は邪魔になってしまうから持ち歩かないし、実際に振るう機会はなさそうだけれども。


「そうして僕は、そろそろ旅立つ日が近づいている事を再確認して、今日も君に会いに来た。……そう、黄金竜、君に語る話は、今この瞬間に、この時に追いついたよ。だから話はお終いだ」

僕は真なる竜、黄金竜にそう告げて、その鱗から額を離す。

すると黄金竜は、大きな目を細めて、

『あぁ、友よ。友の過ごした時間、我も存分に楽しませて貰った。怒り、悲しみ、喜び、愛し、……今残るは切なさと、満足感だ。友よ、そなたの世界は、素晴らしい』

そんな随分と大袈裟な事を言いながら、身体を揺すった。

不意の行動に僕が驚くと、バラバラと、大きな鱗が数枚落ちて傍らに転がる。

『友よ、つまらぬ物で悪いが、礼の心算だ。友なら何かに、使えよう。見せてくれた友の世界には、我が為に割いてくれた時間には、とても釣り合う物ではないが、どうか許せ』

拾ってみると、とても軽いし薄い……が、やっぱり大きい。

ちょっとした盾ほどもある。

どうしようかな……。

僕を友と呼ぶのなら、別にお礼なんて気にしなくて良いのに。

そんな風に思い、鱗の扱いに悩んでいると、黄金竜は薄っすらと笑ったようだった。

『素晴らしき世界を、我が焼き払う必要はない。また暫し眠るとしよう。何時かまた、ここを訪れ、話を聞かせてくれるなら、嬉しく思う』

彼はそう言って、目を閉じる。

あぁ、それもいいかも知れない。

何時か僕に、語りたい話が沢山溜まれば、黄金竜に聞いて貰うのも、きっと楽しいだろう。

「お休み、古い友達。じゃあまた何時か、話をしよう」

僕はそう言って、彼に背を向ける。

黄古帝国での僕の役割は、そうして終わった。

残る問題は、この鱗をどうするかって事だけだ。

いや本当に、どうしよう。

気軽に持ち歩ける物じゃないし、誰かに簡単に譲れる物でもない。

黄金竜の口ぶりでは加工しろとの事だったけれど、……果たして可能なのだろうか？

砕いて細かくできるなら、貼り合わせて鎧にしたり、外套の裏地に仕込んだりもできる。

熱で溶かせるなら、金属に混ぜ込む事も、試せるだろう。

だけど仮にも、真なる竜の鱗なのだ。

そう簡単に砕いたり、ましてや溶かせる気は、全く以てしないのだけれど。

まぁ地上に戻ってから、仙人達に相談しよう。

ちょっとこれは、僕だけの手にはどうしても余る。

想定していた旅立ちは、黄金竜のお礼、或いは悪戯により、ほんの少し延びそうだった。

けれども悪い気持ちは全くしない。

それどころか僕は、今とても、ワクワクしてる。

もしも次に、この地を訪れて黄金竜と語る日が来たならば、最初の話題は彼の鱗をどうしたかになるだろう。

いずれにしても、世界はまだまだ、これからも続く。

次なる物語の舞台は、東の島国。

ヨソギ流がやって来たという、扶桑の国だ。

そこでは一体、何が僕を待っているのだろうか。

断章
零れた記憶

草原と宴と、馬鹿騒ぎ

バルム族は、一つ所に長く定住せず、大草原を移動しながらの牧畜を生業とする人々だ。

いやバルム族だけでなく、草原の民の殆どは、似たような暮らしをする遊牧民族だった。

その移動の目的は、馬や羊、山羊に牛、ラクダといった家畜が餌である牧草を食い尽くさぬようにする為に。

彼らは北と南を、或いは東と西を行き来する。

尤もその行き来も、あてどなく草原を流離(さすら)うのではなく、定期的に、大きな牧草地が近くにある、決まった居住地への移動が普通だ。

もちろん餌となる牧草の育ち具合は、その時の天候にも左右されるので、移動の時期や場所に関しては、バルム族では風読みの巫と族長が相談をして決定する。

主となる牧草地の育ちが悪いと想定される場合、予備の牧草地がある、別の居住地を目指す場合もあるらしい。

だが今のバルム族には族長がおらず、一族の導き手は風読みの巫、もとい風の子であるツェレンが行っているので、彼女一人の意思で決められていた。

僕がバルム族と共に暮らすようになって、もう四年が経つ。

少し前までは長老衆がツェレンに助言をしていたけれど、その彼らも既に居ない。

今日、バルム族の居住地では中央で火が焚かれ、その周囲に皆が集まり、宴が催されている。

今の居住地を離れ、次の居住地に向かう前夜の、道中の無事を願う宴だ。

この大草原には狼を始めとする獣や、それらが元となった魔物だって存在するから、居住地から居住地までの移動は時に危険を伴う。

獣や魔物の狙いは、バルム族が引き連れている家畜が主だが、それを守る為に戦士が犠牲になる事もあった。

だからこそバルム族の人々は、移動の前にこうして宴を催して、少しでも良い思い出を作ろうとするのだろう。

僕もまた、手渡された土の器に口を付け、その中身を一気に飲み干す。

喉を滑り落ちる酸味と甘味、弱い酒精と微発泡。

すっかり飲み慣れた馬乳酒の味だ。

正直なところ、飲料としては兎も角、酒と考えるなら馬乳酒の酒精は僕にとっては弱すぎるのだけれど、まぁ贅沢は言えない。

南の国との交易で、比較的酒精の強い酒も手には入るが、それらに酔い潰れれば明日からの移動に支障をきたす。

酔わぬ程度に飲むならば、馬乳酒くらいが無難だろう。

物足りない分は、食を楽しめばいい。

目の前の大きな器に盛られているのは、この日の為に潰された羊肉だ。

僕はあばらと思わしき骨を掴み、そこから肉を齧り取る。

良く焼かれた肉の旨味と、岩塩の塩気。

次に手に取ったのは、肉がゴロゴロと浮いた汁の椀。

あぁ、これはもう、匂いでわかる。

山羊の肉を煮た汁物だ。

飼育された家畜の肉の中でも、山羊の肉は特に臭みが強い。

汁物にすると、それがより引き立つから、苦手な人には辛いだろう。

尤も僕は、もっと癖のある魔物の肉だって食べてきたから、この程度の臭みは然程に気にしない。

汁を啜(すす)り、後に残った肉を摘まんで、口に放り込む。

あぁ、手での食事にも慣れはしたが、流石に汁物を食べる時は、スプーンか箸が欲しいなぁと、
そう思う。


そうしてひとしきり、バルム族の食事を楽しんでいた時である。

「戦士、エイサー！」

一人の若い男が、僕の名を呼んで席を立つ。

その瞳は真っ直ぐ僕を見て、燃え盛るような熱を放ってた。

「バルム族の戦士、ズィーラムが、貴方に勝負を挑む!!」

拳をこちらに突き付けて、その男は、ズィーラムは周囲にそう言い放つ。

あぁ、成る程。

そういう事か。

ズィーラムは少し前、ツェレンに婚約を申し込んで、断られた若者だった。

今のバルム族では有数の戦士であろう彼からの婚約の申し出を、どうして彼女が断ったのかは、僕は知らない。

ただズィーラムは、それでも諦めてなかったのだ。

ツェレンの師である僕に勝利すれば、彼女の目も変わって、或いは周囲からの後押しも得られて、再び婚約を申し込める。

そんな風に考えたらしい。

しかしズィーラムも戦士であるから、剣や弓では僕に及ばないと察したのだろう。

もちろん馬術ならば確実に彼が勝るだろうが、草原の民でない僕に馬での勝負を挑む事は、それ自体が大きな恥と見做(みな)される。

故に武器を抜かぬ宴の席で、拳による勝負を挑んで来た。

見るからに細いエルフなら、己の拳で捻じ伏せられると考えて。

僕を風の使いでなく戦士と呼んだのは、勝負の場に引き摺り出す為の、ズィーラムなりの挑発だ。

実に面白い。

ズィーラムが、どうしてツェレンに婚約を申し込んだのか。

その理由も僕にはわからないし、まぁどうでもいい話だ。

ツェレンの容姿に心を奪われたのか、その生き方に惹かれたのか、それとも彼女と結ばれる事で族長の座を得られると考えたのか。

いずれであっても構わない。

大切な事は、彼が僕に挑んで来たという事実だけ。

恋心でも結構。

野心からでも結構。

酒の席で僕に喧嘩を売って来る相手は、憎めないし嫌いじゃない。

自分の有利な分野で勝負を挑むのは、狡さではなく、計算高さだ。

むしろ僕はその計算高さを褒め称えよう。

だけど拳での勝負でなら僕に勝てると踏んだなら、それは大きな間違いである。

僕は懐から革の手袋を取り出して、手に嵌めながら席を立つ。

「ズィーラム、君の挑戦を受けよう。でも一つ言っておくよ。僕はね、喧嘩は結構得意だよ」

そう、ドワーフなら兎も角、人間が僕に容易く勝てると思うな。

僕に拳で勝利をしたければ、君の全てを振り絞ってみせろ。

笑みを浮かべて言い放った僕に、それを侮りだと受け取ったのか、ズィーラムが地を蹴って突っ込んできた。

いや、激発して殴り掛かったと見せかけて、途中で身体を沈み込ませた、下半身へのタックルが狙いか。

中々見事なフェイントだ。

激発したフリもとてもポーズには見えないし、普通ならその気迫に惑わされ、拳に気を取られた所を、足を掬われ転ぶだろう。

けれども残念ながら、僕は剣術を、ヨソギ流を学んでもう長いから、相手の視線や気配、或いは重心から、その狙いを察するくらいの事はできる。

またバルム族がその技を何と呼ぶのかは知らないが、下半身を狙うタックルという技術の存在も、僕は知っているから。

僕は一歩前に踏み出して、身体を沈み込ませたズィーラムの顔面に、膝を合わせて叩き込む。

仮にズィーラムが反撃の可能性を警戒していれば、その膝は外れたかもしれない。

完全に避けずとも、少し角度がずれただけでも、そのダメージは半減だ。

そうなるとやはり僕はタックルを受けて地に転がり、不利な状況に陥った筈。

だけど結果は、フェイントが決まったと確信していた彼の顔に、僕の膝はまともに突き刺さる。

想定外の強烈過ぎる一撃は、屈強な戦士といえども到底耐えられるものではなく、……ズィーラムの身体はそのまま地に崩れ落ちた。

それを油断と呼ぶのは些か酷だろう。

しかしそれでも想定が甘いし、膂力も耐久も気合も足りない。

僕の膝を顔に受けたのが、仮にドワーフの誰かだったとするなら、それでも気合で意識を保って、そのまま更に押し込んで来た筈だ。

今まで喧嘩をしたドワーフ達は、それくらいは平気でしてきた。

それくらいじゃないと、僕の喧嘩相手としては不足である。

……いや、流石にそれはちょっと言い過ぎか。

もしもズィーラムが技に頼らず、体格を活かして正面から殴り合ったなら、もっといい勝負になったと思う。

つまり彼は計算を誤り、取る手段を間違えたのだ。

幾ら計算高くても、その計算を間違えてしまっては意味がない。

そして僕も加減を誤って、楽しむ前に喧嘩を終わらせてしまった。

これではあまりにも、不完全燃焼が過ぎるだろう。

何しろ一度も拳を使っていないし。

一瞬での決着に、誰もが驚き戸惑っており、辺りも静まり返ってる。

これじゃあ折角の宴も台無しだ。

酒の席で殴り合うなら、もっと自分も相手も、周りで見てる観客だって、沸き立ってくれなきゃつまらない。

そりゃあ中には、ハラハラしてしまう人だっているだろうけれど、そこは素直にごめんなさいと謝ろう。

「これじゃあ足りない。バルム族の戦士はこの程度か？　違うだろう？　さあ、次は誰が僕の相手だ！」

だから僕は、消えかかった火に風を送った。

敢えて彼らのプライドに障り、その意気を奮い立たせる。

すると狙い通りにバルム族の若い戦士達は次々に立ち上がり、名乗りを上げて僕へと挑む。

戦士の中でも強者であるズィーラムが敗れた以上、僕に勝つ事は難しい。

しかしそれでも一矢報いてバルム族の力を思い知らしめようと、次から次へと。

そこから後はもう、馬鹿騒ぎだ。

二人目の戦士を、若い女性が応援してる。

その二人は婚約していて、もうすぐ正式に結婚するらしい。

なので僕も、ご祝儀替わりに一発は無防備に殴られた。

二発目を殴られてやる義理はないのでカウンターで迎え撃ったが、彼はそれに耐えて前に踏み込み、三発目は接近しての頭突きを放つ。

戦士が見せた気迫に、婚約者だけでなく、周囲も沸く。

そんな馬鹿騒ぎは、その日の夜遅くまで続き、僕を含めてバルム族の戦士達は、皆が怪我だらけになった。

翌日、バルム族は出発の予定を一日延期し、皆が並んでツェレンからの叱りの言葉を受ける。

もちろん僕も、彼女の説教からは逃れられない。

だけどその、叱りの言葉を口にするツェレンの表情からは、隠し切れない機嫌の良さが伺えた。

まるで、そう、大笑いをしてスッキリした後のようで、思い出し笑いをこらえるかのように。

きっとツェレンも滅茶苦茶になった昨日の騒ぎは、馬鹿馬鹿しくも楽しかったのだろう。

酒精は弱くても、酒を飲んで騒いで殴り合えば、後は全て水に流して日常に。

だからこの説教の言葉も、傷には沁みるが、心地好かった。

サイアーの隣に立ち、その身体にブラシをかけていく。

この黄古州では、竜翠帝君に仕えるエルフ達がサイアーの世話をしてくれるけれど、ブラッシングに関しては可能な限り僕が、時間を見付けて行っていた。

だけど何時もは大人しくブラッシングを受けてくれるサイアーが、今日は頻繁に頭をこちらに向けて、僕に向かって押し付けてくる。

本当にサイアーは、賢い子だ。

どうやらこの子は、今日は僕に時間の余裕がある事を察して、構えと要求しているらしい。

その仕草が実に可愛く、それからちょっと、申し訳なくも思える。

やはり普段は、僕はサイアーに我慢させてしまっているのだろう。

黄古州に来てから、黄金竜との会話や、白猫老君から魔術を教わったり、逆に鍛冶を教えたり、王亀玄女と武術の鍛錬をしたりと、僕は割と忙しく動いてた。

するとどうしても、共に旅をしていた頃に比べると、僕がサイアーと接する時間は大幅に短くなってしまう。

なのにサイアーは、普段の僕が忙しい事を察すると、手早くブラッシングが済むように、ジッとしていてくれるのだ。

そう、僕を気遣うように。

但し今日は、白猫老君も王亀玄女も自分の州に帰ってしまって、僕の時間はぽっかりと空いてる。

どうやら二人の仙人は、定期的に自分の州に戻る必要があるらしい。

恐らくは州の環境を維持したり、州の長として必要な判断を下す為だろう。

まぁ流石に、サイアーが仙人達の事情を理解していたりはしないだろうけれど、……幾ら賢くても流石に無理だと思うのだけれど、僕に時間の余裕がある事は察してるらしい。

ならば今日は、のんびりサイアーと過ごそうか。

黄金竜との会話も、既に今日の分は終わってる。

久しぶりにサイアーの背に乗って、ぶらぶらと散歩するのも楽しそうだ。

僕がそんな風に思い、今日の予定を決めると、先程まで頻繁に頭を押し付けてきていたサイアーが、急に大人しくなる。

まるで早く終わらせて、すぐに外に出ようと言わんばかりに。

あぁ、本当にこの子は賢いけれど、でも僕としてはブラシをかけながらじゃれられるのも楽しいから、少しだけ残念にも思うけれども。

準備を済ませた僕は、サイアーの背に跨った。

黄古州の中心、城の周りならば、少しはスペースもあるけれど、その先はすぐに森にぶつかってしまう。

それでも僕が願えば、木々は道をあけてくれるから、……少し駆けてみるのもいいかもしれない。

サイアーの背に手を置けば、張り切り具合が伝わってくる。

だったら思う存分に、駆ける場を整えるのが僕の役割だろう。

「ちょっと走りたいから、申し訳ないんだけれど、道をあけてくれると助かるよ」

僕は森に向かって、そんな風に声を掛けた。

するとザワザワと、森の木々は葉を鳴らしてざわめいて、目の前に道が開いていく。

恐らく上空から見れば、森がメリメリと真っ二つに裂けて行くように見えるんじゃないだろうか。

普段、森が僕を通してくれる時はもう少しおとなしめに、さりげなく動いてくれるんだけれど、馬が走るとなると流石にそうもいかないから。

サイアーも森の好意は理解したのだろう。

機嫌良さげに短く嘶(いなな)くと、速足で森に入り、それから駆足で走り出す。

そしてやがては疾走に。

グングンと周囲の景色、森の木々が後ろに流れて行く。

地を駆ける速度が、凄まじい。

全力で走るのは随分と久しぶりの筈なのに、サイアーの速度は草原を駆けていた頃よりも、もしかすると速かった。

いや、走ってる環境の違いでそう感じるのかとも思ったけれど、……サイアーの足は確実に速くなっている。

もしかしてこの黄古州、黄金竜の力に満ちた場所の影響を、サイアーも受けているのだろうか。

それともたまに食べている、仙桃の影響か。

或いはその両方の、相乗効果かもしれない。

仙人も精霊も、特に警告してこないから、サイアーに起きてる変化は、少なくとも今の段階では悪いものではない筈だ。

足が速くなる。身体が強くなる。

あぁでもそれが行きつく先は、魔物化になるんじゃないだろうか。

尤も獣が魔力の影響を受ける魔物化は、それ自体は別に悪しき事じゃない。

魔物が人を襲うのは、元よりそうした性質を持った獣が魔物と化し、力を手に入れた結果だ。

大人しい性質の獣が魔物と化しても、特に人は襲わない。

もちろん、人の側から要らぬ手出しをしなければの話だが。

それに草原の民が育てる馬は、あの大草原で見た雄々しい馬の魔物達、あの血を引くとされていた。

ならばサイアーの身体に今起きてる変化は、先祖返りになるのだろう。

暫く全力で駆けていたサイアーだったが、そのうち満足したのか次第に足を緩め、のんびりと歩き出す。

特に疲れた様子は見えないが、動き回りたい欲求は取り敢えず発散できたというところか。

僕はその背を下りると、懐を漁って仙桃を取り出し、一瞬悩んだけれど、サイアーの口元に差し出した。

がぶりと仙桃を齧るサイアーは、やはりとても可愛らしい。

僕はその鼻面を撫でながら、少し休憩した後はもう一度背に乗せて貰って、森を駆け回って遊ぼうと、そんな風に心に決めた。

彼は気の合う友だから

それを思い立ったのは、果たしてどちらが先だったのだろうか。

思えばずっと、互いに興味はあったのだ。

僕とジゾウが剣を交えれば、一体どういう結果になるのか。

明日、僕は黒雪州の地人の町を発つ。

ジゾウは他の地人の戦士と一緒に黄古州まで僕を送ってくれるから、すぐにお別れって訳ではないけれど、でも恐らくこれが最後の機会だと、僕も彼もわかってた。

あぁ、或いは、他に地人の戦士達が、僕を送ってくれる事になったからこそ、後を考えずにそれを選択できたのかもしれない。

今日は風が強く、黒雪州には灰が舞ってる。

そして僕らは、地人の町の城にある、小さな鍛錬場で、得物を手に向かい合う。

尤も僕が手にした物は木剣で、何時もの魔剣じゃない。

ジゾウの手にあるのも、あの凶悪な三尖両刃刀じゃなくて、真っ直ぐ滑らかに磨かれた木製の棒だった。

つまり今から行うのは殺し合いじゃなく、あくまで手合わせという訳だ。

もちろんジゾウの怪力は、手合わせであっても脅威の一言だけれども。

「ヨソギ流、エイサー」

短く、名乗る。

そういえば、彼に対してまともに名乗ったのは、もしかしてこれが初めてなんじゃないだろうか。

酒場で出会い、客と用心棒という立場から直接会話をする事はなく、何となく互いを知って、その流れで一緒に戦った。

そしてそのまま意気投合してこの黒雪州にやって来たから、改まって名乗り合ったりなんて、しなかったたし。

「王亀玄女が弟子、黒曜石のジゾウ」

名乗るジゾウの口元が緩んでる。

多分僕と同じように。

僕の考えを察したのか、或いは偶然にも、彼も同じ事を思ったのか。

いずれにしてもやっぱりジゾウは、気が合う奴だった。

だからこそ僕は、思う存分に自分の剣を、彼にぶつけてみたいと思うのだ。

先に動いて相手に打ち込んだのは、僕だった。

ジゾウが三尖両刃刀を手放してるとはいえ、その膂力は変わらない。

下手に受けに回れば、何もできずに潰されてしまう。

この折角の機会をそんな風に終えては、流石に僕だって悔いを残す。

身を軽く、鋭く、左右に回り込みながら、木剣を振るうのではなく、突きを放つ。

直線的な動きは地を蹴る力の強いジゾウも速いが、回り込むような動きに関しては、身軽な僕に少し分がある。

木剣を振らずに突くのは、強く互いの武器をぶつけ合わないように。

ジゾウの防御に僕が木剣を叩き付けるのは良いけれど、互いの攻撃をぶつけ合うような形になれば、力の差で僕が吹き飛ばされるだろう。

あぁ、いや、それ以前に木製武器じゃ、彼の膂力に耐え切れずに壊れる方が先かもしれない。

故に、突く。

この攻撃に重さは不要で、ただ鋭くあればいい。

多い手数もまた不要だ。

手数をぶつければ攻略できる程、生易しい相手じゃない。

激しく、されど細かく僕は動き、対応するジゾウに隙を見出しては、そこに木剣を捻じ込むように突きを放つ。

ジゾウは僅かに表情を歪め、一歩、二歩と下がりながら僕の突きを棒で捌く。

だけど、僕は離れない。

相手が下がれば即座に追い、距離を離さず攻撃の手を止めない。

但し肉薄のし過ぎは禁物だ。

今のジゾウの得物は木製の棒だが、彼の肘や膝も立派な凶器だった。

あまり近付き過ぎれば、ジゾウの凶器のような肉体に迎撃される。

いやしかし、それらの動きを誘うのも、また彼に隙を作る為には有効だろう。

回り込むような左右の動きばかりではなく、前にも後ろにも、細かく、速く、激しく動いて、僕はジゾウを攪乱し続けた。

当然、相手の何倍も動くから、スタミナの消費だって何倍も激しいし、呼吸が切れて息苦しい。

でも僕は剣士であると同時に、鍛冶師でもあるから、スタミナや集中力の維持には自信があるし、息苦しいのだって慣れている。

一方ジゾウは、確かに肉体の出力は高いけれど、恐らく全力を発揮できる時間は然程に長くない筈。

旅の間、僕はずっと彼を観察してきたけれど……、全力を出すのは何時もごく短い時間だけだった。

宙に飛び上がる時、攻撃を放つ瞬間。

ジゾウはそうした一瞬一瞬にのみ全力を発し、後は力を絞ってる。

これは僕の勝手な想像だけれど、彼の、というよりも地人の肉体は、出力が高い分、消耗も激しいのではないだろうか。

飢えや渇きに強いのも事実だが、それは彼らが、意図的に力を抑えて消耗を防ぎながら暮らしているからだと、僕は予測する。

何故ならジゾウは、黒雪州に入る前、豊かな白河州にいる時は、割と旺盛に飲食をしていたからだ。

それが黒雪州に入るや否や、めっきりと摂取量を減らした。

つまり地人は、その辺りの調節が、非常に上手い種族なのだろう。

だからこそ、それは狙いを定めるべき隙だった。

但し当たり前の話だが、ジゾウ程の戦士が自分の弱みを自覚していない筈がないし、こちらの意図を理解して対応しない訳もないのだが。

次第にジゾウを追い込みつつあった僕が、何度目かの突きを放とうとした瞬間、彼の気迫が大きく膨れ上がる。

そして彼は、その全力で地を踏む。

思わず地震が起きたのかと錯覚するくらいに、足元が揺れた。

ジゾウの足が地を踏んだ瞬間、まるで爆発音のような音が発せられ、衝撃が僕の身体を叩く。

更に踏み砕かれた床の破片は、まるで石の礫のように。

感じた危険と驚きに、僕は攻撃を止めて、しかし一緒に足も止めてしまう。

それは間違いなく、この手合わせが始まってから僕が晒した、一番大きな隙だった。

当然ジゾウがその隙を見逃す筈はなく、ジゾウは棒に回転を加えながら、抉(えぐ)り込むような突きを放つ。

足を止め、大きな隙を晒した僕に、その攻撃に対処する手段はない。

……筈だった。

だけど筈だったのに、僕の身体は再び動く。

咄嗟に、でもまるでこの事態を、ずっと以前から想定していたかのように。

『エイサーが私の剣を不完全な形では振れぬなら、私がどんな状況でも、転ぶ最中でも寝ていても
不意打ちを喰らっても、貴方が真似たいと思う剣を振るえればいいと』

ふと頭を過ぎったのは、そんなカエハの言葉だった。

ああ、今から僕が振るうのは、ヨソギ流の剣じゃない。

カエハが僕に伝える為に身に付けた、カエハの、……僕とカエハの剣だ。

不完全な体勢からでも、心技体が整わずに乱れていようとも、完全に近い斬撃を。

僕は迎え撃つように木剣を振るい、ジゾウの突きとぶつけ合う。


その結果、パァンと、乾いた音を立てて、木剣は爆ぜる。

あぁ、ジゾウの攻撃を受け止めれば、そうなる事はわかってた。

だが爆ぜたのは、僕の木剣だけじゃなく、ジゾウが突いた棒も同じく。

僕の放った斬撃の威力に、彼の得物も耐え切れなかったのだ。

……手の中に残った木剣の柄を投げ捨てて、僕は笑う。

ジゾウもまた、半ば程になってしまった棒を捨て、同じように笑った。

腕が痛いし、肩も痛い。

なのに彼は全く平気そうで、実にズルいと思ってしまう。

地人は本当に頑丈だ。

あぁ、ドワーフと殴り合いをした時を、思い出す。

どうにも笑いが止まらない。

まぁだからといって、この後に素手でジゾウと殴り合うのは、ちょっと遠慮しておこう。

もう十分に僕とジゾウは語り合った。

これ以上のダメージは、明日からの旅に差し障る。

いや、既にちょっと腕が真剣に痛いし、明日旅立てるかが不安なくらいだ。

でも僕ばっかり痛がってる所を見せれば負けた気分になるから。

僕はその痛む手を敢えて差し出す。

負けた訳じゃなく、引き分けなのだと告げるように。

ジゾウはそれを察したのか僕の手を固く握って、

「いつか、またやろう」

そんな言葉を口にした。

番外編　出会いの欠片

麦の町の宿

ゲラゲラと、品のない笑い声が食堂に響く。

声の主は、一ヵ月前にこの町にやって来た、ゴロツキ紛いの冒険者達。

彼らは泊まる訳でもないのに、毎日うちにやって来ては、一番安い定食だけを頼んでずっと食堂に居座り続ける。

そして他に食事に来る町の人や、泊りに来た旅人を威嚇しては追い返すのだ。

そう、つまりはうちの宿の営業妨害に、彼らは来ている。

あの冒険者達を雇っているのは、多分少し離れた場所にある、別の大きな宿屋の主人だと思う。

何故なら毎晩、彼らはその宿へと眠りに帰るから。

なんでもあの宿の、先々代の主人が、うちのお婆ちゃんに昔振られたらしい。

お婆ちゃんは昔、近所でも有名な美人で、でも残念な事に面食いだったから、沢山の男の人を振ったそうだ。

そんなお婆ちゃんを射止めたお爺ちゃんも、やっぱりこの町では有名なハンサムだったそうだけれど、お婆ちゃんの評価はまぁまぁだったんだとか。

それはさておき、そんな事もあって、あの宿とうちの宿は、何かと折り合いが悪かった。

私も三年前、十二歳くらいの頃に、あの宿の一人息子に告白されたけれど、やっぱり断ったし。

あ、でも私が断った理由は、お婆ちゃんみたいに顔が気に食わないとかじゃなくて、うちの宿が小さいだとか、安宿だと馬鹿にした態度が鼻についたからだ。

……うん、お世辞にもハンサムとは言えない人だけれど、うちの宿を馬鹿にした事に比べれば、そんなのはどうでもいい。

でもだからって、こんな嫌がらせをするなんて、本当に面倒臭い人達。

お父さんはお爺ちゃんとお婆ちゃん譲りで顔は良いけれど、後は料理の腕も良いけれど、腕っぷしは全然だから、荒くれ者の冒険者相手に追い出すなんてとてもできない。

衛兵を呼べば一時的に追い出してくれるけれど、冒険者達も暴れて何かを壊したり、怪我人を出してる訳じゃないから、捕まえるまではしてくれない。

多分なんだけれど、あの大きな宿屋の主人が、お金を出してそういう風にしてるんだと思う。

本当は私がビシッと言ってやろうと思ったのだけれど、お父さんとお母さんに止められた。

だけど泊りのお客さんも、食事にくるお客さんも減ってるから、本当にどうにかしないといけないのだけれど……。

うちだって蓄えがない訳じゃないから、対抗して冒険者を雇う事も、一応はできる。

ただ一度それをすれば、あの大きな宿屋との対立は、より深刻になってずっと続く。

お婆ちゃんは、心配しなくてもどうにかなるって言うけれど、……でも私には、このままで状況が変わるなんて、とても思えない。

どうにかしなきゃって思いながら、毎日を過ごしていたけれど、そろそろ私は限界だった。

けれども、その日、私が限界を迎えて冒険者達に文句を言って箒で叩き出そうとする前に、お婆ちゃんの言った通りに、本当にどうにかなったのだ。


最初にうちの宿に入って来たのは、とても綺麗な女性だった。

「あの、こちらにノンナさんはいらっしゃいますか？　それから六名が泊りで、ですが食事は八名分欲しいのですが……」

そしてその女性の口から出たのは、何故かお婆ちゃんの名前。

……そういえば昔、お婆ちゃんはとても綺麗なエルフの知り合いが居るって自慢してたけれど、もしかして、この人が？

だってその女性の耳は、たしかにピンと尖っていたから。

驚きに、咄嗟に頭の中で言葉を探す私に、その女性は優しく微笑み、……だけどそこに無粋な声を投げかけたのが、

「おいおい、なんだ姉ちゃん。エルフじゃねえか。この宿はやめた方が良いぞ。泊まるなら通りの向こうの宿にしとけ。それとも何か、俺らに酌でもしに来てくれたのかぁ？」

そう、あの嫌がらせに留まり続ける冒険者達だ。

でもその女性は不思議そうに私と冒険者達を見比べた後、納得したように頷いて、

「二つ星にはなったけれど、魔物との戦いが怖くなった冒険者崩れね。貴方達、もう少し相手を見て声を掛けなさい」

酷く冷たい声で、そう言った。

ひやりと、空気まで冷たくなったような錯覚を、私は感じる。

でもそんな馬鹿にするような言葉を口にして、冒険者達が怒り出したらどうする心算なのか。

私は冒険者達がその女性に乱暴をしようとするようなら、何とか庇わなければと考え、振り返る。

だけどそんな私の目に映ったのは、酷く蒼褪めた顔でうろたえる、冒険者達だった。

さっき私が感じた空気の冷たさが、まるで冒険者達には本物で、凍えてしまったかのように。

一体どういう事だろう？

「あっ、……あっ、いや、そういう心算じゃ、ないんだ。あ、あぁ、す、すまねえな。俺達は用事があるから、もう行くぜ」

あまつさえそんな事を言い出して席を立ち、しかし扉の前にいる女性の方には近付けなくて、彼女が一歩横に動いて道を開けてから、逃げるように急いで宿から出て行く。

まさか、この女性に脅えたの？

あんなに荒々しい冒険者達が、エルフであっても、あまり強そうにはとても見えないこの女性に？

私が首を傾げると、その女性は優しく笑って、

「驚かせたかしら？　ごめんなさい。あんなに程度の低い冒険者、久しぶりに見たから少し腹が立

っちゃって。何やら事情がありそうだけれど、聞かせてくれる？」

宥めるように、そう言った。

その女性、彼女の名前はアイレナさんといって、やっぱり思った通りにエルフなんだそうだ。

「あぁ、エイサー様は、こちらに来られなくて正解だったわね。こんな事になってると知ったら、怒って何をするかわからないもの……」

私の話を聞いた後、彼女は思わずといった風に、そんな言葉を口にする。

何でもその、エイサー様？　という人が、エルフの中でも偉い人で、お婆ちゃんの知り合いらしい。

でも今は直接会いに来られないから、アイレナさんがお婆ちゃんに、その人からの手紙を届けに来たんだとか。

お婆ちゃんは、その人に会えない事を凄く残念がっていたけれど、……怒って何をするかわからないなんて人は怖いから、私はアイレナさんが来てくれて良かったと思う。

アイレナさんはお婆ちゃんに手紙を渡して、少し話し込んだ後、宿の事はどうにかすると言い出した。

何でもこの町の領主様、正確にはトラヴォイア公国の国王様に働きかけて、嫌がらせを止めてくれるそうだ。

どうしてアイレナさんがそんな事をできるのか分からなかったけれど、お婆ちゃんはエルフの人ならそれくらいは普通だって言うし、どうやらそういう物らしい。

だけどその後が大変な事になって、うちの宿屋はアイレナさんとその仲間の人達、エルフのキャラバンがジャンペモンの町に留まる際に、滞在する場所として指定される。

……キャラバンが宿に泊まるくらいは別に不思議でもなんでもないのだけれど、実はエルフのキャラバンというのは、単にエルフがキャラバンをしてるだけという訳じゃなくて、森に住むエルフ達を代表して人間の国々を回ってるという。

ちょっと難しくて良く分からなかったのだけれど、つまり私が住むトラヴォイア公国にとって、エルフのキャラバンは他の国の外交官、偉いお役人様とかお貴族様に近い相手になるそうだ。

そんなエルフのキャラバンがジャンペモンでの滞在場所としてうちの宿屋を指定した以上、下手な嫌がらせは領主様の面目を潰してしまうから、もう絶対にできやしない。

けれども同時に、エルフが敢えて滞在場所として指定した宿屋という事で、物珍しさからやって来るお客さんは物凄く増えた。


ただそうやってお客さんが増えると、元々広い宿屋じゃないうちはすぐに一杯になってしまう。

部屋が埋まってると、何時やって来るか分からないエルフのキャラバンに対応ができない。

それでは本末転倒だからと、宿は増築する事が決まる。

アイレナさんと出会ってから、たった数ヵ月で。

隣のパン屋さんも、裏に住んでた一家も、そういう事ならばと快く場所を譲ってくれた。

もちろん別の場所に移り住んだり、商売をする為のお金は十分に支払ったけれど、それも出所を辿れば領主様からだ。

そして増築するとうちの家族だけでは手が回らないから、新しく人を雇う事にもなって……。

この前まで、荒くれ者の冒険者をどうするかでずっと頭を悩ませてたのに、状況は全てがひっくり返った。

私が夢みたいだと言うと、お婆ちゃんは笑う。

「そうだねぇ。あの人達、うぅん、あの人は、いっつも夢をくれるからねぇ。お前も何時か、会えると良いわね」

多分お婆ちゃんが見てるのは、アイレナさんじゃない、別のエルフの誰か。

怖い人なのかとも思ったけれど、お婆ちゃんが言うには、優しい人。

このトラヴォイア公国で国の宝とされてる剣を作ったり、養い子を溺愛する、麦畑に吹く風のような人らしい。

……そんな人なら私も一度くらいは、会ってみても良いかなと、少し思う。

古き眠りを覚ます危機

黄古帝国が誕生してから、もうどれくらいの時間が流れただろう。

真なる竜の力に荒れ狂う地を調伏し、竜の眷属たる聖獣達と契約を交わして、私達がこの地に国を建てた。

人々が竜と敵対してしまわぬよう、世界を滅ぼす竜を眠りから覚まさぬ為の、揺り籠の国を。

私が王亀玄女と呼ばれ始めたのも、この国ができてからの事だ。

……そう、もう数えるのも馬鹿らしくなるくらい、ずっと昔の話である。

普通の国は、興れば必ず滅ぶものだった。

まるで人の一生と同じく。

長い短いの違いはあれど、興っては滅び、また新しく興るのが理だ。

けれども黄古帝国は、滅んではならない。

この揺り籠が壊れて、万に一つも竜が目覚めてしまったら、……滅ぶのは国だけでは済まない。

竜の炎は大陸全てを、或いはこの世界の全てを、焼き尽くしてしまうだろうから。

故に黄古帝国には、何があっても国が滅んでしまわぬようにと、多くの仕掛けが施してあった。

例えば、東、西、南、北、そして中央と、五つの州にわかれているのも、その仕掛けの一つだ。

東の青海州、西の白河州、南の赤山州、北の黒雪州に関しては、仮に腐敗が横行して機能不全にでも陥れば、他に害をもたらす前に外から滅ぼして作り直す為に、国の一部でありながらも独立して運営が行われている。

ただ中枢である、真なる竜が眠る中央の黄古州だけは特別で、簡単に作り直す訳にもいかないから広大な森とし、そこに住んで管理する民として森人を配した。

森人は、西の地域ではエルフとも呼ばれる種族で、寿命が長く変化を嫌い、何よりも森の外に興味を示さぬ大人しい者達だ。

また五つの州は、それぞれ私達が、仙人が一人ずつ統治者として君臨し、国が栄えるように差配を行う。

あぁ、それでも過去には州の統治に失敗し、潰して作り直した事もあった。

しかし黄古帝国は少しも揺らがず、普通の国では考えられない程の長い時間、この地に存在し続けている。

もちろん、これから先もずっと、同じように。

だが今、この黄古帝国には、そんな州の作り直しなんて及びもつかぬ、この国が始まって以来の大きな危機が訪れている。

州の崩壊なんて及びもつかぬ、この国どころか大陸全土の、或いは世界全ての危機が。

その危機は数年前、唐突にこの国に現れた。

尤もそれは突然湧いて出た訳じゃなくて、何でも本人曰く、わざわざずっと西の大陸中央部から、大湿地帯や大草原を越えて、陸路でこの国に入ったらしい。

本当に、物好きにも程がある話だろう。

当初、私達はその危機が何なのか、見当も付かなかった。

これまで長い間、そんな事は起きなかったし、そんな事態になるなんて想定もしていなかったから。


しかし確実に、何らかの影響を受けて竜の眠りは浅くなってる。

誰かが大きな騒ぎを起こした訳でもないのに。

それが自然な目覚めなら、私達も諦めただろう。

竜が目覚めるは終末の時。

でもその時はやがては必ず訪れる。

謂わば自然の理のようなものだ。

世界が終わると決まって竜が目覚めたのなら、私達の天命もそこまでだっただけの話。

だけど何かの影響で竜が目覚めるというのなら、話は違う。

私達がその何かを取り除けば、竜の目覚めは阻止できる。

そう考えて私達は、五人の仙人は、己が州に目を凝らし、竜に影響を及ぼす何かを探す。

私達が竜の眠りの変化を感じ取ってから、およそ十日が経った頃。

最初にそれを見付け出したのは、白河州を統治する仙人、白猫老君だった。

白河州の町の一つで、とある騒ぎを起こした者がいて、……どうやらその片割れが異国からやって来た森人だったという。

その森人は、町で子供を助け酒家を助け、悪漢と呼ばれた者達を打ち倒し、まるで私達の知る森人とは別の種族のように振る舞ったらしい。

あぁ、もちろん、それだけならば森人の中にも変わり者はいるのだと、記憶に留めるだけに終わる話だった。

けれどもその森人は、その騒動の最中に一度だけ、並の森人には成しえぬ強い力を行使したらしい。

なんでも識師が放った火球の術を、風で握り潰したというのだ。

火を水で相殺したり、木々や土で防壁を生み出して防いだというのならまだわかる。

風を使って反らしたと言われても、まぁ納得もしよう。

しかし放たれた火球の術を、風で握り潰すというのは、あまりに圧倒的な力の差がなければ成しえぬ事だろう。

白猫老君は推察した。

だとすればその森人は、余程に己を鍛えて高みに至った者か、或いは、そう、……その正体は森人などではなく、創造主に生み出された太古の種族、大いなる力を持った、真なる人ではないだろうかと。

普通に考えれば、間違いなく前者である。

後者の可能性なんて、ないに等しい。

真なる人、その存在は知っているが、それは伝説にも等しいものだ。

何せこの黄古帝国で眠る、真なる竜と同じ、太古の種族なのだから。

だが、今、竜の眠りが浅くなっている事を考えると、……その原因が真なる人の訪れにあるというのなら、ピタリと辻褄(つじつま)はあってしまう。

すぐに殺すべきだと主張したのは、東の青海州を統べる仙人、長蛇公。

殺せば竜の眠りに与える影響が読めぬと、白猫老君は反対する。

まずは話し合っての退去を求めようと、そう言ったのは南の赤山州を治める女仙、凰母。

私は、悩む。

全ては黄古州を守り、この国の皇帝でもある竜翠帝君が決定する。

でも彼の決定は、私達の意見を踏まえた上で行われるから。

「……今、真なる人が行動を共にしているのは、我が民だ。そしてどうやら彼は、黒雪州を目指してるらしい。まずは私が対面し、本当に真なる人なのか、その性質がいかなるものか、見定めたいと思う」

熟慮の上、私は決める。

そう、今、真なる人が行動を共にしているのは、私が育てた民だった。

随分とやんちゃで手も掛かったが、性根は真っ直ぐな子だ。

あの子が認め、共に行動をしている相手なら、私は会って話したい。

全ての意見は出揃って、竜翠帝君は頷き、私に言った。

「皆の意見はそれぞれ尤もだ。だから一旦、ここは玄女に任せよう。彼女が会って気に入る人物であったなら、私も会いたいと思う。……そうでなければ国外への退去を願い、断られれば我ら全員で、素早くこれを取り除く。いいね？」

決定は下り、私が彼と出会う事に決まる。

エイサーと名乗る真なる人、彼曰く、ハイエルフに。


そしてそれから数年間、未だにその危機、エイサーは黄古帝国に留まっている。

私に認められ、竜翠帝君に認められ、竜を宥めて眠りに就かせる役割を担って。

白猫老君も、彼の事は気に入ったらしい。

しかしだからこそ、数年間が経った今でも、長蛇公と凰母はエイサーに会っていなかった。

もしも彼が、黄古帝国に害を齎すものであった時、また将来そうなった時、冷静な判断を下す為に、二仙は敢えてエイサーと接しない事を選んだ。

長蛇公と凰母の判断は、実に正しいものだろう。

恐らく、もう、私にはエイサーを敵だと見做す事は難しい。

彼から学んだ武術を見せられ、歩んだ道を聞き、更にその鍛冶技術で逸品の、しかも術を纏う大刀を打って貰った今となっては、どうしたって肩入れをしてしまう。

竜翠帝君は兎も角、白猫老君も恐らくは私と同様だ。

あぁ、エイサーには、そんな不思議な魅力があった。

それが古の種族だからか、彼だからこそなのかは、わからないけれども。

ただ一つ思うのは、エイサーと接しない事を選んだ二仙は、損な役回りだという事だった。

長蛇公なら、彼の知識から、好きな金儲けの種を多く見つけられただろう。

またエイサーは、間違いなく凰母の好みの為人であるのに。

何よりも、同じ仙人以外で私達と対等に話せる友なんて、得られる機会は滅多にあるものじゃない。

その貴重な機会が得られた事を私は素直に喜んで、今、この時を楽しもう。

古き眠りを覚ます危機、エイサーは、私達に齎された心地良い刺激でもあった。

もしかすると竜すらも、その刺激を予感して、薄っすらと目覚めそうになったのかもしれない。

さぁ、彼は、今日は何を私に見せてくれるのだろうか。

風

生まれた時、私はきっと風を感じてた。
この広い世界を、どこまでも吹き抜けていく風を。
幼かった頃は、私もそう在れるのだと、信じて疑わなかったように思う。
……実際には、そんな訳がある筈はないのに。
私が自分を囲む檻に気付いたのは、一体幾つの頃だっただろうか。
部族の風習、しがらみ、特別な子供としての役割。
それら全ては私の生きる世界を狭くした。
上も下も右も左も、前も後ろも行き止まりなら、風は吹かない。
だから私は、どこにも行けない。
あぁ、もちろんそれは例え話で、本当は草原には風が吹いてる。
だけど私を連れて行ってはくれないのだ。
私の役割は、風読みの巫。
文字通り、草原に吹く風を読み、先の天候を占う。

離れた地に雨が降れば、その地では家畜が食べる草が育つ。

この地に雨が降るならば、家畜を濡らさぬ為に移動するか、或いは天幕に入れて保護しなければならない。

私の部族、バルム族はそうやって、風から空と草原の恵みを受け取り、吹く風を信仰して生活を送る。

そう、故に風読みは、風に仕えて恵みを願う巫であった。

でも私は、これまでの風読みの巫よりも特別で、本当に風の声が聞こえたから。

部族の皆は私を、風の子と呼ぶ。

それは誇らしい事だ。

本当にそう、思っていた。

けれども同時に、その事が私を息苦しくさせる。

私は風が好きで、風が身近に吹くのは当たり前で、風の声が聞こえるのもごく自然な事だから、特別だとは思えない。

なのに部族の誰もが、家族でさえもが、私は特別なのだと口を揃えて言う。

部族の為に、部族の為に、部族の為に、私に役割を課す。

……それでも私は、家族が好きだ。

特に年下の弟は、役割なんて関係なしに私を慕ってくれて、可愛いと思う。

部族の皆だって嫌いじゃない。

なのに時々、私は私を縛り付ける何もかもを、周囲の見えぬ檻を壊したくなる衝動に襲われる。

私はその衝動に抗いながら、ずっとこのまま生きていくのだろうと、思ってた。

そう、あの事件が起きるまでは。


草原に暮らす別の部族、ダーリア族が、バルム族に争いを仕掛けて来た。

その目的は、どうやら私の身柄。

ダーリア族が擁する特別な子、炎の子と私の婚姻を、バルム族が拒んだ事で、争いが起きたという。

バルム族の長であった父は、部族の精鋭を率いてダーリア族との戦いに挑み、そして帰らぬ人となる。

勇壮で知られた多くの精鋭達も同じくだ。

どうやらダーリア族が擁する炎の子は、風の声が聞けるだけの私と違って、戦いに向いた力を持つという噂は、紛れもない真実だったらしい。

族長と精鋭の戦士達を失った事に長老衆は狼狽(うろた)えて、何の打開策も出せず、バルム族は滅びの危機に瀕した。

負傷者の傷を癒す為、ダーリア族も一旦は引いたが、すぐにまた戦士を差し向けて来るだろう。

何しろ彼らの目的である私の身柄を、まだ押さえていないのだから。

いや、仮にダーリア族がこれ以上の手出しをしてこなかったとしても、バルム族はもう終わりだ。

この草原には、私達の家畜を狙う狼等の獣や、或いはそれ以上に怖い魔物だって生息してる。

戦いを担う戦士達を失っては、家畜たちの餌を求めて居住地を移動する事すらままならなかった。

家畜を少しずつ失ってやがて飢えるか、獣や魔物に襲われ喰われるか、そのどちらかを選ばざるを得ない。

あぁ、それならいっそ、私の身柄を大人しくダーリア族に渡して、バルム族の生き残りを吸収して貰った方が、幾らかマシな未来だろう。

生き残りの男は下働きとして扱われ、自らの子を残す事は許されず、女達はダーリア族の戦士達の子を産み、血を混ぜる事になる筈だ。

それでも飢えて死んだり、獣や魔物に喰われる未来に比べれば、少なくとも命は長らえられる。

でも、だけど、その未来に、私の弟の居場所はない。

仮にも族長の血筋の男である弟を、ダーリア族が生かしておこう筈がない。

それを悟った時、私の胸に浮かんだ感情は、何もなかった。

私を囲っていた檻は壊れ、より頑丈な檻に移される。

父を失い、更に弟も失い、それでも私は風の子として生き続けるだろう。

なのにダーリア族に対する怒りすら湧かず、私の胸の中には、何時もの全てを壊してしまいたいという衝動が渦巻くのみ。

一体、何が風の子だというのか。

私のどこに、自由な風がある。

この期に及んで、こんな理解のできない衝動を抑える事に必死な私なんかに。

千切れそうな心で、私は祈った。

ずっと身近を吹く風に、どうか助けて欲しいと、生まれて初めて祈った。

弟を失いたくない。檻に入りたくない。

こんな世界、全て吹き飛ばして壊してしまいたいと。

すると私の願いに、風は吹く。

大きな大きな、私の生きてきた小さな世界を、笑って吹き飛ばす、大きな風が。


彼は人間とは異なる人だった。

風に連れられやって来た、本当に風のように自由な人。

長老衆の言葉を歯牙にもかけず、たった一人でダーリア族の戦士達を蹴散らして、炎の子を捕虜にする。

なのに彼は炎の子を殺さず、それどころか戦い方を教え始めた。

まるで草原の流儀など知った事かと言わんばかりに。

思わず笑ってしまうくらいに強くて、無茶苦茶で、どこまでも自由な人。

だけどそんな彼も、私が風の子である事だけは、少し気にしてくれていた。

彼は風を友と呼び、その頼みだからと、私を助けてくれたのだ。

あぁ、でも、彼が私の弟に接する態度を見ていると、単純に子供が好きなのかなとも、そう思う。

きっと炎の子を殺さないのも、私を助けてくれるのも、同じ理由だろう。

彼は炎の子にだけでなく、私や弟にも色々と教えてくれた。

例えば剣の使い方。

それから私には、風を使った戦い方も。

だけど私が彼から学んだ一番大切な事は、この胸の内にあった、理解のできなかった衝動の正体だ。

風は優しく穏やかな顔ばかりじゃないとは、知っている。

けれども時に、人を空へと巻き上げて、叩き落として殺す事があるなんて、私は知りもしなかった。

大きな嵐は時に、人よりもずっと太く大きな樹木を圧し折るだなんて、想像すらしなかった。

逃げ場のない狭い場所に大気を一杯に詰め込んで圧縮すれば、解放されようと周囲を破壊する。

つまり私がずっと感じていた破壊的な衝動は、きっとそれだったのだ。

そう、やはり私は、風だった。

恐らく彼は、私の抱えてた悩みなんて、知りもしなかっただろう。

私は自分の気持ちを隠す生活に慣れてしまっていたし、……またこの本性を、彼に知られる事にはずっと躊躇いがあったから。

もし彼に、私の内にある攻撃性を知られれば、見捨てられるんじゃないだろうかと、そう思う気持ちが捨てられなくて。

きっとそんな事、ある筈がないのに。

しかし彼は私の悩みも脅えも全く関係ないように振る舞って、周囲をどんどん変えて行く。

そしてその生き方、その教えに、私は何時も気付かされる。

女であっても剣を振るっていい。

部族が当たり前としていた価値観と、別の価値観があってもいい。

それを押し通す為に必要なのは、自由な心と力であると。

気付けば、私の檻は壊れてた。

いや、実際には壊れていないのかもしれないけれど、私にとって気にするべき物ではなくなっていた。


やがて時が来て、彼は私達の元を去ってしまう。

引き留めたかったけれど、彼は振り向く事すらしなかった。

もっと色々と教えて欲しかったし、導いて欲しかったけれど、役割はもう終わったと、そう言って。

でもそうなるんじゃないかと、私は多分知っていたのだ。

だって本当に風のような彼を、捕まえるなんて不可能だから。

炎の子は、彼をまるで火のようだと称した。

暖かく、けれども時に人を傷付けもする、優しく強い力だと。

あぁ、その言葉は、きっと間違っていない。

だけど私は、それでも彼は風だと思う。

自由で摑みどころがなく、時に強引で欲張りな風だと。

それは、今の私もきっと同じ。

私は自由に振る舞う為の術を得た。

また、私は私の世界が狭い事も知ってしまった。

だから私は、私の世界を広げたいとも思ってる。

彼がもう、私に何も教えてくれないなら、私は自分の世界を、自分で広げるより他にない。

まずは草原の隅から隅まで、更に届くなら、その外までも。

私は部族の若者の求婚を全て断り、新しいダーリア族の長、炎の子との婚約を決めた。

そう、共に彼から学んだ、あのジュヤルと。

反対意見は多かったけれど、私の意思を止められる者は、もはや部族内に誰も居ない。

皮肉だけれど、以前にダーリア族が望んだのとは別の形で、バルム族とダーリア族は一つになる。

炎の子と風の子を擁し、大きくなった部族の影響力は、やがて草原中に届くだろう。

私の世界は、草原の隅々にまで広がる。

いやそれだけに留まらず、南の国々や、東の大帝国にだって、私達の話は届く筈。

そして何時かは、彼の耳にも。

遺す為に想う事

思えば、手紙を一枚書くのに、こんなに緊張した事は今までにないかもしれない。

これ程に老いてからも、今までにない体験をするなんて、私は本当に恵まれている。

机の上にはまだ何も書かれていない白い紙。

手にはペン、それから隣に、インク壺。

母は、馬の尾の毛で作った、筆というペンで字を書くのが得意だったが、あれは少し扱いが難しい。

何度か私も教わったけれど、あまり上手くはならなかった。

でも考えてみれば、私が剣以外に得意な事は、何があるだろうか。

道場の主として、弟子を幾人も育てたが、……人に何かを教えるのはあまり上手じゃなかったように思う。

特に我が子、道場を継いだシズキが弟子を上手く指導している様子を見ると、自分が至らなかったとよく気付く。

料理を含む身の回りの世話も、存命の頃は母が助けてくれたから、それから後は子に孫、弟子達が助けてくれたから、やってこれたようなものだ。

そういえば、ミズハは身の回りの事を、親である私じゃなくて、祖母である母から教わっていた。

私は不器用な人間だ。

指導者としても、女としても。

あぁでも、あの人に教える事と、あの人を想う事に関してだけは、剣にも負けずに得意だろう。

気付けばずっと、そんな風に生きてきたから。

初めて会った時の事は、今でも覚えてる。

今よりもずっと拙い、芸としか呼べぬ剣を振るう私を見ていた、とても美しい生き物を。

荒々しい剣とは全く無縁そうな、御伽噺に出てくるような生き物が、あの人だった。

なのに二度目に会った時、あの人は私に、弟子入りしたいとそう言ったのだ。

日々苦しかった、道の先には灰色の雲しか見えなかった私の人生が、あの人の色に塗り替えられた瞬間だった。

沢山泣かされた。

いや、私が勝手に泣いたのだ。

別れの時も、辛くて、でも傍に居なくて頼れなかった時も、生きる時間の違いに絶望した時も、再会があまりに嬉し過ぎた時も。

……でもあの人が剣の道を諦めかけた時に泣いたのは、彼のせいにしても構わないと思う。

共に生きられぬ生き物である事は、どうしたって理解をさせられた。

あの人は正に御伽噺の、いいえ、神話に出て来るハイエルフで、只の人である私とは何もかもが違ったから。

生き方のスケールが違う。

歩む時間が違う。

生き物として、交わろうとも子は授かれない。

そもそも、出会えた事すら奇跡なのだ。

だけど私はその奇跡に魅せられた。

もちろん別に、彼がハイエルフだから惹かれた訳じゃない。

しかし彼の優しさ、価値観、人との関わり方、物の考え方、剣への向き合い方、その全てが、普通の人間とはあまりにかけ離れた物である。

あぁ、でも彼が教えてくれた森に住むハイエルフにも、彼と同じ価値観、考え方はできないだろう。

つまりあの人が、エイサーだけが、私を惹き付ける唯一の存在だった。

どうにもならぬ現実に、荒れた時もあったらしい。

……いや、私にその自覚はないのだけれど、母から見れば私は荒れていたそうだ。

確かに、何もかもが上手く行かない時期はあった。

特に道場に関しては、全てが手探りだったから。

あの人に対する教え方では、他の弟子には全くといっていい程に何も伝わらなかったし。

常に張り詰めていた時期は、確かにあったのだろう。

女が当主として道場を守っていれば、様々な思惑から寄ってくる輩も後を絶たなかった。

だけどそんな私に前を向かせてくれたのは、シズキとミズハ、二人の我が子。

背負った二人の子の重みは、私の足を地に着け、気持ちを奮い立たせてくれたから。

それから辛抱強く私と向き合って、支えてくれた母の存在。

もしも母が居なければ、私は崩れ去っていたかもしれない。

エイサーが帰ってくるまで、待ち切れずに。


なんて事を、書き残しても仕方ないから、私は文字で埋まった紙を丸めて捨てる。

私は、私の人生が、私の感情が非常に重たい、彼にとっての荷となる物であると、自覚していた。

恨み事を言いたい訳じゃない。

寧ろあの人には、あの人との出会いには、私の気持ちは感謝しかない。

だから本当に伝えたい事のみを、伝えよう。

私が彼を、愛している事。

私の人生は、とても幸せだった事。

私は剣技として、あの人に刻み込まれたんだって事。

それからそれから、私に寄り添ってくれて、何よりも嬉しかったという事を。

……これでも少し、重たいだろうか。

あの人は多分、私が死んだ後、泣いてしまう。

そう考えると、少し嬉しく、それから心配だ。

この手紙で、彼の背中を押す、一助をしたい。

私は止まり木で、あの人は大空を舞える鳥だから。

あぁ、でも、一緒に、同じ土になって欲しい。

そんな暗い欲望も、私の中には存在してる。

私はもう、そう長くはないだろうけれど、きっと死の瞬間まで、この気持ちは入り混じってせめぎ合う。

そしてその気持ちを静める為に、私はその感情を静かに燃やしながら、心の中で剣を振る。

身体はもう、思い通りには動かないから。

叶うならば今の私が心に描ける理想の剣を、人生の全てを燃やした剣を、エイサーに見せたいと、そう思う。


何度も何度も書き直して、少し苦労したけれど、手紙は無事に、書き上がる。

これはシズキに託して、私の死後にあの人に渡して貰おう。

シズキには絶対に読まないでと、何度も何度も念押しをして。

流石に私も、我が子にこの手紙を読まれるのは、少しじゃなくて恥ずかしい。

だけど私の死後に、この手紙を読んだエイサーがどんな反応をするのか、それは少し、……いいえ、沢山興味があるけれど。

それがどんな反応であれ、私には見る事ができないから、喜んでくれるといいなぁと、私は思う。

あとがき

らる鳥と申します。

拙作、『転生してハイエルフになりましたが、スローライフは120年で飽きました』の三巻を手に取って下さり、誠にありがとうございます。

そう、三巻です。

三巻には結構大きな節目の章が入っています。

出会いと別れを繰り返すエイサーの中でも、とても大きな別れですね。

さて今回はそれ以外にも、色々と違う地を旅しながら渡っていく巻でもあります。

その雰囲気に関してはイラストのしあびすさんが素敵に表現して下さってるので、楽しんで下さい。

ヤッター、ジゾウかっこいい！

前に、二巻の後書きでは一巻の振り返りをやったので、今回は二巻のテーマの振り返りをしようと思います。

二巻の一章は子育てになります。そのまんまですけど、兎に角ウィンとエイサーがメインのお話でした。

二章は好きという感情の意味。それから家族ですね。

三章はドワーフという存在の表現がメインで、四章はこれまで培ってきたものと、それから気付きです。

五章はエルフとドワーフの交流になるでしょうか。

また二巻だけではないんですが、エイサーも含めて人は間違わずには生きられない存在です。

でも間違えたからって、その人の全てが否定されたり、その時点で終わる訳ではありません。

取り返せない間違いもありますし、取り返せる間違いもあります。

間違いだと感じた事の結果が、後の幸せに繋がる場合もあるでしょう。

その上でどう生きるのか、どんな風に人と関わるのか、この辺りはずっとテーマになるんじゃないかなと思います。

まぁもちろん、間違えた結果、時に死んでしまう人も出るのですけれども……。


ではそろそろ、お酒の話いきましょう！

今回も飲みには行けてないので、ＫＵＲＡＮＤの酒ガチャを回したお話をしたいと思います。

ガチャですよ。ガチャ。

僕はガチャ大好きです。

まぁ結構ムキになる性格なので、ソシャゲーとかのガチャは自重して控えてはいるんですが、出先でガチャポン見かけると、時間があったらどんなのかチェックしますね。

今回はお酒なので外れなんてないさ！の精神で引きました。

システム的なお話をすると、コースを選んで（その際に種類や味の傾向の指定もできます）お金を支払うと、お酒が届きます。

そのまんまですね。

レアリティはＮＲ、ＳＲ、ＳＳＲ、ＬＲの四つで、多分わかるとは思うんですが、ＬＲの方がいいお酒（多分お高い）が来る奴です。

今回僕は五連酒ガチャ（日本酒、梅酒、果実酒、リキュール、その他）のコースを、日本酒を多目の指定で引きました。

結果は、ＮＲが三本とＳＳＲが一本、それから冊子には書かれてない限定酒が一本、更にオマケでクラフトビール一本が付いてきました。

どれも美味しかったのですが、特にこの限定酒だったＮＯＴ　ＦＯＵＮＤ　ＮＯ．５が凄く好みの味でした。

漬物と塩からをアテに飲んで、四合瓶あけてしまって爆睡しました。

僕、酔うとすぐに眠くなるんですよね……。

最初、ラベルを見た時はなんじゃこれ？ってなったのですが、ＫＵＲＡＮＤさんのサイトを見ると、『品質が良いけれど、何らかの理由で世の中に出回らなかった個性豊かなお酒』なんだとか。

それのみを買うには、定期購入会員にならないと駄目っぽいんですが、是非って言えるお酒です。

まぁ他も美味しかったですし、何よりどんなお酒が来るのかってワクワクと、新しい出会いがあるので、個人的には酒ガチャには大満足でした。

但しこれ、五本とか纏めて買う事になるので、冷蔵庫のスペース圧迫がホントにきつい。

その辺りをクリアできる方にはお勧めですね。

あ、五本買わなくても三本のガチャとか、クラフトビール八本のガチャとか、日本酒の一合瓶（１８０ｍｌ）が九本のガチャとかありますので、興味がある方は是非是非です。

日本酒のお話をしましたが、次の舞台は扶桑の国。

和風の文化を持つ国となります。

もちろん丸々そのまんまではないのですけれど、次も是非とも手に取って、ご覧頂けると嬉しいです。

あとがき

この度「転生してハイエルフになりましたが、スローライフは120年で飽きました」第3巻
発売おめでとうございます！

エイサーとウィンの決闘シーン！エイサーはカエハの言葉があり負けてほしくない．．．。
しかしウィンにも勝ってほしいと謎の感情で読ませて頂いておりました。笑
父の存在はやっぱり大きいですよね。現実で決闘をするわけではないですがその背中に近づいて
いるか、ふと考えるときがあります。そろそろそういう歳になってきたということでしょうか．．．。
ともあれ勝敗はエイサーの勝利となりましたがウィンとシズキはまた、目標の背中を追い続けて努力を
続ける原動力が出来たのかと思うとこれはまたこれでいいですよね。というかこれでいいですよね。

そしてカエハの最期の手紙。ここですよね．．．。正直感想を書くと恐らく右側にいるジソウに
文字数がいきそうなのでかなり省きますが、もう「愛」ですよね。これに尽きます。
師であり、想い人であったエイサーに対して言葉でなく手紙。どういう想いで書いていたか
想像するだけで泣けてきますね。一言カエハに、お疲れ様でした。ゆっくりおやすみなさい。

それではこのあたりで失礼致します。ここまで読んでくださりありがとうございました！

clavis

地、扶桑の国へ！

黄金竜へこれまでの出来事の
全てを話し終えたエイサーは、
王亀玄女に教えてもらった
極東の島国、扶桑の国へと向かう。
そこは御伽噺の存在、
真なる巨人が植えたとされる巨木、
扶桑樹が天高く伸びており、
魔族の末裔である鬼と、異なる
3つの種族、人間、人魚、翼人が
協力して戦っている土地だという。
土産話が得られると期待して、
意気揚々と乗り込むエイサーに
待ち受ける扶桑の国の実情、
そしてヨソギ流のルーツとは？
——一方、エイサーのいない間に
ルードリア王国周辺の情勢は
すっかり変わってしまい……。

ヨソギ流源流の

第4巻

転生して
ハイエルフ
になりましたが、
スローライフは
120年で飽きました

2022年1月頃
発売予定!!!!!!!!!!!!!!!

転生してハイエルフになりましたが、スローライフは120年で飽きました 3

発行 ―――――― 2021年10月15日　初版第1刷発行

著者 ―――――― らる鳥

イラストレーター ―――――― しあびす

装丁デザイン ―――――― 石田 隆（ムシカゴグラフィクス）

発行者 ―――――― 幕内和博

編集 ―――――― 佐藤大祐

発行所 ―――――― 株式会社アース・スター エンターテイメント
〒141-0021　東京都品川区上大崎3-1-1
目黒セントラルスクエア　7F
TEL：03-5561-7630
FAX：03-5561-7632
https://www.es-novel.jp/

印刷・製本 ―――――― 図書印刷株式会社

ISBN 978-4-8030-1570-6